KB037265

바스커빌가의

개
1

바스커빌가의 개

이토미야 무기 지음 ― 김미림 옮김

The Hound of the Baskervilles

개

1

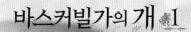

바스커빌가의 개 1

The Hound of the Baskervilles

"오늘부터 아멜리아 님의
근위를 맡게 됐습니다."

바스커빌 왕가 제2왕녀
아멜리아 바스커빌

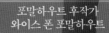

포말하우트 후작가
와이스 폰 포말하우트

~다과회의 한 장면~
One scene of the tea party

바스커빌 왕가 제3왕녀
유페리아 바스커빌

크로포드 남작가
이졸트 크로포드

크로포드 남작가
아즈라이트 크로포드

"체셔, 모든 것을 나에게 맡겨."

차례

.⦁⧫⦁.

제1장

포말하우트 후작가의 식탁

아버지는 재상, 더글라스 포말하우트.

어머니는 전 국왕의 여동생, 메리벨 바스커빌 포말하우트.

후작가의 작위를 이을 예정인 형, 크로이스 포말하우트는 영지를 경영하는 데에는 흥미가 없는지 궁정 마술사로서 오로지 왕궁에만 틀어박혀 있다.

포말하우트가는 원래 궁정 마술사 집안이니 어찌 보면 올바른 자세라 할 수 있다. 그런 후작가의 차남으로 태어난 나 역시 마술사이다. 차남인 나야말로 물려받을 작위도 없으니 궁정에서 일을 찾아야 한다. 그런데도 3개월 전에 왕립학원을 졸업한 이후 집에서 빈둥거리는 일이 많다.

—말하자면 그거다. 그거. 아직 일자리를 찾지 못했다. 구직 활동을 하지 않았으니 당연하지.

"좋은 아침이네요. 아버지, 어머니, 형님."

호화로운 식탁 앞에 선 내가 말을 걸자 갑자기 그 자리의 공기가 다소 딱딱해졌다.

차를 내오는 시녀의 손이 떨리기 시작했고, 아버지 뒤로 물러난 집사 로의 뺨도 조금 긴장되었다. 체면치레하느라 억지로 본 자격시험까지 끝이 난 지금, 나는 정말 아무것도 하지 않는 나날을 보내고 있다.

"여어, 좋은 아침이야."

옆에서 크로이스 형이 하품하며 대답했다. 형은 겉보기에는 그야말로 후작가의 도련님 같은 캐릭터였지만 말투는 딱히 고상하지 않았다. 술을 좋아하는데, 저 가냘픈 몸 어디에 술이 그렇게 많이 들어가는지 알 수 없을 정도로 매일 술을 잔뜩 마시고 귀가한다. 나도 그에 못지않게 빈약한 체격이지만 키는 내가 3센티미터 정도 더 크다. 내가 형보다 유일하게 뛰어난 점이다.

"이미 아침이라고 할 만한 시간이 아니다."

벌써 식사를 마친 어머니는 표정 하나 바꾸지 않고 담백한 말투로 그렇게 말했다. 사실 아직 오전 5시밖에 안 됐지만, 포말하우트 후작가의 아침은 다른 집보다 이르다. 어머니는 재위 시절부터 얼음 공주라 불렸다는데 그에 걸맞게 늘 무표정했다.

"또 밤새웠지? 정말이지, 부끄러운 줄 알아라, 와이스."

어머니는 나에게 가차 없이 잘라 말하며 부채를 폈다.

"당신도 뭐라고 한마디 하세요."

그런데 평소에는 전혀 대화가 없어, 나조차 가면 부부라고 여겼던 양친 사이에서 이야기가 오고 갔다. 어머니가 아버지에게 말을 걸었던 것이다.

"……와이스, 아직도 취직을 못 한 게냐?"

이런 주제만 아니라면 오랜만에 화목한 가족의 식탁 풍경이 펼쳐졌을지도 모른다.

"죄송합니다."

나는 간결하게 대답한 뒤 홍차 잔을 손에 들었다. 봄이 가까워오는 지금 딱 기분 좋은 온기였다.

"아예 너도 궁정 마술사가 되지그래?"

형이 한숨이 섞인 쓴웃음을 짓는다.

"그건 안 된다. 둘이 나란히 궁정 마술사를 한다고? 어디서 굴러먹던 말 뼈다귀 같은 자를 섬겨야 할지 모를 천한 직업을 갖겠다니."

하지만 즉각 어머니의 견제가 들어왔다. 어머니는 후작가의 인물이 왕가 이외의 인물 밑에서 일하는 것은 좋지 않다고 여기는 것 같았다. 작위가 낮은 집안의 인물도 싫어했다.

형은 현재 제2기사단의 부관인데, 그 단장이 크로포드 남작가 출신이라 어머니는 더욱 못마땅한 모양이다.

"뭐라고요?"

형이 대들려고 하자 아버지가 제지하듯 큰 소리와 함께 컵을 내려놓았다.

"크로포드 남작가라면 그 집안 차남인 아즈라이트가 와이스와 동창이었지."

그러고 보니 왕립학원 시절에 아즈라이트 크로포드라는 동급생이 있었다. 나는 희미한 기억을 떠올렸다. 학원 시절에는 시녀가 깨워주면 그냥 수업에 나갔다가 아무와도 얘기하지 않은 채 하루를 보내고 집으로 돌아왔기에 딱히 친구도 생기지 않았다.

그런 내가 저 이름을 기억하는 이유는, 어쩌다 보니 저 동급생과 5년 동안 같은 반이었던 까닭이 크다.

동시에 그는 학생회 부회장을 맡고 있었기에 나름 인상적이었다. 게다가 우리 형이 부관을 맡은 기사단의 단장이 아즈라이트의 형이었기 때문에 가끔 형에게 그의 이름을 듣기도 했다.

"크로포드가 얘기는 듣고 싶지도 않아요. 특히 그 집 차남은 만년 차석이잖아요."

"잭의 남동생이 차석이었어? 호오, 의외군. 머리가 좋은가 본데?"

어머니와 형의 이야기에 아버지가 한숨을 쉬었다.

"제3왕녀 전하의 근위기사로 내정됐다더군."

"뭐라고요? 유페리아 님의 근위기사?"

어머니의 안색이 바뀌었다. 컵을 든 손이 떨리고 있다. 짜증이 났다는 증거다.

"유폐 님도 벌써 그런 나이가 됐구나."

혈연으로 따지면 육촌 동생이 되는 제3왕녀. 그녀의 얼굴을 떠올리던 형이 문득 뭔가 생각났다는 듯 아버지를 보았다.

"제2왕녀 전하의 근위기사는 결국 누가 된 거야? 아멜리아 님이라고 했던가."

유페리아 바스커빌 왕녀와 동갑으로, 배다른 언니인 제2왕녀 아멜리아 님은 정비(正妃)의 따님이다. 하지만 이 분이 첫 서민 출신 왕비님이라, 어머니는 유페리아 제3왕녀를 더 마음에 들어 했다. 제2왕녀 이야기는 별로 입에 담지 않았다.

"학교 친구는 이즐트 아가씨가 맡겠지. 근위기사는……, 크로이스 너를 눈여겨보고 계시던데."

"거절했어요."

어머니의 안색이 더욱 악화된다. 다행이군. 일단 내 이야기에서 벗어났으니.

덕분에 나는 아침 식사에 손을 뻗었다. 양상추 샐러드가 식탁을 장식하고 있다.

"어제 폐하께서 직접 아들에게 당부해달라고 부탁하시더구나."

"둘도 없는 기회잖니. 이참에 아멜리아 님이라도 상관없으니, 궁정 마술사 따위 그만두고……."

"어머니, 적당히 하시죠. 아버지, 저는 안 합니다."

"한데 폐하께서 직접 당부하셨으니 딱 잘라 거절할 수도 없고……, 다행인 건 폐하께서 '아들을 설득하라'고 하셨지, '크로이스를 설득하라'고 하시지는 않았다는 점이지."

"……그래요, 그렇다면. 뭐, 괜찮겠죠."

어머니가 부채를 접었다. 그때 짝 소리가 났다. 두 사람의 대화를 듣고 형이 손뼉을 쳤다.

"그렇군. 와이스, 네가 하는 거냐? 잘됐구나, 일자리도 생기고."

빵을 씹고 있던 나는 사태를 파악하지 못한 채 고개를 들었다. 갑자기 뭐가?

"열심히 하렴, 와이스. 아멜리아 님도 어엿한 왕녀님이시니."

어머니는 그렇게 말하고 자리에서 일어났다. 오늘도 일찍부터 다과회를 갖는 모양이다.

"힘내."

눈매만 빼고 어머니를 빼닮은 형이 쾌활하게 웃는다. 그리고 일하러 가는지 자리에서 일어났다.

혼자 남은 채 곤혹스러워하는데, 아버지가 한숨을 쉬며 말했다.

"뭐, 그래. 이것도 좋은 경험일 게다."

이리하여 나는 아무것도 모르는 채, 제2왕녀의 근위기사를 맡게 되었다.

"오늘부터 아멜리아 님의 근위를 맡게 된 와이스 폰 포말하우트입니다. 제 이름을 기억해주시면 감사하겠습니다."

나는 긴장으로 떨리는 목소리를 가까스로 억눌렀다.

지난 사흘 가량, 형이 반쯤 벼락치기로 주입시킨 기사식 최고 경례. 내가 그 경례를 올리자, 아멜리아 왕녀가 당황한 표정으로 나를 보는 것 같다.

뭐지? 뭘 잘못했나?

나는 '고개를 들라'는 말을 기다리며 바닥을 보고 있었으나 들려오지 않았다. 기사가 되고 싶다는 생각은 털끝만큼도 없었기에 예법 따위는 수업 시간에 배운 것이 전부였고 그마저도 잊어버렸다. 그래서 무척 불안했다.

애초에 가족이나 잘 아는 고용인이 아니면, 최근 한동안은 대화조차 하지 않았다.

그래서 갑자기 왕궁으로 끌려나와 인사를 하려니 난감했다. 국왕 폐하를 알현할 때는 옆에서 한발 먼저 인사하는 아버지를 따라 하면 됐는데 지금은 그럴 수가 없다. 나 혼자다.

─아니, 그건 그렇고 이제 슬슬 고개를 들면 안 될까. 목이 아프기 시작했다.

"고, 고개를, 드, 드, 들어, 들어주, 세, 요."

그때 횡설수설하는 가냘픈 목소리가 들렸다.

한 번 더 고개를 끄덕인 후 나는 얼굴을 들었다. 제2왕녀 아멜리아 님이 눈앞에서 긴장한 모습으로 앉아 있었다. 연분홍빛 입술이 떨리

고 있다. 이렇게까지 긴장하시면 나도 괜히 더 긴장이 된다. 열세 살의 왕녀님은 난처한 듯 나를 바라보고 있다. 이유야 분명할 것이다.

냉혈 재상이라 불리는 아버지와 얼음 공주라 불리는 어머니, 두 사람의 얼굴에서 특히 무서워 보이는 부분만 물려받은 나의 외모나 목소리만으로도 어린 공주를 떨게 하기에 충분했으리라.

형은 나와는 반대로 별로 무서워 보이지 않는 부분만 물려받았다. 특히 어머니를 쏙 빼닮은 외모 중에서 어머니의 무서운 눈빛은 물려받지 않았기에 이목구비가 부드럽다, 라고들 하는 모양이다. 사랑스러운 고양이와 닮았다.

반대로 나는 개와 닮았다는 말을 자주 듣는다. 하지만 내 경우, 귀여운 강아지가 아니라 무서운 사냥개를 닮았다고 한다. 잘은 모르겠지만. 그래서인지 아무튼 크로이스 형은 부인이나 아가씨들에게 인기가 많다. 아멜리아 님도 예외가 아니어서, 형을 근위기사로 두고 싶었던 모양이다.

―저라서 죄송합니다.

그런 심정으로 아무 말 없이 서 있는데 아멜리아 님의 시선이 방황하기 시작했다. 정비님을 많이 닮은 옅은 갈색 머리에 국왕 폐하와 판박이 같은 녹색 눈동자다. 커다란 눈을 둘러싼 긴 속눈썹이 사랑스러웠다. 나는 옛날 어딘가에서 이와 무척 닮은 것을 본 듯한 기분이었다. 대체 뭘까. 너무 노골적으로 쳐다볼 수는 없으니, 은근슬쩍 창가 쪽으로 시선을 돌리며 생각했다.

아, 형이 준 곰인형과 닮았구나.

명쾌하게 의문이 풀리자 나는 어쩐지 홀가분해졌다.

"저, 저기."

바로 그때 아멜리아 님이 말을 걸었다.

"포, 포말하우트 님……."

말을 더듬으시는 게 버릇일까? 갸웃거리며 고개를 돌렸다.

"괜찮으시면 와이스라고 불러주십시오, 제2왕녀 전하."

형과 아버지가 『이렇게 말하면 이렇게 대답하라 Ver.1』이라는 문답집을 미리 준 덕분에 나는 거기에 실린 대로 망설임 없이 이야기했다.

"아, 그, 그럼, 저도 아멜리아라고……."

"아멜리아 님."

"네……."

"……."

곤란해. 이러면 곤란하다. 대화가 끊어지고 말았다. 또래 친구조차 별로 없는 내가 갑자기 다섯 살 어린 소녀와 공통의 화제를 찾을 수 있을 리가 없다. ─하지만 이럴 때를 위한 문답집이 아닌가. 「대화가 끊겨서 어색할 때 1」에 기재된 상황을 떠올리며, 나는 아멜리아 님의 양옆에 선 시녀 두 사람에게 눈길을 돌렸다.

"앞으로 뭔가 도움을 요청할 일이 있을 테니, 괜찮으시다면 아멜리아 님의 시녀 분들에게 이 보잘것없는 근위기사를 소개해주시겠습니까?"

이런 식으로 하면 될 테지. 이 또한 벼락치기였지만, 내 얼마 안 되는 특기 중 하나가 통째로 암기하는 일이다. 문제는 바로 잊어버린다는 데 있다.

"아, 네!"

내 말에 아멜리아 님이 기쁜 듯이 고개를 끄덕였다. 다행이다. 대화가 되살아났다.

"이쪽은 시노."

우선 오른쪽에 서 있는 머리 땋은 소녀를 소개해주신다.

그러자 나보다 조금 어린 시녀가 한 발 앞으로 나와 머리를 숙였다.

"노스달리아 백작가의 셋째 딸, 시노 노스달리아입니다."

노스달리아 백작가……. 나는 네 글자를 넘는 단어는 못 외우기 때문에 기억할 자신이 없었다. 어쨌든 머리를 땋은 분이 시노 씨라고 기억해두기로 하고 가볍게 고개를 숙였다.

"와이스입니다. 잘 부탁드립니다."

그러자 놀란 듯이 눈을 크게 떴다. 왜 그러지? 내 얼굴이 무서운가?

"그리고 이쪽이 미나."

"스튜어트 자작가의 장녀, 미나 스튜어트입니다."

이어서 인사한 사람은 귀족 자녀로서는 드물게 단발머리였다.

스튜어트 자작가는 나도 알고 있다. 호위 임무에 종사하는 인물─게다가 비밀리에 호위하는 이들을 배출해온 집안이다. 우리 집의 집사인 로 또한 스튜어트 자작가 출신이다.

아마도 기미와 호위를 겸하고 있겠지. 그렇다면 나처럼 실력 없는 후작가의 차남이라도 안심하고 근위기사를 맡을 수 있겠다.

"와이스입니다. 잘 부탁드립니다."

나는 이런저런 생각 끝에 마음을 놓고, 문답집에 나온 대로 대답을 한 뒤 다시 고개를 숙였다.

어쨌든 단발인 쪽이 미나 씨라고 기억해두기로 했다. 그녀는 내 또래로 보였다.

"그럼 저는 방 밖에 있겠습니다. 무슨 일 있으면 불러주십시오."

일단 인사는 마쳤으니 이제 문 앞에서 온종일 서 있기만 하면 되겠지.

오늘부터 내 임무는 아멜리아 님의 방 앞에 종일 서 있는 것이다.

"아, 와이스 님."

나가려던 나를 시노 씨가 불러 세웠다. 그쪽으로 고개를 돌렸다.

"······이라고 불러도 괜찮을까요······?"

덧붙이는 말에 나는 고개를 끄덕였다. 잘 보이도록 큰 동작으로.

"그래서, 저기 와이스 님······."

안도하는 표정으로 시노 씨가 말을 이었다. 내 얼굴이 그렇게 무서운 것일까.

"제3 왕녀 유페리아 님이 오후의 다과회에 초대해주셨습니다."

보다 못한 미나 씨가 거들었다.

"저, 유페의 다과회에 가고 싶어서, 그······."

기어들어가는 목소리로 아멜리아 님이 말했다.

그렇군. 근위 담당이 정해졌으니, 근위기사를 동반하지 않으면 아무리 궁정 안이라 해도 행동에 제약을 받는구나. 요컨대 내가 '위험하니까 안 된다'라고 해버리면 아멜리아 님은 방 밖으로 나올 수 없다는 뜻이다.

말투를 보니 아무래도 아멜리아 님과 제3왕녀님은 사이가 좋은 듯하지만, 왕족끼리 죽고 죽이는 일이 역사 속에서 몇 번이나 되풀이됐으니 배다른 자매의 초대라고 해서 혼자 가볍게 나설 수는 없는 법이겠지.

"—부디 아멜리아 님의 뜻대로. 이제 근위기사로 임명 받은 바, 무슨 일이 있어도 제 목숨을 걸고 지켜드릴 테니 아무 염려 마시기를."

문답집에 이렇게 적혀 있던가.

솔직히 잘 기억이 나지는 않았으나, 요컨대 '그냥 좋을 대로 하세요'의 완곡한 표현을 떠올리며 답했다. 그러자 아멜리아 님도 그 옆의 두 사람도 뭔가 감탄하듯 나를 바라보았다.

역시 이 대사는 좀 부끄럽군.

형에게 도움을 받은 것부터가 이미 실수였다. 그렇게 생각하면서도 나는 다시 진지한 얼굴로 돌아왔다. 말하면서 웃음이 터진 걸 들키면 형은 그렇다 치고 부모님에게 언어맞을 것 같다.

"그럼 시간이 되면 말씀해주십시오. 밖에서 기다리고 있겠습니다."

스스로도 쑥스러워져 얼른 혼자 있고 싶었다.

그래서 나는 그렇게 아뢰고 방을 나섰다. 음, 뭐 버전 1이니까……

나중에 개선되기를 빌어야지.

그건 그렇고 여자아이란 원래 이렇게 보폭이 좁은 것일까. 나는 애써 천천히 걸으며 그런 생각을 했다. 제2왕녀 전하의 양옆에는 두 시녀가 따르고 있다. 시노 씨와 미나 씨다. 기억하기 위해 마음속으로 되새겼다. 지금은 앞서 말한 제3왕녀, 유페리아 님의 다과회에 가는 길이다. 그때 아멜리아 님이 말을 걸었다.

"와, 와, 와이스 님. 저, 저기……, 와이스 님은 어째서 제 근위기사가 되어주셨나요?"

조심스러운 질문에 나는 말문이 막혔다.

일자리가 없었기 때문이라고 솔직하게 말하는 것은 아마도 불경한 일이겠지.

부모와 형의 후광으로 이 자리에 있는 나였지만, 왕족의 근위기사가 된다는 것은 본디 매우 명예로운 일이다. 사망하거나 범죄행위라도 저지르지 않는 이상, 한 사람의 근위기사는 임명된 순간부터 죽을 때까지 근위기사를 맡게 된다. 쉽게 될 수 있는 것이 아니었다.

여성 왕족의 경우, 즉위를 하지 않는 이상 혼인한 시점에서 기사의 임무가 해제되는 것이 일반적이라고 들었다.

그러니까 아멜리아 님이 어딘가의 누구와 결혼하면 나는 다시 무직이 된다. 하지만 근위기사를 마친 무직자란, 할 일은 사라지되 명예기사로 임명되어 평생 급여를 보장받기 때문에 아무 문제가 없다.

"와이스 님은 고귀한 후작가의 아드님……, 저는 그저 서민의……."

공주는 자신을 상당히 비하하고 있었다. 나는 그렇게 대단한 사람이 아닌데. 식은땀이 나려고 한다.

"서민의 딸이면서 왕족이라니 불쾌하다고……, 포말하우트 후작 부인께서 말씀하셨어요……."

—우리 어머니가 한 말인가. 방금까지와는 다른 의미에서 관자놀이에 땀이 흘렀다.

"고귀한 자여, 늘 강인함을 잃지 말라."

나는 필사적으로 그럴싸한 말을 떠올렸다. 문답집에는 이런 예문이 없었기 때문이다.

"네?"

아멜리아 님은 내 말에 당황한 표정이었다.

"저희 집안의 가훈입니다. 모함과 책략이 난무하는 귀족사회에서 오로지 왕가만을 위해 살아가려면 무엇보다 마음을 굳게 먹어야 합니다. 특히 후작가는 황공하게도 아멜리아 님을 비롯하여 왕가 분들을 보필하고 있는 몸. 주인이신 왕가의 분들께서 괴로움에 시달리지 않기 위해 미리 더 큰 괴로움을 안겨드림으로써 마음을 굳게 잡수실 수 있도록, 어머니는 그런 말씀을 드렸을 것입니다."

그럴 리가 없다고 생각했지만 일단 그렇게 말하기로 했다.

"저희 아버지도 후작가의 사람으로서, 당시 왕녀였던 어머니와 만

낮을 때 귀를 막고 싶을 정도로 온갖 욕설을 퍼부었다고 들었습니다."

지금은 대화가 거의 없는 두 사람을 보면 상상이 되지 않지만, 집사가 종종 옛일을 떠올리며 나에게 말해줬다. 우리 부모님은 워낙 격렬하게 싸워서 궁중에서도 유명했다고.

"하지만 와이스 님은 제게 아무 말도……."

"저는 차남이라서요. 작위를 물려받을 일은 없습니다."

"그, 그럼 크로이스 님은 저에게……?"

"형은 여성에게 상냥하게 대해야 한다는 신조가 있어서 괜찮으리라 생각합니다."

어떻게든 대화를 수습한 나는 안심한 듯 숨을 내쉬는 아멜리아 님을 슬쩍 쳐다봤다.

혹시 이 공주님은 형을 좋아하는 걸까? 형은 옛날부터 정혼자를 고르는 것을 싫어했고, 연애결혼을 하겠다며 큰소리를 치고 있었다. 의외로 둘이 잘 어울릴지도 모르겠다.

그런 생각을 하며 걷다 보니 다과회 장소인 제3정원에 도착했다.

"그런 소리를 하다니 절대 용서 못 해요! 사과하세요!"

그때 느닷없이 누군가의 외침이 들렸다.

잘 보니 제3왕녀인 유페리아 님이 화가 나서 얼굴이 새빨개져 울고 있었다. 이것은 내가 아는 육촌 여동생, 유페리아 님의 옛날부터 변함이 없는 특징이다.

"유페 님, 안 됩니다!"

한 소녀가 유페리아 님의 왼팔을 필사적으로 붙잡고 있다.

그 소녀는 다른 시녀와 달리, 목에 리본이 달린 사복 차림이었다. 누구일까?

"이거 놓으세요, 이즐트! 나는 더 이상 용서할 수 없어요!"

"이즈, 절대 놓으면 안 돼."

그때 청년의 목소리가 들렸다. 그는 소녀에게 엄한 목소리로 그렇게 말한 뒤, 유페리아 님 앞에 나섰다.

"화를 거두어주십시오, 유페 님."

유페리아 님의 맞은편에서 그는 검의 손잡이에 손을 얹고 있다. 그러나 유페리아 님을 베려고 하는 것은 아니다. 왕녀님에게 검을 들이대면 큰일이지.

그는 뭔가를 경계하는 듯했다. 표정이 매서운 그 청년은 똑바로 정면을 바라보고 있다. 나는 그를 어디선가 본 적이 있다. 음, 어디서 봤더라?

"물러나세요, 아즈라이트."

그때 유페리아 님의 목소리가 들리자 내 기억이 살아났다.

아아! 내가 왕립학원에 재학할 당시의 학생회 부회장이다. 검을 쥐고 있는 청년은 아즈라이트 크로포드였다. 잠시 얼굴을 보지 못했을 뿐인데, 한심한 내 기억력……

"어차피 아무것도 못 하시잖아요?"

그 세 사람 앞에서 어느 집안의 아가씨가 쿡쿡 웃고 있었다. 추종자들을 열 명 가까이 거느리며 부채를 손에 들고 있었다. 느긋하게 부채질을 하는 그녀는 어느 귀족 집안의 영애인 모양이다.

새빨간 드레스를 입은 소녀인데…… 음, 몇 번 야회에서 본 적이 있다. 늘 빨간 드레스를 입기 때문에 내 마음속의 애칭은 사과 씨였다. 갈 때마다 눈에 띄었기에 그녀의 옷만은 기억하고 있다.

그런데 천하의 유페리아 님을 화나게 하다니 배짱이 두둑한 소녀다. 여자임에도 불구하고 현재 이 나라에서는 유페리아 님의 왕위 계승을 바라는 목소리가 꽤 높다. 측실이라고는 해도 어머니가 고귀한 집안 출신인 데다…… 이 바스커빌 왕국이 영토는 작을지언정 강국으로 불리게끔 만든 왕가의 힘을 확실하게 물려받았기 때문이다.

─친화수(親和獸).

그렇게 불리는 소환마. 유페리아 님은 특히 단독 공격력이 높은 존재를 부릴 수 있다.

왕족이라면 대체로 친화수를 부릴 수 있으며 대개의 귀족도 마찬가지다. 귀족이 아니어도 부릴 수 있는 자가 있는데, 그런 이는 왕립학원에 다닌다. 크게 나누면 광범위 섬멸형과 단발 근거리형이 존재한다. 공격에 특화되지 않은 친화수도 많다. 개중에는 거의 힘이 없는 것도 있다.

유페리아 님의 친화수는 그중에서도 수가 많지 않은 단발 근거리형의 초공격형이었다. 소유자의 심정에 따라 움직이는 친화수이기 때문에 격분한 유페리아 님이 명령한다면 사과 씨 일행 정도는 가볍게 고깃덩어리로 변할 것이다. 그렇지 않더라도 소유자를 너무 화나게 하면 그 심정에 반응하여 친화수가 폭주한다. 실제로 유페리아 님의 친화수는 과거에 한 번 폭주한 적이 있다.

이후 한동안 유페리아 님은 저주받은 공주님이라고 불릴 정도였다.

"마치(March)—"

그때 유페 님이 친화수를 소환하는 것을 눈치챘는지, 나보다 한 걸음 뒤에 선 아멜리아 님의 얼굴이 창백해졌다. 미나가 재빠르게 아멜리아 님 앞에 섰다.

나는 그 모습을 확인하며 왼쪽 손가락을 튕겼다. 딱 하는 경쾌한 소리가 났다. 내가 아버지에게 처음으로 배운 것은 손가락으로 소리를 내는 방법이었다.

"체셔."

유페리아 님의 친화수인 마치헤어, 삼월 토끼가 사과 씨 일행을 공격하려고 했다. 하지만 그 직전에 내 친화수 체셔 고양이(CheshireCat)가 삼월 토끼의 손을 막았다.

하얗고 거대한 토끼 앞에 나선 체셔는 젤리가 박힌 손으로 공격을 눌러 막았다. 정확하게는 앞발이지만, 나는 손으로 인식하고 있다. 아무리 그래도 눈앞에서 살육 사건이 벌어져서는 곤란하다.

게다가 지금 삼월 토끼를 막을 수 있는 친화수를 가진 사람은 나밖에 없다. 반쯤은 조건반사였다.

아마 부회장이었던 아즈…… 아무개 크로포드의 친화수는 모자장수(MadHatter)였다. 사람 이름은 잘 기억하지 못하지만 친화수의 이름은 잘 기억하는 것이 나의 장기이다. 광범위 섬멸형인데, 이상한 나라 모델 중에서는 최고봉의 친화수다.

친화수에는 몇 개의 옛날이야기 모델이 존재하는데 이상한 나라 모델은 그중에서도 강했다.

내 친화수 체셔나 유페리아 님의 삼월 토끼도 이상한 나라 모델이다. 일단 내 친화수도 강하다고들 한다. 겉모습은 그저 귀여워 보이지만.

아즈 모씨의 모자장수로 말하자면……, 그런 친화수로 유페리아 님을 저지했다가는 왕궁과 함께 날아가버렸으리라.

광범위 섬멸형은 너무 강했다. 아마 아멜리아 님의 친화수도 험프티 덤프티(HumptyDumpty)였을 것이다. 마찬가지로 광범위 섬멸형의 친화수인데, 이쪽은 거울 나라 모델이었다.

어쩌면 이 자리에 있는 다른 사람들, 예를 들어 사과 씨라면 다른 단발형 친화수를 가지고 있을지도 모른다. 하지만 그렇다고 해서 분노한 삼월 토끼를 막기는 어려울 것이다.

내가 막을 수 있는 것 또한, 유페리아 님과 육촌이기도 한 내가 삼월 토끼의 특징을 어릴 적부터 몸으로 익힌 덕이 크다. 유페리아 님의 친화수는 경우에 따라 광범위 섬멸형보다도 강하다.

그렇기에 다들 유페리아 님이 왕위에 오르기를 바라는 것이다. 체셔 고양이를 본 유페리아 님은 우리가 있다는 것을 알아챘다. 이쪽을 보고 눈을 크게 떴다.

"유페리아 님. 궁정에서 친화수를 풀 맥스(FullMAX)로 사용하는 건 바람직하지 않습니다."

일단 팔로 아멜리아 님을 감싸면서(그래봤자 한 발 앞에 서서 팔로 그녀의 진로를 막았을 뿐이지만) 나는 담담하게 아뢰었다. 체셔가 움직인 충격으로 날아온 돌이 팔에 맞았지만 신경 쓰지 않았다.

'풀 맥스'란 친화수를 진정한 모습으로 사용하는 일이다. 그 상태에서 친화수는 최고의 공격력을 발휘한다. 평소에는 그야말로 귀여운 외모이지만 풀 맥스 형태가 된 친화수는 병기의 한 종류라고 해도 과언이 아니다.

"하지만 이 자들이 하필이면……."

유페리아 님이 분한 듯 말했다. 입술을 깨물고 있다. 나도 체셔 고양이를 풀 맥스로 사용했지만 손뼉을 한 번 치자 봉제인형 사이즈로 바뀌었다.

주위에 하얀 연기가 피어오르더니 체셔 고양이는 고양이 귀가 달린 후드를 뒤집어쓴 어린아이만 한 크기로 변했다.

"이 정도 크기로 사용해주시지요."

나는 그렇게 말하고 다시 손뼉을 쳤다. 손가락을 튕기지 않고도 친화수를 다루는 마술은 내 특기였다. 삼월 토끼도 강제로 작게 만들었다. 나는 일단 궁정 마술사 집안 출신이기 때문에 다른 이의 친화수에게도 일부나마 영향을 줄 수 있었다.

"—체셔, 마치에게 그걸 빌려줘도 돼."

나를 보며 고개를 끄덕인 체셔 고양이가 빨간 뿅망치를 무기로 소환했다. 그리고 주인 대신 새빨개져 울고 있는 삼월 토끼에게 그것을 건넸다.

친화수는 주인의 마음이 울면 같이 울어버리는 경우도 많다. 유페리아 님이 그만큼 화를 내며 슬퍼하고 있다는 것이 삼월 토끼를 통해 전해져 왔다. 하지만 그것보다 나는 다른 데에 정신이 팔렸다. ―역시 귀엽단 말이지.

이 두 마리가 '미니멈 맥스(MinimumMAX)'라고 불리는 어린아이 사이즈로 나란히 서면 정말 귀엽다. 미니멈 맥스는 통상 형태를 말한다. 고개를 갸웃거리며 체셔의 손에서 뿅망치를 받아 든 삼월 토끼는 눈을 크게 떴다. 그리고 그걸 찬찬히 살펴보았다. 그 무기가 뭔지 모르는 모양이다. 똑같은 뿅망치를 하나 더 소환한 체셔 고양이가 삼월 토끼 옆에 섰다. 그리고 다시 물었다.

"무슨 일 있었어, 마치?"

"저 빨간 인간이 유페를 괴롭혔어요."

"결코 몸에 흔적을 남기지 않고 눈에 보이는 곳에도 상처를 남기지 않아서 들키지 않도록― 만신창이로! 그게 바로 복수라고 에퀘스가 말했어!"

에퀘스는 형 크로이스의 친화수― 흑기사를 말한다.

"해치워버리자, 마치! 내가 도와줄게!"

"체셔…… 으흑…… 네!"

그리고 어린아이 사이즈라고 하지만 인간은 도저히 대적할 수 없는 힘을 지닌 친화수 두 마리가 사과 씨 일행을 만신창이로 만들기 시작했다. 그것은 체셔 고양이와 삼월 토끼의 의지이지, 내 의지는 아니다. 나는 모른다. 정말로 모르는 일이다. 그러니 신경 쓰지 않기로 했다.

"자, 아멜리아 님. 가시죠."

아멜리아 님은 체셔 고양이와 삼월 토끼를 보고 당황스러워하면서 다시 걷기 시작했다. 다과회의 탁자 주변에서는 모래 먼지가 피어올랐다. 무기가 뿅망치이니 대참사가 벌어지지야 않겠지.

자리에 도착하자 나는 아멜리아 님을 위해 준비된 의자를 끌어당겨 오늘부터 모시게 된 주인님을 앉혔다.

옆에는 유페리아 님이 울상을 지은 채 앉아 있었다. 그 맞은편에는 전 부회장이 서 있다. 나는 아멜리아 님 옆에 섰다. 유페리아 님과 아멜리아 님의 사이였다.

좁은 원형 테이블이었기에 내 옆에는 전 부회장의 여동생— 크로포드가의 따님이 서 있었다.

이즐트라는 이름을 전에 들은 적이 있기에 그녀가 유페리아 님의 학교 친구라고 판단했다.

아직도 멀리서 사과 씨 일행의 비명이나 뿅망치 소리가 들려왔지만 나는 신경쓰지 않았다. 원탁 주위에는 그들 외에도 시녀들이 서 있었다.

시노 씨와 미나 씨도 유페리아 님의 시녀인 듯한 그녀들 곁에 섰다.

"—오랜만이군요, 와이스."

눈물을 닦으며 유페리아 님이 나에게 말을 걸었다. 최근에는 별로 이야기를 나눈 일이 없었기에 솔직히 당황스럽다. 하지만 현재 상황에 딱 맞는 사례가 「왕녀님의 학우와 만났을 때 1」에 실려 있었기에 나는 비교적 침착할 수 있었다.

"오랜만입니다, 유페리아 제3왕녀 전하. 학우이신 크로포드 남작가의 따님께서 앉으실 수 있도록, 다과회 자리의 의자를 빼는 중요한 역할을 이 보잘것없는 육촌에게 허락해주시지 않겠습니까?"

원래는 유페리아 님의 친구이므로 그녀의 근위기사가 의자를 빼주는 것이 이치에 맞다.

하지만 그 두 사람이 남매이므로 왕녀의 허락이 필요한 모양이다.

그러니 이런 경우에는 내가 대신 의자를 빼줘야 한다고 형과 아버지가 말했던 것이다.

"무, 물론이지요."

내 말에 유페 님은 크로포드 남작의 따님이 아직도 서 있다는 사실을 깨달았다. 그와는 반대로 아즈……으음 풀 네임이 안 떠오르지만, 전 부회장과 그 여동생은 놀란 표정이었다.

왜 그러는지 잘 몰라서 나는 시치미를 떼고 의자를 뺐다. 그리고 의자를 가리키며 말했다.

"앉으시지요."

조심스럽게 자리에 앉은 이즐트는 오빠의 얼굴과 내 얼굴을 번갈아 쳐다봤다.

"아즈, 당신도 앉으세요. 와이스, 고마워요."

뭐가 고마운지 알 수 없었다. 그리고 나는 앉아도 되는 걸까. 예법을 잘 몰라 눈을 가늘게 떴다. 나만 서 있는 건 허리도 너무 아플 것 같고 싫은데.

하지만 어째서인지 아즈라이…… 전 부회장도 앉지 않았다. 설마 둘만 계속 서 있어야 하나. 괴롭군……. 그렇게 생각하며 자리의 분위기를 지켜보고 있으려니, 그가 유페리아 님에게 말을 걸었다.

"후작가의 와이스 님보다 먼저 자리에 앉을 수는 없습니다."

―응? 내가 앉지 않아서 전 부회장도 앉지 못한다는 거야?

겨우 상황을 이해하는데, 유페리아 님이 나를 쳐다보았다.

"나는 작위가 아닌 내 기사를 우선시합니다. 와이스, 당신은 그것이 불만인가요?"

"아닙니다. 제3 왕녀 전하의 뜻대로 하소서."

하여간 갈피를 못 잡을 때는 '전하의 뜻대로 하소서'라고 말하면 된다고 아버지가 가르쳐줬으니 나는 그렇게 대답했다. 하지만 내가 앉아도 되는지 아닌지는 큰 문제이다. 나는 어머니가 주최한 다과회밖에 참여해보지 않았다. 그때는 제일 먼저 앉아도 된다기에 거기에 따랐다.

"아즈, 앉으세요. 그리고 와이스도."

나는 그 말에 안도하며 전 부회장과 거의 동시에 의자를 끌어당겼다. 우리가 둘 다 자리에 앉자, 즉시 주위에 서 있던 시녀들이 다기를 가지고 왔다.

"그건 그렇고 아즈, 당신은 와이스와 아는 사이인가요? 성이 아닌 이름으로 부르다니 당신으로서는 보기 드문 일이군요."

유페리아 님이 묻자, 아즈 (생략) 전 부회장이 어깨를 으쓱했다.

"유페 님, 그보다 먼저 감사 인사를 하셔야지요. 나라면 절대 아까의 당신을 막지 못했을 겁니다."

왕족을 '당신'이라고 부르는 걸 보니, 붙임성 좋던 부회장의 성격은 여전한 모양이다. 그런 생각을 하며 나는 바로 찻잔에 손을 뻗었다. 이 런저런 일로 긴장한 탓에 몹시 목이 말랐다. 그때 생각이 떠올랐다.

그러고 보니 아까 아멜리아 님의 허가 없이 친화수를 쓰고 말았군. 근위기사가 된 이상, 원래는 주인의 허가가 필요하지 않았던가. 만약 무슨 일이 생기면 모든 책임은 주인이 떠맡는데.

"그 전에 아멜리아 왕녀 전하께 사죄드릴 시간을 주시면 감사하겠 습니다. 멋대로 친화수를 사용해서 죄송합니다."

고용된 첫날에 잘리기는 싫다는 생각에 그렇게 말하자, 아멜리아 님이 고개를 저었다.

"저야말로 감사 인사를 드려야지요. 아까는 고마웠습니다. 돌로부 터 지켜주셔서."

그러더니 감사 인사를 하신다. 여기서 감사 인사를 받으면 나야말 로 곤란하다. 무엇보다 나는 아멜리아 님을 지키는 근위기사이다. 일 단 그것이 내 일거리란 얘기다.

"당연한 일을 했을 뿐입니다."

문납집에 적힌 답을 떠올리며 말하자, 아멜리아 님의 얼굴이 다시 새빨개졌다.

이 분은 오늘 열이라도 있는 걸까?

체온계를 부탁하려고 주위를 둘러보니 이번에는 나를 보며 얼굴이 새빨개진 크로포드가의 따님과 시선이 마주쳤다. 그리고 어째서인지 뻣뻣하게 굳어 있었다. 왜 내 양쪽에 있는 사람들은 얼굴이 빨간 것일까.

체온계를 두 개 부탁합니다! 누군가에게 그렇게 말하려던 순간, 유페리아 님이 웃음을 터뜨렸다.

"역시 크로이스의 동생답군요."

무슨 말이지? 고개를 갸웃거리는데 전 부회장이 빙그레 웃었다.

"유페 님, 회장은 타고난 바람둥이랍니다."

"회장?"

"네. 저와 와이스 님은 왕립학원 동창이었지요. 와이스 님이 학생회장이고, 제가 부회장이었습니다."

무안해진 나는 고개를 숙였다. 인기투표로 학생회 임원을 정하기 때문에 전교생의 과반수에게 표를 얻은 아즈 모씨는 부회장을 역임했다. 나와 달리 그는 인기가 많았다. 나는 결코 인기인이 아니었지만…… 그보다 표를 더 많이 받았다. 이건 단순히 작위의 문제다.

작위가 높은 이는 출세하려는 이들에게 표를 얻는 모양이다. 훗날 궁정에서 자기의 출세에 미칠 영향을 생각하기 때문이다. 작위가 높은 인물은 본래 출세하기가 쉽다. 그러므로 대부분 회장직에 오른다고 한다. 그래서 우리 아버지나 형도 학생회장을 경험했다고 들었다.

나와 아즈(생략)의 학년에서는 내 작위가 가장 높았다.

"부회장, 그런 식으로 부르지 말아줄래?"

수업이 끝나면 바로 집으로 돌아갔던 나는 바지 회장으로 불렸다. 실제로 학생회의 실권을 쥐고 있던 사람은 부회장이었다.

"그럼 저를 아즈라고 불러주시겠습니까, 와이스 경?"

그 말에 나는 고개를 들고 반사적으로 끄덕였다. 다행이다. 아즈 이후의 부분이 너무 길어서 기억하지 못했는데.

어째서인지 옛날부터 이름을 제대로 기억하지 못했던 사실이 떠올랐다. 유페리아 님은 흔치 않은 일이라고 했지만, 내 기억이 확실하다면 학생 시절부터 소탈했던 아즈는 원래 사람들을 성이 아닌 이름으로 불렀다.

"그래― 아즈. 나도 와이스라고 불러줘."

그렇게 대답하자 이번에는 아즈의 뺨까지 약간 붉어졌다. 체온계가 세 개 필요하겠다. 돌이켜 보면 그는 홍조증이 좀 있었던 것 같다. 크로포드가는 초콜릿으로 큰 성공을 거둔 신흥 귀족이었는데, 학생 시절 아즈에게 그 초콜릿이 맛있다고 얘기했더니 얼굴이 새빨개졌던 일이 떠올랐다. 학생회실에 초콜릿을 자주 가져오곤 해 선생님들 몰래 먹었던 것이다.

"그럼 와이스, 저는 옛날처럼 유페라고 불러주시겠어요?"

"물론입니다, 유폐 님."

"당신이 아멜리아 언니의 기사가 되어주어 정말로 다행이에요."

"영광입니다. 아멜리아 님도 그렇게 생각해주시면 좋겠습니다만."

나는 문답집에 나온 예문대로 말을 이었다. 표정은 바꾸지 않는다. 표정을 바꾸는 것이 나을 때는 어머니가 직접 그림을 그려 바꾸라고 표시해둔 것을, 나는 알고 있었다. 여기서는 어머니 말을 따르도록 하자. 가족이 집대성한 문답집 버전 1이 나의 자발적 언행보다 훨씬 적절할 것이다.

"무, 물론이에요……."

아멜리아 님이 더욱 빨개진 얼굴로 고개를 끄덕였다. 나는 그제야 겨우 깨달았다.

그녀와 다른 사람들의 이 반응……. 형을 야릇한 눈으로 보던 귀족 가문의 영애들과 똑같다. 그러니 그 문답집에는 아마도 적절한 대답뿐 아니라, 「여성에게 구애하는 법」 같은 것도 섞여 있으리라.

아즈의 얼굴이 빨간 것은, 그 말을 따라하는 나를 보고 웃음이 터지려 해서가 분명하다. 나는 알고 있다. 아즈는 잘 웃는 버릇이 있어서, 웃음이 터져나오려는 것을 참다가 새빨개지곤 했다.

아무튼 내가 고별사 연습을 할 때, "앞으로 왕자 전하와 동침……? 하지 못한다고 생각하니" 하며, '동행'의 오자인 '동침'을 그대로 읽었을 때도 저 표정이었다.

끝나고 난 뒤에 배를 잡고 웃었던 것을 기억한다. 하지만 어쩔 수 없었다. 왕가에서 준 예문이 틀렸을 뿐이다. 동침이라는 말은 성행위를 뜻한다. 나는 하마터면 전교생 앞에서 전 학생회장인 왕자 전하와 동침했다는 발언을 할 뻔했다. 그때는 알려줘서 고마웠어, 전 부회장.

"아참, 와이스. 이쪽은 이즐트. 저나 아멜리아 언니와 학원에서 함께 지내게 될 친구입니다. 아즈의 여동생이에요."

유페 님의 목소리에 나는 제정신을 차렸다. 동시에 이번 이름도 참 기억하기 어렵구나 생각하며 소녀에게 눈길을 향했다. 아즈……라이트, 그렇다, 아즈라이트 전 부회장과 닮은 크로포드가의 막내딸, 크로포드 남작의 영애 이즐트 아가씨도 이쪽을 보고 있다.

"처음 뵙겠습니다, 이즐트 님. 와이스 폰 포말하우트입니다."

담담하게 내 소개를 하자, 열이 가라앉은 모습으로 이즐트 양이 미소를 지었다.

─억지 미소로군.

전 부회장의 평소 표정과 판박이 같은 얼굴을 보고 나는 홀로 생각했다. 귀족사회에서는 흔한 일이다. 하지만 저 나이에 벌써 저런 응대가 가능하다니, 어른스럽다고 느꼈다. 여하튼 내게는 아직 무리니까…….

"괜찮으시다면 이즈라고 불러주세요. 와이스 님."

"이즈 님, 그럼 저를 와이스라고 불러주십시오."

"내 여동생을 유혹하지 말아주겠어, 와이스?"

갑자기 경칭 없이 부르기에 나는 살짝 놀랐다. 그의 성격이라면 내가 경칭을 쓰지 말라고 해도 붙일 것 같았기 때문이다. 아즈의 태도가 학원 시절과 달라진 것은 유페 님의 말만 들어도 분명했다. 남작가의 작위가 낮고 크로포드가의 역사가 짧아서 그럴 거라고만 생각했다.

그가 경칭을 버리게 만든 이유가 있다면…….

"아즈 너 혹시…… 시스터 콤플렉스……?"

놀란 탓도 있어서 나도 모르게 솔직히 말해버렸다. 그러자 아즈라이트는 목이 메었는지 홍차를 뿜을 듯한 기세다. 그랬구나! 정곡을 찔렀군. 그래서 동요한 것이 틀림없다.

의외의 사실을 발견했다고 생각하며 나는 컵에 손을 가져갔다.

"후작가 사람인 네가 내 여동생에게 '님' 같은 걸 붙일 필요는 없다는 말이야."

아즈의 특기인 가식적인 미소가 무너질 뻔한 모습이 조금 재밌다. 의외의 일면을 보고 말았다. 나는 컵을 들며 그를 보고 말을 이었다.

"오늘부터 이즈 님과 아즈 님이라고 불러드릴까요?"

"잠깐만, 와이스. 네가 나를 놀리는 날이 올 거라고는 생각 못 했는데!"

"그야 부회장을 학원 안에서 놀렸다간 어디에서 등에 칼을 맞을지 모르니까."

나와 아즈가 옥신각신하는 모습을 지켜보던 아멜리아 님과 이즈는 어리둥절했다. 단 한 사람, 유페 님만이 즐겁게 웃고 있었다.

"사이가 좋군요."

"어디를 봐서 그렇습니까?"

내가 솔직하게 되묻자 아즈가 고개를 돌렸다. 어딘가 자포자기한 표정을 짓는 그를 보고 고개를 갸웃거렸다.

그러자 그 모습을 바라보며 유페 님이 말을 이었다.

"나는 오늘까지 내 근위기사에게 친구가 있었다는 사실을 몰랐답니다."

전 부회장의 주변에는 늘 사람들이 있었으니, 그것은 상당히 잘못된 인식이다.

"아즈라이트 경은 제 친구라고 하기에는 아까울 정도로 친한 분이 많습니다."

내가 유페 님의 잘못된 인식을 슬쩍 정정해주니 아즈의 얼굴이 다시 새빨개졌다. 나는 테이블 위에 놓인 크로포드 남작가의 초콜릿을 몇 개 손으로 집었다.

학생회실에서 먹었던 그 맛이 그리운 것은 아니었다. 어머니도 시녀를 시켜 몰래 구입하고 있으니 집에서도 자주 먹기 때문이다.

"그래서, 어떻더냐?"

내가 귀가하자 형이 냉큼 내 방으로 들어왔다. 노크 소리가 들리고 거의 동시에 방문이 열렸다. 노크한 의미가 없잖아…… 그건 그렇고 이 시간에 형이 집에 있다니 매우 드문 일이었다. 늘 술을 마시고 귀가하기 때문이다. 하지만 오늘 형의 얼굴은 멀쩡했다. 이 또한 보기 드문 일이었다.

"어땠냐니, 뭐가?"

"일 말이야, 일."

"평범해."

내 대답에 크로이스가 불만스러운 표정을 지었다. 그러더니 침대에 걸터앉는다. 침대가 삐걱거리는 소리에 나는 한숨을 쉬었다. 형은 일단 앉으면 한동안은 내 방에서 떠나지 않는다.

"체온계가 세 개쯤 있으면 좋겠더라고."

"체온계?"

"문답집에 나온 대로 대응했더니 얼굴이 빨개져버린 사람이 잔뜩 생겼거든."

항의의 뜻을 약간 담아 내가 말했다. 분명 형의 도움을 받은 게 잘못이었다.

"그런 건 잭네 동생한테 맡겨. 크로포드 남작가 출신의 근위기사도 있었지?"

"아마 형이 말하는 아즈라이트 크로포드 역시 체온을 재는 편이 좋을 거야. 아니 그보다는 웃음을 참는 것 같았지만……, 체온계는 주면 안 되겠다. 더 웃을 것 같네."

"크로포드가의 사람들은 다들 잘 웃는 버릇이 있는지도 모르지."

잘 웃는 버릇도 버릇이지만, 나는 형이 문답집에 적어둔 내용 탓이라고 생각한다. 하지만 혼자서 납득한 듯 고개를 끄덕인 형은 침대에서 일어섰다. 어라? 오늘은 빨리 나가네. 설마 정말로 내가 걱정돼서 보러 왔나?

나는 방을 나가는 형의 모습을 지켜봤다. 형은 가족 중에서도 내게 제일 다정하다. 우리 형제는 사이가 좋은 편이리라.

그 후 방 안에 홀로 남아, 나는 멍하니 오늘 일어난 일을 회상했다.

- 축, 니트(일하지 않고 일할 의지도 없는 청년 무직자―역자 주) 탈출.
- 온종일 문 앞에 서 있기만 하면 되는 근위기사가 됐다.
- 친화수를 사용했다.
- 다과회에서 의자를 빼주었다.

"뭔가, 피곤하네."

역시 여태까지 집에 틀어박혀 있던 나에게는 짐이 무거웠다. 하지만 달리 일자리도 없잖아! 내일도 힘내야지, 하고 나는 생각했다.

❖ ❖ ❖

그즈음 궁정에서는―.

와이스의 아버지, 더글라스 포말하우트가 깊이 고개를 숙이고 있었다. 지금은 업무를 마치고 궁정을 떠나기 전 국왕을 알현하는 시간이다.

재상직은 무척 바쁘지만 지금은 비교적 정리가 되었다. 오늘은 일찍 귀가할 수 있을 듯하다. 하지만 그는 남은 업무에 대해서 깊이 생각 중이었다. 일은 항상 들어오므로.

"오늘은 더글라스의 차남이 유페리아의 친화수를 막아줬다더군."

그때 국왕이 말을 걸었다. 평소와 같은 격려사가 아니었다. 고개를 숙인 채 그 말을 들은 더글라스는 머릿속에서 모범 답안을 찾았다.

"어리석은 자식이 도움이 되어 영광입니다."

"어리석다니, 겸손하기는. 재학 중에 늘 수석을 유지하다가 왕립학원을 졸업하고 최연소로 특무급 마술사 시험을 돌파한 우수한 아드님이 아닌가."

특무급 마술사 시험이란 친화수를 사용하지 않는 생체 마술 시험을 말하는데 필기와 실기로 이루어진다. 궁정을 섬기는 마술사의 등용문이라 일컬어지기에, 국왕 폐하는 순수하게 찬사를 보낸 것이다.

"과찬이십니다."

"외모도 자네와 메리벨을 빼닮아 잘생겼더군. 아멜리아는 좋은 기사를 뒀어."

아침에 인사차 방문한 와이스의 모습을 떠올리고, 국왕 폐하는 미소를 지었다. 그러자 더글라스가 거듭 말했다.

"과찬이십니다."

"영리하고 차가운 인상을 주는 외모와 달리, 언행은 매우 온화하다고 들었네."

"과찬이십니다."

"오늘 밤은 꽁치가 먹고 싶구나."

"과찬이십니다."

"듣고 있는가, 재상."

"과찬이십니다."

"됐네. 물러가게."

국왕의 말에 더글라스는 고개를 끄덕였다. 머릿속은 내일 해야 할 일로 가득했다. 와이스야 알아서 하겠지 생각하며 그는 자리를 떴다.

❖ ❖ ❖

―근위기사가 되고 며칠이 지났다. 나는 멍하니 아멜리아 님의 방 앞에 서 있었다. 이런 편안한 일거리로 평생 안정된 삶이 보장된다니, 근위기사는 최고다.

사실…… 편안하기는 하지만 방구석 폐인이었던 나로서는 나름 필사적이기도 하다.

"저기, 와이스 님."

그때 회랑에 목소리가 울렸다. 처음에는 내 이름을 부르는지도 모르고 고개를 갸웃거렸다. 어딘가에서 목소리가 들린다고만 생각했다. 하지만 직후에 '와이스'가 내 이름이라는 것을 깨달았다. 목소리가 들려온 곳도 바로 뒤쪽이었다. 문이 열리는 소리도 들렸다.

황급히 뒤돌아보니, 그곳에는 아멜리아 님의 시녀인 시노 씨가 서 있었다.

"아멜리아 님께서 학용품을 사러 시내에 나가고 싶다고 하세요."

그 말에 나는 고개를 살짝 끄덕였다. 벌써 그런 계절이 왔구나.

곧 아멜리아 님과 유페 님, 친구분인 이즈(생략) 아가씨가 왕립학원에 입학하는 것이다. 근위기사의 주요 역할은 단순히 서 있는 것만이 아니다. 원래는 모시고 등하교를 하는 것이 진짜 임무였다. 그래서 왕족에게는 이 나이에 근위기사가 배정된다.

"—아멜리아 님의 뜻대로 하소서."

문답집에 나온 대로 대답을 하고, 나는 가볍게 인사했다. 그러자 얼굴이 새빨개진 시노 씨가 고개를 끄덕인다. 아멜리아 님의 방으로 그녀가 돌아간다. 근위기사로서의 내 일상에 조금씩 새로운 업무가 추가되었다. 과연 내가 잘 해낼 수 있을까. 그것만이 불안했다. 그 후 우리는 외출했다.

근위기사의 정장은 학원 교복처럼 딱 맞았다. 무척 불편하다.

굳이 말하자면 나는 여유로운 로브가 좋았다. 그래서 걷는 것도 고역이라고 생각하며 길을 나아갔다. 참고로 나는 사람들로 북적이는 것도 싫다.

"아멜리아 님 이쪽입니다."

나는 문답집 권말 부록에 딸린 왕도의 지도를 떠올리며 말했다.

목적지는 왕실 어용상인의 문구점, 파폴에덴이다. 이동은 도보로 한다. 왕족이니 마차로 가리라고 생각했는데, 실제로 거리를 걸어보고 싶다는 아멜리아 님의 요청에 따라 도보로 가게 되었다.

창문 너머로 보는 것과 직접 체험하는 것은 역시 다르겠지. 일견 위험해 보이지만, '그림자 호위'가 가업인 미나 씨가 나보다 훨씬 주의 깊게 주변에 신경을 기울이고 있다. 든든하고 안심이 된다. 나 혼자였다면 마음을 놓을 수 없었으리라.

지금 나는 포말하우트가의 사람이라면 누구나 가지고 있는, 키보다 큰 지팡이를 손에 들고 있다. 그것을 들고 걸으면서 당장 닥칠지도 모르는 위협에 주의를 기울이는 척을 하고 있다. 실제로는 그저 걷고 있을 뿐이다⋯⋯. 근위기사는 한발 앞서 걸어야 한다고 정해져 있다.

게다가 길 안내도 맡고 있었다. 참고로 왕립학원에서 나는 마술을 전공했다. 학원에서는 친화수 제어와 한 사람당 한 과정의 실기를 배운다. 그래서 이렇게 밖에서 근위를 설 때면 나 같은 마술사는 지팡이를, 아즈 같은 검사는 검을 휴대하고 나간다.

내가 가족에게 받은 『이렇게 말하면 이렇게 대답하라 Ver. 1』의 서장에는 각종 상황에 알맞은 소지품과 의상이 적혀 있다. 그중에 「길을 떠날 때-기본 편」에 그렇게 나와 있으니 틀림없을 것이다.

얼마 가지 않아 목적지인 문구점에 무사히 도착했다. 문구점 안으로 들어가며 나는 일을 하나 끝낸 기분이 들었다.

가게에 들어서니 팬시한 상품들이 진열되어 있다. 다만 가격표를 살펴보니 하나같이 비쌌다. 내 생각에 바스커빌 왕가에는 의외로 귀여운 것을 좋아하는 사람이 많다.

그래서 이 가게도 왕실 어용상인이 됐으리라. 아무튼 우리 어머니
도 평소에는 무척 무서운 사람인데 아기 고양이나 인형을 보면 사족
을 못 쓴다. 그런 생각을 하고 있을 때 아멜리아 님이 말을 걸었다.

"저, 저기, 와이스 님."

"무슨 일이십니까?"

변함없는 표정으로 내가 물었다. 그러자 아멜리아 님의 얼굴이 새
빨개졌다. 아직도 내가 말할 때마다 아멜리아 님의 얼굴이 빨개진다.
홍조증일까?

그녀는 개를 캐릭터화한 그림이 그려진 양피지를 들고 있었다. 그것
을 손에 들고 이쪽을 보고 있다. 왕족이 나를 올려다볼 때는 무릎을
꿇어야 한다. 형이 그렇게 가르쳐주었기에 나는 반사적으로 무릎을
꿇었다.

"저, 저기, 그, 그렇게 안 하셔도 되는데. 그…… 이, 일어나세요, 와
이스 님."

"근위기사인 나는 늘 아멜리아 님을 위해 대기하고 있습니다."

문답집의 내용을 떠올리며 그렇게 말했다. '저'라고 말해야 한다는
지시를 처음에는 잘 따랐는데 마음이 해이해졌는지 최근에는 자꾸
'나'가 튀어나온다.

그런 나의 말에 아멜리아 님은 황급히 고개를 저었다.

"저, 저의 근위기사가 되어주시겠다면, 제 바람이니 부디 자리에서

일어나세요."

"알겠습니다."

나는 문답집에 실린 대로 대화가 이루어진 데에 만족하며 일어났다. 1인칭만 제외하면 완벽했다. 지팡이를 충분히 이용하여 천천히 일어섰다. 긴 지팡이는 의외로 편리하다.

"그래서, 으음. 무슨 일이신지요?"

대화가 끊기면 곤란하기 때문에 아멜리아 님에게 답을 재촉해 보았다. 나는 요즘 조금씩 대화를 이어가고자 노력하고 있었던 것이다.

"이 양피지, 무척 귀여운 것 같아요."

"아멜리아 님께서 귀엽다고 생각하셨군요. 그건 양피지에게 무척 영광스러운 일일 겁니다."

문답집에 나온 대로 말했다. 아멜리아 님이 뭔가를 칭찬하시면 일단 이를 복창하고, 이후 칭찬하신 사물에 이입하여 '영광'이라고 얘기하라고 적혀 있었다.

어머니가 손수 그린 그림에 '웃는 얼굴'이라는 주석이 달려 있던 것을 떠올리고, 나는 열심히 안면 근육을 움직였다. 뺨을 끌어올리는 것은 오랜만이다. 인간이란 한동안 웃지 않으면 웃는 법을 잊어버리는 모양이다. 힘들었다.

"그, 그렇지는……. 그, 저기, 어린애 같지 않나요? 학원에 들고 가기에는."

아멜리아 님은 아무래도 '학원에 들고 가기에 적절한지'를 고민하는 듯했다. 그렇군. 그래서 졸업생인 나에게 물어보셨구나.

"학원의 분위기는 꽤 자유롭습니다. 좋아하는 물건을 고르셔도 괜찮을 겁니다."

오랜만에 내 생각을 아뢰었다. 지금까지는 집에 틀어박혀 지냈기 때문에 대화에 자신이 없었지만 요 며칠 근무를 한 덕분인지 다른 사람과 대화를 나눌 때 나름의 할 말이 조금씩 떠오르게 되었다. 좋아, 이렇게만 하면 돼!

나는 혼자 감동하면서 다시 아멜리아 님이 들고 있는 양피지를 슬쩍 보았다.

"아멜리아 님은 개를 좋아하십니까?"

내가 먼저 나서서 질문하는 것은 오랜만이다. 하지만 너무 나섰던 모양이다.

"그, 그게, 와이스 님과 닮아서 멋있는 것 같아요."

그러고 보니…… 나는 개랑 닮았다는 소리를 자주 듣는다. 하지만 그녀가 손에 든 것처럼 귀엽지는 않을 터였다.

"제, 제가 무슨 소리를 하는 걸까요……."

"아, 아닙니다. 신경 쓰지 않으셔도 괜찮습니다."

큰일이다. 말문이 막혀서 그녀처럼 말을 더듬고 말았다. 그리고 「개와 닮았다는 말을 들었을 때 3」을 떠올리기 위해 최선을 다했다.

"주인을 지키는 충견처럼 아멜리아 님을 모시는 것이 제 숙원이니까요."

그러자 아멜리아 님이 다시 새빨개져서 고개를 숙였다. 이리도 쑥스러워하시면 나까지 부끄러워진다. 나는 아멜리아 님이 서둘러 물건을 구입하는 모습을 바라보았다. 그때였다.

"와이스 님, 아멜리아 님을 부탁할게요!"

미나 씨의 목소리가 날아왔다.

무슨 일인가 싶어 시선을 돌렸다. 그녀는 시녀 겸 호위였으니 무슨 일이 일어난 것이 분명했다. 나는 한발 앞으로 나서서 아멜리아 님을 벽 쪽으로 유도했다. 그리고 벽에 등을 댄 아멜리아 님 앞에 섰다. 이렇게 하면 그나마 안전하리라. 내가 방패가 될 수 있을 테니.

가게 안에 있던 손님들의 비명이 여기저기에서 들리기 시작했다. 문구점 파폴에덴은 그대로 아비규환에 빠졌다. 누군가 습격한 모양이다. 미나 씨는? 나는 황급히 그녀의 모습을 찾았다.

미나 씨는 늘 미소를 띠던 얼굴과는 다른 험악한 표정으로 자세를 낮추고 있었다. 그냥 보기에도 수상한 검은 옷차림의 사내가 휘두른 단검을 피한 미나 씨는 그의 복부를 걷어찼다.

대단하군. 상대의 공격을 피하면서 적확하게 습격범의 급소를 손날과 발차기로 공격하다니. 빨라.

"유페리아 님을 위해서. 각오하시오!"

내가 미나 씨를 보며 그런 생각을 하고 있을 때, 옆에서 목소리가 들렸다. 얼른 시선을 돌리자 그저 평범한 손님으로 보였던 청년이 급히 검을 뽑았다. 나를 향해 그 검을 휘두른다.

칼날이 바람을 가르는 소리가 메아리치고—…… 챙!

날아드는 상대방의 검을 무심코 지팡이로 막았다. 나무가 아니라서 다행이다. 포말하우트가는 대대로 특별한 마석수정(魔石水晶)으로 만든 지팡이를 따로 주문하는데, 그 단단한 경도 덕분에 검이 막혔다. 마석은 일반 수정보다 훨씬 단단하다.

상대방이 검에 잔뜩 힘을 주었다. 한 걸음 후퇴했지만 힘껏 밀쳐내려고 애썼다. 위험해, 큰일이다. 이대로 죽으면 아멜리아 님도 지킬 수 없어.

어떻게 해야 하나. 초조함이 가슴에 맴돌았다. 하지만 침착해지려고 노력하며 나는 머릿속으로 마법진을 그렸다. 깜빡이는 것보다는 조금 더 긴 시간 동안 눈을 감고서 확실하게 마법진의 모양을 상기한다. 그리고 2초 후.

"체셔캣."

나는 친화수를 소환했다. 작정하고 풀 맥스 사이즈로 불러내는 것은 자격시험 이후 처음이었다. 모습을 드러낸 체셔는 평소의 귀여운 모습이 아닌, 고양이 귀가 달린 로브를 두른 거대한 체구를 공중에서 흔들었다. 양손에 장비한 쇠발톱이 대치 중인 상대방을 붙잡았다.

그리고 좌우로 한 번씩 할퀴었다. 쓰러트려야만 해. 그렇게 생각하던 나의 마음에 호응한다.

피가 튀었다. 그래도 '죽이지는 말 것', 나는 속으로 그렇게 생각했다. 아무리 적이라지만 마음속 어딘가에서 사람을 죽이는 일을 두려

위하고 있는 것이리라. 그래서 적은 웅크리고 있기는 했지만 의식은 남아 있었다.

마침 그때 미나 씨가 한 사람을 발기술로 쓰러트리고는 이쪽으로 달려왔다.

"아멜리아 님, 무사하신가요?"

떨어져 있던 시노 씨도 황급히 달려왔다. 두 사람 모두 걱정스러운 듯 아멜리아 님을 들여다본다. 그 모습을 바라보며 나는 체셔에게 주변을 경계하라고 마음속으로 부탁했다.

"괜찮아요. 와이스 님이 지켜주셨습니다."

그때 울린 목소리를 듣는 순간, 내 긴장의 끈이 확 풀렸다. 나는 잠시 호흡을 가다듬었다.

―아, 내가 임무를 완수했구나.

나는 그렇게 받아들이고 크게 한숨을 쉬었다. 온몸이 땀에 흠뻑 젖었다. 그 후 바로 이 구역의 경비를 맡은 제3기사단이 차례차례 도착했다.

소동이 벌어진 것을 눈치채고 행인 중 누군가가 신고한 모양이었다. 뒷일은 맡겨도 될 것 같았다.

다만……. 나는 아멜리아 님에게 피를 보이고 말았던 것을 후회했다. 앞으로는 좀 더 온건하게 처리하는 방법을 생각해보자.

나는 이때 비로소 일에 대한 적극적인 의욕을 확보했는지도 모른다. 아멜리아 님의 신체의 안전뿐 아니라 마음의 평온도 지키고 싶었

나. 그러니 더 이상 피를 보이는 일은 없도록 해야 한다.

아멜리아 님의 근위기사로서 열심히 해야겠다고 다짐했다. 니트였던 나로서는 분명 커다란 진보일 것이다.

포말하우트가는 저녁 식사 시간이 늦다. 아버지의 귀가 시간이 늦기 때문이다. 우리 집은 기본적으로 가족이 모두 모여서 식사한다. 어머니는 부채로 입을 가리고 하품을 했다. 이미 식사를 마쳤지만 한 집안의 가장이 돌아오기를 기다렸다가 자리를 함께하는 것이 부인의 임무라는 듯 늘 얼굴을 내밀었다.

"오늘은 큰일이 있었던 모양이더구나."

아버지가 브랜디가 담긴 록 글라스를 손에 들고 조용히 말했다.

그 옆에서 치즈를 먹고 있던 형도 나에게 눈길을 돌린다. 그러자 어머니도 졸음이 달아난 듯이 나를 응시한다. 세 사람의 시선을 한꺼번에 받은 나는 당황했다.

"하루하루가 큰일이죠. 살아간다는 것 자체가 큰일이니까."

"이야기를 확대하며 얼버무려서는 안 돼."

냉정한 어머니의 목소리에 나는 위축됐다. 하지만…… 오늘을 되돌아보며 생각한다.

"오늘도 그림에 나온 것처럼 적절하게 웃었어요."

나는 충분히 노력했다. 그렇게 말하자 아버지와 형이 나란히 고개를 갸웃거렸다.

"그럼?"

아버지가 형을 쳐다보았다. 형은 그런 아버지에게 고개를 젓더니 다시 나를 바라본다.

"그게 뭐냐, 와이스. 무슨 소리야?"

"입 다물렴. 그건 그렇고 아멜리아 님이 무사하셔서 다행이구나."

어머니는 헛기침을 하더니 말을 돌렸다. 기분 탓인지 얼굴도 빨개진 듯하다.

"그런데 습격범 중 둘은 '유페리아 님을 위해서'라는 말을 입에 담았다니, 왕위 계승권이 높은 아멜리아 님을 암살하려고 한 걸까. 이것은 중대한 사태가 아닌가요."

어머니는 진지해진 표정으로 입을 부채로 가리며 말했다. 아버지는 아무 말도 하지 않고 잔을 기울인다. 어머니가 습격범이 한 말을 전했지만 놀란 기색은 없었다. 그건 형도 마찬가지였다.

아버지는 보고를 받았고, 형은 기사단이 연행했던 암살자의 자백에 대한 소문을 궁정에서 들은 모양이었다.

"벌써 귀족들 사이에 소문이 퍼진 건가."

형이 말했다. 어머니가 알고 있는 것을 보면 확실히 소문이 퍼졌다는 뜻이다. 내가 지켜보고 있자니 아버지가 형에게 물었다.

"어떻게 생각하느냐, 크로이스."

"유페 님의 주가가 떨어지겠지."

"맞아."

나도 같은 생각을 했기 때문에 고개를 끄덕였다. 그러자 세 사람은 의외라는 표정으로 나를 바라봤다. 생각해보니, 식탁에서 내가 발언한 것은 꽤 오랜만이었다.

식은땀이 날 것 같다. 하지만 나도 조금씩 사회로 복귀해야 할 테고…… 아니, 이미 복귀는 마쳤으니 대화하는 데도 익숙해지고 싶다.

"그래서 와이스, 네 생각은 어떠냐?"

아버지가 이번에는 나에게 물었기 때문에 뜻을 굳히고 대답했다.

"일부러 유폐 님의 이름을 꺼낸 건 사실 숭배하기 때문이 아니라, 왕위 계승자에서 떨어트리기 위해서라고 보는데."

필사적으로 대답하는 나의 목소리에 아버지가 턱을 손에 괬다. 뭔가 생각하는 듯한 눈동자다.

"유페리아 왕녀를 광신하는 자들은 무슨 짓을 저지를지 모르지. 하지만……."

"그렇게 파괴적인 컬트 집단 같은 놈들은 우리가 동향을 파악하고 있어."

형이 아버지의 말을 이었다. 그랬구나. 나는 내심 놀랐다.

"그럼 나는 다과회 자리에서 이번 습격범은 오히려 유페리아 왕녀를 깎아내리려는 자의 범행이라고 퍼뜨리지요."

어머니는 그렇게 말하고 자리에서 일어났다. 하지만 침실로 가기 전에 발걸음을 멈추고 나를 물끄러미 바라보았다.

"와이스, 애썼구나."

어머니에게 칭찬받다니, 얼마 만인지 모르겠다. 그래서 나는 동요한 나머지 대답할 말을 찾지 못했다. 내가 아무 말도 못 하는 사이에 어머니는 침실로 향하고 말았다.

어머니가 떠난 식탁에서 아버지가 턱을 괴고 있다. 나는 일단 침착하기 위해 수프에 손을 뻗었다.

"메리벨 말마따나 애쓴 모양이구나. 다치지 않아서 다행이다."

아버지까지 그렇게 말해줄 줄이야. 상상도 하지 못했다.

"근위기사 노릇, 제대로 하는걸."

형이 집사인 로에게서 맥주를 받아 들며 웃었다. 그런 다음 내 어깨를 토닥였다.

"요즘 말수도 늘었고, 좋은 징조야."

형은 정말로 다정하다. 하지만 큰 맥주잔을 단숨에 들이켜는 모습에는 할 말을 잃었다.

"내일도 열심히 하거라."

그렇게 말하며 이번에는 아버지가 자리에서 일어났다. 그때부터 나는 취하기 시작한 형에게 붙잡혀 아침 식사 시간이 다가올 때까지 다이닝룸에서 밤을 지새우게 됐다.

그런데 결국 습격범의 목적은 무엇이었을까?

우리의 예상대로일까?

형과 이야기를 나누면서도 한편으로 줄곧 그런 생각을 하고 있었다.

＊ ＊ ＊

캄캄한 지하실에서, 집단의 리더가 슬쩍 입꼬리를 올렸다.

"암살은 실패했군. '계획'대로."

"하지만 원한은 남겠죠, 이 또한 계획대로."

리더의 정면에 앉은 남자가 머리를 숙인다. 조금 전까지 습격이 벌어진 파폴에덴에서 일반 손님으로 위장했던 또 한 사람의 '암살자'는 쿡쿡대며 웃었다.

"그건 그렇고 의외로 포말하우트가의 차남은 크게 될 성싶은데요."

"그것 또한 예상했던 일. 어쨌든 근위기사로 들어갔으니 말이지."

"집안과 외모만 그럴싸한, 공부밖에 모르는 청년인가 했더니 재뉴어리와 같은 검사를 상대로 맞설 줄 알더군요. 원래는 달아날 예정이었던 재뉴어리도 꽤 놀랐을 테지요."

"하지만 예상은 했지. 적어도 우리는 말이야. 애초에 이번 습격의 목적 중 하나는 와이스 포말하우트의 역량을 알아보는 것이기도 했으니 말이야."

"그렇지요. 다음은 어떤 수를 쓸까요?"

"그렇군. 한동안 잘 생각해보기로 할까."

리더의 말에 홀로 귀환했던 한 사람은 조용히 고개를 끄덕였다.

제2장

바스커빌가의
개

그로부터 며칠이 지났다.

오늘은 왕립학원의 입학식이다. 근위기사인 나는 앞으로 매일 아침 교문 앞까지 아멜리아 님을 배웅하게 된다. 이후에는 종일 자유시간이 다. 그리고 저녁이 되면 아멜리아 님을 마중하러 다시 학원으로 간다.

왕립학원은 유사시를 제외하면 외부자가 들어갈 수 없다. 그러니 교 문에서만 배웅과 마중이 이루어진다. 참고로 자유시간인 낮에는 대개 기사단이나 궁정 마술사와 함께 수련을 하며 보낸다.

"와이스 님, 아멜리아 님께서 준비를 마치셨습니다."

나는 시노 씨의 말에 돌아보았다. 그러자 반가운 왕립학원의 교복을 입은 아멜리아 님이 거기 서 있었다. 빨강과 주황의 체크무늬 스커트, 똑같은 색깔의 넥타이를 매고 있다. 겉옷은 검은 블레이저 차림이었다.

"무척 잘 어울리십니다."

귀엽다고 생각하면서 그렇게 말하자, 아멜리아 님이 또 빨개지고 말았다. 역시 체온계가 필요할지도 모른다. 혹시 입학 첫날이라 긴장해서 그런 것일까. 그때 유페리아 님이 다가왔다. 그 뒤에는 그녀의 근위기사인 아즈가 서 있었다.

"앞으로 매일 아침 잘 부탁해, 와이스."

지각하지 않도록 힘내야지. 최근 일에 익숙해져서 해이해졌는지 자꾸 늦잠을 자게 된다. 하지만 최악의 경우에는 어머니가 강제로 침대에서 끌어내기 때문에 아직까지는 지각도 결근도 없었다.

"아멜리아 언니, 정말로 귀여워요. 잘 어울려요."

"고, 고마워. 유페야말로 잘 어울려."

아즈와 나의 바로 앞에서 아멜리아 님과 유페 님이 손을 맞잡고 있다. 쑥스러워서 볼이 빨개진 아멜리아 님은 역시 홍조증일지도 모른다. 한편 유페 님은 정말 기대 가득한 모습으로 커다란 눈동자를 반짝였다.

"유페 님, 아멜리아 님. 슬슬 출발하실 시간입니다."

아즈가 그렇게 말하자, 두 공주님은 손을 잡고 고개를 끄덕였다. 정말로 사이좋은 두 사람이다. 아즈가 선두에서 걷고 아멜리아 님과 유페 님이 그 뒤를 따라 거닐었기에 나는 제일 뒤에서 걷기로 했다. 뒤를 경계하는 척하면서.

"그런데 참 그리운걸. 불과 3개월 전 일인데."

아즈가 그렇게 중얼거리는 것을 듣고 나도 생각해봤다. 학원 시절, 나는 매일 멍하니 지냈기 때문에 이렇다 할 추억이 없다. 어떤 일이 있었다고 말하면 아마 기억은 하겠지만 혼자 틀어박혀 지낸 탓인지 이런저런 일들을 완전히 잊어버렸다. 학원 시절 무슨 일이 있었더라.

바로 앞에서 대화 중인 세 사람을 바라보며 나는 아무 말 없이 생각에 잠겼다. 그러고 있자니 금세 왕궁 정문에 도착했다. 그곳에 준비된 4인승 마차가 나의 시야에 들어왔다. 마차는 호화로웠고 문에 새겨진 문양도 아름다웠다. 우리를 본 마부가 문을 열더니 무릎을 꿇으며 인사했다.

"오늘부터 배웅과 마중 때에 마부를 맡게 된 크롬이라 합니다."

자신의 이름을 크롬이라고 밝힌 청년이 고개를 들고 미소 지었다. 길고 검은 앞머리가 성실한 인상을 준다. 조금 치켜 올라간 눈매에, 앞머리 사이로 보이는 눈동자는 녹색이다. 이윽고 아즈의 안내로 아멜리아 님과 유페 님이 마차에 올랐다. 마지막으로 내가 마차에 오르자 크롬 씨가 문을 닫아주었다.

큰일이다. 이제야 깨달았는데, 여기까지 오는 동안 나는 한마디도 하지 않았다. 완전히 공기가 된 것이다. 뭐, 그건 그것대로 괜찮을지도 모른다……

달리기 시작한 마차 안에서 나는 아멜리아 님의 옆, 그리고 유페리아 님의 맞은편에 앉았다. 아즈는 아멜리아 님의 맞은편이다. 오른쪽 앞자리에 나, 왼쪽 뒷자리에 아즈가 있었다. 좌우에서 습격을 당할 경우 각각의 근위기사가 대응할 수 있도록 자리에 이렇게 앉았다. 지정석이다.

나는 창밖으로 펼쳐지는 아침 거리를 멍하니 바라보았다. 사람들이 가로수 아래로 바삐 걸어가고 있다. 다들 일하러 가는 거겠지. 이런 풍경을 보고 있으면 나도 사회인이 된 것 같다.

"아…… 언니와 같은 반이 될 수 있을까요."

"유페와 같은 반이 되면 몹시 기쁠 거예요."

"입학시험 결과에 따라 정해지겠지만, 두 분이라면 괜찮지 않을지. 반 편성은 성적순이니까요. 그래서 와이스와 나도 5년간 같은 반이었지요. 그렇지, 와이스?"

아마도 아즈는 나를 배려하느라 말을 건 모양이다. 하지만 갑자기 말을 걸자 나는 말문이 막혔다. 일단 문답집에 없는 대화였기 때문이다. 성적순이었던 것조차 완전히 잊고 있었다……. 아무 말 없이 고개를 끄덕이자 순간 마차 안의 대화가 끊어졌다. 그 침묵이 매우 거북했다.

뭐라고 말을 해야 하는데, 열심히 머리를 굴린 끝에 나는 어머니가 손수 그린 그림을 떠올렸다.

곤란할 때는 일단 웃고 볼 것. 그림 옆에 있는 말풍선에 분명 그런 대사가 적혀 있었다. 나는 안면 근육을 총동원해서 두 뺨을 끌어올리며 미소를 지어 보였다. 그러자 다시 침묵이 찾아왔다. 그리고 세 사람은 새빨개지고 말았다.

내가 뭔가 대응을 잘못했나⋯⋯. 불안해졌다. 무슨 일이지.

"와이스도 추억을 떠올리며 웃을 때가 있구나."

침묵을 깬 사람은 웃음을 참는 듯 보이는 아즈였다. 여전히 새빨간 얼굴을 보니 웃음을 참고 있음을 알 수 있다. 하지만 대화가 되살아났기에 나는 깊이 안도했다. 아즈는 즐거워 보이는 눈빛으로 뭔가를 그리워하는 눈치였다.

"그랬지. 내가 와이스와 보낸 5년 사이에도 즐거운 일이 많았어."

그런 대화를 나누는 사이 마차는 왕립학원에 도착했다. 크롬 씨가 문을 열자 내가 먼저 밖으로 나왔다. 그리고 학원으로 들어가는 그녀들을 배웅하자 아침 임무는 끝이 났다.

오늘은 입학식이어서 국왕 폐하와 왕비님들도 오시는 모양이다. 왕족은 일부다처제였다. 폐하 일행의 호위는 기사단이 담당한다. 그래서 오늘은 근위기사가 마중 올 필요가 없으며 기사단에게 맡기면 된다고 들었다.

따라서 오늘 내 일은 다 끝났다. 그런 생각을 하는데 아즈가 어깨를 두드렸다.

"지금부터 뭐 할 거야? 온종일 자유시간이잖아. 나는 기사단의 수련에 참가할 생각인데."

딱히 아무 생각도 없었던 나는 말문이 막혔다.

"제2기사단이 나올 예정이고 우리 형이 단장이야. 그 연줄이지. 제2기사단은 잠정적으로 네 형님이 부관을 맡아주기로 했다고 들었어. 궁정 마술사에서 파견하는 형식으로. 혹시 오늘 다른 일 없으면 같이 갈래?"

나는 망설임 없이 고개를 끄덕였다. 할 일이 생겼음에 안도하고 조용히 한숨을 지었다. 형이 있다면 든든하다. 홀로 낯선 집단에 들어가는 것보다야……. 나는 형에게 기대기로 했다.

"네가 소문으로 듣던 크로이스의 동생이구나. 나는 제2기사단의 단장 잭이다. 잘 부탁하마."

잭이 내민 손을 마주 잡으며 나는 고개를 끄덕였다. 부관이라는 우리 형의 모습은 보이지 않는다…….

제2기사단은 대개 왕도 바깥에서 소동이 일어났을 때 대처하기 위해 출동한다. 그 때문에 형은 평소에 주로 궁정 마술사의 업무를 보고 있다는 사실을 떠올렸다. 아마 전에 얘기했던 유폐 님의 광신도들을 수사하는 일 등은 궁정 마술사로서의 업무일 것이다

"크로이스도 금방 올 거다."

잭 씨가 나를 보고 부드러운 얼굴로 웃었다. 나는 모호하게 고개를 끄덕였다.

사실 형은 궁정 마술사 일보다 기사단에 빠져 있었다. 나는 형에게

그 이야기를 직접 들었다. 하지만 어머니가 그 사실을 알게 된다면 지금보다 더 격노하리라.

일단 마물이 나타나면, 형은 제2기사단의 부관으로서 마음껏 친화수를 활용한다는 것 같다. 나는 형이 일하는 모습을 본 적이 없기에 정확하게 알 수는 없었다.

"아까 얘기했더니 기뻐하더군. 사이가 좋은가 봐."

잭 씨의 말에 나는 조용히 고개를 끄덕였다. 여러모로 배워야겠다고 생각했다.

"제2기사단의 수련은 주로 검술이야. 모의전이라도 해보겠나?"

아, 그런 건 귀찮은데. 몸을 움직이다니, 무리지. 애초에 나는 검사도 아니고.

"우선은 견학을 시켜주셨으면 합니다."

내가 허둥대며 그렇게 말하자 잭 씨가 미소를 지었다. 그러고 아즈를 바라본다.

"아즈는 검술 수련에 참가해라. 어차피 그 때문에 왔겠지?"

잭 씨에게 고개를 끄덕이는 아즈를 보며 나는 팔짱을 꼈다. 모처럼의 자유시간인데 수행에 힘쓰다니 대단해 보인다. 아니면 처음부터 귀찮다고 판단한 내가 나태한 걸까…….

몇 분 후. 내 앞에서 아즈와 잭 씨의 모의전이 시작됐다. 검과 검이 맞부딪친다. 아즈가 한 걸음 파고드니 잭 씨는 간격을 넓혀 피한 뒤에 검을 휘둘렀다. 그러자 아즈가 자신의 검으로 이를 막았다. 형제간의 대결이다. 대단하다. 칼이 부딪히는 소리가 몇 차례나 들렸다.

역시 접근전에서는 마술사보다 검사가 더 박력이 있다. 크로포드 형제의 검기가 탁월하여 마치 춤을 추고 있는 것처럼 보인다. 굉장하다고 감탄하며 지켜봤다.

"깨끗하다."

"그렇지."

혼자서 중얼거리는데 갑자기 다른 사람의 목소리가 들려왔다. 돌아보니 그곳에는 크로이스가 서 있었다.

"형, 언제 왔어?"

내가 묻자 형은 어깨를 으쓱했다.

"이 기사단에는 기본적으로 마술사가 나밖에 없으니까. 네 수련 상대가 없잖아? 그래서 내가 일부러 여기까지 온 거야."

"됐어, 필요 없어. 난 견학 중이니까."

형은 반가웠지만 뜻밖의 수련 제안에는 고개를 저었다. 수련을 하고 싶은 게 아니다.

"그런 소리나 하고 있어서야 아멜리아 왕녀를 지킬 수 있겠어? 또 습격을 당할지도 몰라."

"불길한 소리 하지 마……. 그리고 보니, 전에 붙잡힌 사람들은 어떻게 됐어?"

"─감옥 안에서 자살했지. 처음 확인했을 때는 분명히 없었던 단검으로. 요컨대 '그 집단'은 왕궁에도 마수를 뻗었을 가능성이 높아. 첩

자가 있겠지."

"음…… 그거 혹시 살해당했다는 뜻이야?"

"자살로 처리됐지만 그럴 가능성은 충분해."

우리가 그런 대화를 나누는 동안 앞에서 벌어진 싸움의 승부가 가려졌다.

잭 씨가 아즈의 검을 날려버리고 목에 칼날을 들이대고 있었다. 잠시 후 잭 씨는 손을 뻗어 아즈가 일어나는 것을 도왔다. 그리고 둘은 우리 쪽으로 돌아왔다.

"뭐야, 벌써 왔나? 크로이스."

수건으로 땀을 닦으며 잭 씨가 형에게 말을 걸었다.

"응. 너도 네 동생도 역시 대단하군. 아즈라이트라고 했던가?"

"과찬이십니다. 크로이스 님."

"존댓말 안 써도 괜찮아."

그들의 대화를 지켜보면서 나는 아즈에게 형이 가져온 음료수를 건넸다. 형은 그런 면에서 꽤 눈치가 있다. 내게는 그런 배려심이 없다.

"고마워, 와이스."

음료수를 받아든 아즈가 꿀꺽꿀꺽 마신다. 보기에는 경쾌했지만 운동량이 적지 않았음을 알 수 있었다. 내가 아즈를 보고 그런 생각을 하는데 잠시 후 형이 내 어깨를 살짝 두드렸다.

"좋아, 우리도 해볼까?"

무슨 말인가 싶어서 고개를 갸웃거렸다. 형은 즐거운 표정이다.

"아니, 그러니까 난 견학을—"

그렇게 끌려간 나는 투기장에 발을 들여놓게 되었다. 그곳은 방어 결계가 쳐져 있어 방대한 마술도 쓸 수 있었다.

"좋아, 가자! 에퀘스!"

"잠깐, 처음부터 친화수를 쓰려고? 체, 체셔!"

에퀘스(흑기사)를 부른 형에 맞서 나도 황급히 체셔 고양이를 소환 했다. 검은 일각수— 그것이 형의 친화수 에퀘스다. 단발형 공격에 특화된 친화수이다.

"와, 에퀘스다."

그런데…… 내가 소환한 체셔 고양이는 신이 난 듯 에퀘스의 등에 올라탔다.

"—에퀘스, 나는 놀아주라고 하지 않았다."

하지만 에퀘스는 그 말에 반응을 보이지 않고 체셔 고양이를 태운 채 몸을 앞뒤로 흔들었다.

"역시 틀렸나. 왜 이 녀석들은 만나기만 하면 놀기 시작하는 걸까."

사실 지금까지 형과 친화수를 이용한 모의전을 벌이는 데에 한 번도 성공한 적이 없었던 나는 팔짱을 꼈다.

"분명 사이가 좋은 거야."

"그럼 친화수 없이 모의전을 해볼까?"

생각에 잠긴 형의 모습에 나는 고개를 크게 저었다. 마술사끼리 친화수가 없는 모의전이라니 예삿일이 아니었다. 애초에 나는 특무급 마술사 시험 이후 생체 마술 자체도 사용하지 않았다. 본직이 궁정 마술사인 형에게 이길 수 있다면 기적이다. 모의전 제의를 거절하고 나의 자유시간은 그대로 흘러갔다.

입학식 다음 날인 오늘은 나와 아즈가 처음으로 아멜리아 님과 유폐 님을 마중하는 날이다. 우리가 마중을 위해 마차에서 내렸을 때, 웬일인지 교문에 사람들이 모여 있었다.

대체 무슨 일이지? 고개를 갸웃하는데 내 옆에서 아즈가 온화하게 웃으며 한쪽 손을 흔들었다.

"아즈라이트 선배!"

"선배! 사랑해요!"

"아즈라이트 님!"

"…장! 뵈, 뵙고 싶었어요! 잠깐이라도 좋으니 이쪽 좀 봐주세요!!"

"……님!!"

그 순간 여기저기서 환호성이 날아들었다. 그렇군. 졸업은 했어도 아직 왕립학원 안에서 아즈의 인기는 높은 모양이다. 마중하러 온 아즈를 한번 보려고 이렇게 모였으리라. 모여드는 사람들을 곁눈질하며 나는 공기가 되기로 했다.

하늘을 우러러보니 오늘도 새파래서 실로 화창한 날씨다. 집구석에 틀어박히기 일쑤인 나로서는 흐린 하늘이 딱 좋지만, 맑은 하늘도 나쁘지는 않다. 그건 그렇고 아즈는 정말 인기가 많았다.

"오랜만이네요, 전 회장, 전 부회장."

그때 어딘가에서 목소리가 들렸다. 돌아보니 그곳에는 우리가 학생회를 맡던 시절의 서기이자 올해부터는 회장이 된 에투아르 필랑트가 서 있었다.

금색 곱슬머리를 지닌 그녀에 대해서는 나도 잘 안다. 작년, 그녀가 학생회 선거에 나섰을 때 지지 연설을 부탁받았다. 게다가 포말하우트 후작가와는 다르지만 그녀 또한 필랑트 후작가 출신이라 학교 밖에서도 몇 번 얼굴을 마주친 적이 있다.

"오랜만이야, 에투아르 양."

아즈가 그렇게 말한 뒤, 다른 사람들이 있는 교문 쪽으로 걸어갔다. 에투아르가 남겨진 나를 올려다본다. 에투아르는 이름이 네 글자가 넘어도 기억하고 있는 후배 중 하나이다.

"여전히 인기가 대단하시네요."

"그런가 봐. 역시 전 부회장이야."

"무슨 말씀이세요. 와이스 전 회장도 무심한 표정으로 가만히 계실 게 아니라 전 부회장을 따라 서비스라도 좀 해주세요."

"서비스라니, 무슨? 애초에 내가 뭘 해본들 누가 좋아한다고."

"그렇지 않다니까요."

아마 에투아르는 나를 위로해줄 생각이겠지. 괜한 참견이다. 하지만 재학 시절부터 그녀의 자상한 성격에 많은 도움을 받았기에 고맙기도 했다. 그녀는 늘 존재감이 희미한 나를 밖으로 꺼내주려고 말을 걸어준다. 대개 아즈의 그림자에 숨어서 공기나 다름없이 투명해진 나를 제대로 '회장'이라고 불렀다.

"방해 안 되게 여기서 보고 있을게. 다들 아즈를 좀 더 보고 싶을 테고 게다가……."

내 외모가 무서워 보이는 탓이리라. 사람들에게 둘러싸인 아즈와 달리 내 주위 반경 10미터 안으로는 아무도 들어오지 않았다. 에투아르는 예외였다.

"그 무뚝뚝한 얼굴이 문제예요. 살짝이라도 웃으면 어때요?"

에투아르는 커다란 가슴을 들썩이며 깊은 한숨을 내쉬더니 팔짱을 꼈다. 그녀는 미인이다. 그래서 그런지 사방에서 날카로운 시선이 날아온다. 아무래도 내가 사람들의 질투를 산 모양이다.

"너야말로 저 무리로 돌아가서 서비스나 하지. 날아드는 질투의 시선 때문에 괴로운걸."

"전 질투 사는 데에는 익숙해졌어요."

"너 말고 나 말이야."

"네? 무슨 말씀이세요?"

"무슨 말이냐니, 그야 인기인인 너랑 얘기하고 있으면 사람들이 나를 질투하잖아. 귀찮게."

"……오히려 제가 질투를 사거든요? 와이스 전 회장이랑 이야기하고 있잖아요."

"왜 그러지? 에투아르. 열이라도 나는 거야?"

무슨 소리인지 이해가 안 돼서 그녀의 얼굴을 들여다보니 새빨개져 있었다. 그녀도 예전부터 가끔 얼굴이 빨개지고는 했다. 역시 체온계는 필요하겠다고 생각하는데, 에투아르가 탄식을 했다.

"와이스 전 회장은 왜 눈치를 못 채시는 걸까요."

"나도 알아. 인간의 질투가 무섭다는 것쯤은. 그러니 내 평온한 생활을 위해서 넌 아즈 같은 사람의 곁으로 가줘야지."

아즈쯤 되는 인기인이면 옆에 에투아르가 있어도 아무도 뭐라 하지 않겠지. 우리가 그런 대화를 나누고 있는데 정면에서 인파가 양옆으로 갈라졌다. 그리고 아멜리아 님과 유페 님이 모습을 드러냈다.

"기다리고 있었습니다. 유페리아 왕녀 전하."

아즈는 과장된 말투로 그렇게 아뢰더니, 조금 전과는 확 달라진 표정으로 무릎을 꿇었다. 땅에 무릎이 닿았다.

나도 황급히 따라 했다.

"기다리고 있었습니다. 아멜리아 왕녀 전하."

그러자 주위에서 다시 환성을 질렀다.

"멋져!"

"제 근위기사가 되어주세요!"

"부럽다, 근위기사라니! 왕녀 전하들께 접근하지 마!"

일부 이상한 목소리도 섞여 있었지만, 다들 아즈의 모습에 꺅꺅 소리를 질렀다. 연줄로 취직하긴 했지만 역시 근위기사라는 직업은 인기 직종이다. 나는 그런 생각을 하며 손을 내밀었다. 아멜리아 님이 조용히 자신의 손을 내 손에 얹었다. 솔직히 그 모습을 보고 마음이 놓였다. 나와 아즈를 달리 대하는 재학생들의 태도에 아멜리아 님이 슬퍼하지 않을지 조금 걱정했기 때문이다.

다행히 아멜리아 님은 평소처럼 얼굴이 빨개져 있을 뿐이었다. 나는 아멜리아 님을 마차 쪽으로 모시고 갔다.

크롬 씨가 문을 열어줬다. 아즈 뒤에 유페 님이 탔다. 나는 아멜리아 님을 재촉한 뒤 마지막에 타려고 했다. 그때 갑자기 에투아르가 말을 걸었다.

"와이스 님, 일 힘내세요."

에투아르는 여전히 얼굴이 빨갰지만 그 말이 내 가슴을 찔렀다. 에투아르는 내가 니트였다는 사실을 알고 있다.

"고마워."

그렇게 짧은 대답만 남기고 나는 마차에 올랐다. 마차가 천천히 달리기 시작했을 때 유페 님이 만족스러운 미소를 지었다.

"우리 근위기사들이 누구나 부러워하는 인기인이라 자랑스럽군요."

일부러 '들'이라고 말해준 것은 육촌 누이로서의 배려일 것이다.

"아닙니다. 저는 와이스의 인기에 편승할 뿐이지요. 예나 지금이나."

하지만 전 부회장까지 거들고 나서니 더 이상 버틸 수가 없었다.

"와, 와이스 님은 대단해요."

게다가 아멜리아 님까지 이렇게 이야기하니 나는 그만 말문이 막혔다. 바지 회장이라 불린 내가 대단할 리 없건만. 그렇다고 그런 말을 입에 담으면 모처럼 나를 배려해준 다른 사람들의 기분을 망칠 뿐이겠지. 어쩌다 이렇게 됐을까. 그런 생각을 하는 동안 마차는 성에 도착했다.

마차 안에서 또 아무 말도 않은 채 오고 말았다. 나는 회화 능력을 좀 더 갈고닦아야겠다고 홀로 다짐했다. 힘내자. 에투아르도 응원해주었다. 아가씨가 보내준 귀한 성원이다.

❖ ❖ ❖

왕실의 마차가 사라지자 학원에서도 학생들이 귀가하기 시작했다. 그런 가운데 에투아르는 점점 작아지는 마차를 한동안 바라보고 있었다.

"그건 그렇고 와이스 전 회장이나 아즈라이트 전 부회장도 엄청난 인기인이네요."

와이스와 아즈라이트의 학생회 시절 총무를 보았으며, 현재는 부회장을 맡은 스튜어트가의 아드님이 말했다. 그러자 에투아르가 한숨을 내쉬었다.

"그러게. 그런데 아즈 전 부회장은 그렇다 치고, 와이스 전 회장은 어째서 자기 인기를 모를까."

이윽고 둘은 학교로 돌아갔다. 학생회 일이 아직 남아 있기 때문이었다. 에투아르는 와이스나 아즈가 있던 시절이 그리웠다.

일을 물려받았으니 제대로 잘해야지. 혼자서 다시금 그런 다짐을 하며, 그녀는 눈을 감았다.

❖ ❖ ❖

바스커빌 왕국은 일주일에 이틀 정도 휴일이 있다. 따라서 휴식일 인 토요일, 일요일에는 쉰다. 형처럼 기사단 관계자이거나 아버지처럼 정치에 종사하는 사람이야 교대제로 일하기 때문에 꼭 그렇지는 않지 만, 나 같은 근위기사는 기본적으로 큰 행사가 없는 이상 쉰다.

아무리 왕족이라 해도 온종일 호위를 받는 것은 부담스럽기도 할 테니, 휴일에는 편하게 친구나 연인과 만날 수 있도록 배려하는 것이 다. 물론 '큰 행사가 없을 때'만 그렇다. 오늘은 쉬는 일요일임에도 '왕 족 여러분께서 기사단의 수련을 시찰하시는' 행사 때문에, 나는 성으 로 출근했다.

첫 휴일 근무였다. 나도 드디어 사회인다워졌구나 싶어 기쁜 마음이 었다. 다만…… 사실은 귀찮았다.

"평소에는 당신들도 여기서 수련하는군요."

유페 님이 아즈와 나를 번갈아 바라보며 미소 지었다. 사실 나는 최 근에 아즈가 수련하는 모습을 그저 견학하기만 했다. 형도 매일 오는 것은 아니다.

그래서 나는 차마 고개를 끄덕이기 힘들었다. 모호하게 시선을 피했다.

"그래요. 전에 크로이스 님과 와이스가 모의전을 벌였죠."

그러자 아즈가 거들어준다. 그 때문에 나는 당황하여 고개를 여러 번 짧게 끄덕였다. 한 번은 해봤다. 한 번뿐이지만⋯⋯. 아즈의 배려가 고마웠다.

"마술사끼리 모의전을요?"

이즈가 눈을 반짝였다. 그녀는 마술사를 지망하는 듯했다. 전에 마차 안에서 유페 님과 아즈에게 전공에 대해 상담하는 것을 들었다. 일단 나도 마술사이다 보니 희한하게 그 일이 기억에 남았다.

이즈가 여기에 있는 것은 오늘의 수련 시범이 학우들과의 친목회도 겸하기 때문이라고 한다. 그래서 귀족 견학자도 몇 명 있다. 왕족의 수가 많다 보니 그 학우인 귀족의 수도 많은 것이다.

"와, 와이스 님은 강하다고 생각해요."

아멜리아 님의 말을 듣고, 나는 머릿속에서 문답집의 페이지를 재빨리 넘겼다. 「칭찬받았을 때 15」를 필사적으로 떠올린다.

"과찬이십니다. 모든 것은 아멜리아 님, 나아가서는 바스커빌 왕가를 위함입니다. 아직 부족한 점이 많을 줄로 알지만 모쪼록 용서하시기를. 그리고 앞으로도 옳은 길로 인도해주소서."

"그, 그건 너무 거창하지만 노력할게요."

그러자 아멜리아 님이 또 새빨개졌다. 이제는 나도 웬만큼 익숙해져서 그 모습을 조용히 지켜보았다.

"너도 참 용케 그런 소리를 하는구나."

아즈가 뼈 있는 말투로 그렇게 얘기하며 웃음을 참고 있었다. 이 표정에도 나는 익숙해졌다.

최근 아즈나 이즈는 내 발언에 얼굴이 상기되는 일이 줄어들었다. 그런데 아멜리아 님은 반드시 새빨개지시니, 부지런히 열을 재고 싶을 정도였다. 슬슬 형에게 버전 2를 만들어달라고 해야 하나. 아니야, 이번에는 아버지에게만 부탁할까…….

"여어, 왔군."

호랑이도 제 말 하면 온다더니, 형이 찾아왔다. 잭 씨도 함께였다.

둘은 제2기사단 소속이므로 수련 시범을 보일 예정이었다. 지금은 제1기사단이 시범 중이니 쉬는 시간일 것이다. 형과 성에서 만나는 것은 수련 첫날 이후 오늘이 처음이다. 크로이스는 궁정 마술사 일도 꽤 바쁜 모양이다. 그에 비해 나는 한가하니 무척 편하다.

"저쪽과 달리 여기는 조용해서 좋은데."

형은 그렇게 말하며 정면을 바라봤다. 우리는 서쪽 중앙에서 관전 중이었는데, 형의 말을 듣고 바로 맞은편의 동쪽을 보니 확실히 사람들이 몰려 있었다.

"저곳에는 왕위 계승권 1위인 제1왕자 전하와 전하가 집념을 사르고 계시는 하그리브스 백작가의 영애, 레이시 님이 계시니까."

잭 씨가 팔짱을 끼고 쓴웃음을 지었다. 집념을 사른다는 건 연인이라는 뜻일까? 아직 궁중에 대해 잘 모르는 나는 고개를 갸우뚱했다.

"뭐, 여자 취향은 제각각이니까."

진저리를 치듯 고개를 끄덕인 후, 형이 나를 바라봤다.

"근위기사 모의전은 제일 마지막이니까, 푹 쉬어둬."

형은 그렇게 말하고 내 어깨를 토닥였다.

……오늘 나는 아즈와 마지막에 앞서 모의전을 벌인다.

마지막 하이라이트는 국왕 폐하와 제1왕비님의 근위기사가 벌이는 싸움이다. 격려를 받아도 내가 그릴 수 있는 것은 아즈와 싸워서 패배하는 청사진뿐이었다. 벌써 마음이 무거워져 한숨을 내쉰다.

그런 대화를 나누고 있는데 이번에도 호랑이가 제 말을 들었는지 국왕 폐하와 제1왕비님, 두 분의 근위기사, 그리고 재상인 아버지와 그 옆의 어머니가 나란히 이쪽으로 다가왔다.

"오, 아멜리아, 유페리아."

국왕 폐하의 내방에 아즈와 나, 그리고 이즈가 허리를 낮추었다. 잭씨와 형이 우리보다 한발 앞서 인사를 올렸기 때문에 나는 그 흉내를 냈다. 문답집에 있던 대로 45도로 허리를 숙인 탓에 요통이 찾아올 것 같았다.

유페 님이 기쁜 듯이 국왕 폐하의 팔을 잡는다. 폐하는 자상하게 미소 지었다.

"어머니……, 뵙고 싶었어요."

아멜리아 님은 왕비님에게 다가갔다. 오랜만에 만난 모양이었다. 같은 성에 있어도 좀처럼 만나지 못하겠지. 나는 그 모습을 보고 문득 상기했다. 아멜리아 님과 유폐 님이 평소 워낙 사이가 좋아 곧잘 잊어버리는데, 그러고 보면 두 사람은 이복 자매였던 것이다.

"폐하, 자식 놈을 다시 소개해 올리겠습니다."

그때 아버지가 일어나 담담하게 말했다. 나를 슬쩍 쳐다봤다.

"더글라스, 그렇게 격식 차릴 것 없네. 다들 고개를 들라. 이즐트도 건강해 보이는구나."

"황공하옵니다, 폐하."

이즈가 바로 그렇게 대답했다. 그녀는 아멜리아 님 정도는 아니지만 내성적으로 보였는데, 역시 어른스러운 구석이 있었다. 그렇게 생각하며 나는 고개를 들었다. 아즈도 자세를 고쳤다.

잭 씨와 형은 이미 고개를 들고 있었다. 역시 이 둘은 나는 물론이요, 아즈보다 궁정 생활에 익숙한 인상을 준다. 나도 몇 년이 지나면 이 둘처럼 되고 싶다. 우선 목표는 아즈와 비슷한 수준으로 대응할 수 있게 되는 것이지만⋯⋯.

"크로이스, 와이스, 열심히 하고 있니?"

그때 어머니의 목소리가 울렸다. 우아하게 부채를 흔들고 있다. 나는 긴장되어 말이 제대로 나오지 않았다. 형은 그런 내 머리를 찌르더니, 평소에는 생각지도 못할 정도로 예의 바르게 고개를 숙였다.

"어머니께서는 오늘도 건강해 보이시는군요. 소자는 그저 기쁠 따름입니다."

"어머, 고맙구나, 크로이스. 와이스의 생각도 같다면 좋으련만."

"같아요, 같사옵니다."

황급히 형의 말에 덧붙이자, 만족스러운 듯 빙그레 웃은 어머니가 이를 감추다시피 부채를 펼쳤다.

"그것 참 기쁘구나."

그때였다. 갑자기 공기 중에 긴장감이 감돌았다. 불쾌한 감각이 가슴속을 가득 메웠다. 회장 안 여기저기에서 기사단 소속 마술사와 궁정 마술사들이 차례차례 쓰러졌다.

나는 뭔가 특수하고 강력한 마력을 감지했다. 그 마력의 기운은 분명 이질적이었다. 국왕 폐하와 왕비님의 근위기사인 두 마술사도 의식을 잃은 듯 바닥에 쓰러져 있었다.

─이게 뭐지? 더없이 불쾌한 감각에 나는 눈썹을 찡그리며 주변을 둘러봤다.

"크로이스."

아버지가 형을 불렀다. 그러자 형이 가시 돋친 표정으로 대답했다.

"이미 '쳤어요.'"

"이쪽도 '감시'를 개시했다. 몇 분쯤 버티겠느냐?"

"5분이 못 되겠죠."

"몇 초나 '열렸지'?"

"잘 모르겠지만 적어도 40초는 '열었어요.'"

눈앞에서 오고 가는 대화에 나는 몇 번 눈을 깜빡였다. 잠시 후, 불쾌한 기운이 사라졌다는 사실에 안도했다. 검사인 아즈나 폐하 일행,

왕녀 전하 두 분은 무슨 일이 일어나고 있는지 모르는 눈치였다.

일단 나는 이해할 수 있었다. '쳤다'는 것은 결계를 말한다. 이 나라에는 대규모의 결계가 펼쳐져 있다. 열린 것 또한 결계이리라. 감시는 아버지 친화수의 특성이다.

"스노우 크로우. 치유를."

그때 어머니가 말했다. 그러자 하얗고 거대한 까마귀가 풀 맥스 형태로 출현했다. 어머니의 친화수인 스노우 크로우(SnowCrow)는 치유력을 지닌 하얀 까마귀 모습이다. 여기가 왕궁 밖이기 때문인지, 혹은 비상사태이기 때문인지 평소에는 규칙에 까다로운 어머니가 허가도 얻지 않고 친화수를 불러냈다.

나로 말하자면, 그러한 가족의 행동을 온 힘을 다해 지켜보고 있었다. 무능한 나와는 달리 남은 가족들은 모두 기민했다. 아무것도 할 수 없는 나는 왠지 면목이 없어 눈길을 가누지 못했다.

"무슨 일이 일어났나요?"

그때 아멜리아 님이 내 소매를 잡아끌었다. 그제야 나는 자신의 직무를 떠올렸다. 나는 아멜리아 님의 근위기사다.

"궁정 마술사 전원이 왕도 전역에 쳐놓은 방어 결계가 깨진 모양입니다. 지금 제 형인 크로이스가 혼자서 그것을 복구하고 있습니다."

궁정 마술사 중에서 홀로 왕도의 방어 결계를 재구축하고 유지할 수 있는 인간은 내가 알기로 오직 형밖에 없다. 불과 몇 분이라 해도. 원래는 궁정 마술사 전원이 조금씩 마력을 모아 유지할 정도로 규모가 큰, 특무급 마술이었다. 나도 명목상의 자격은 갖고 있지만 그런 마술은 못 쓴다. 이를 사용한 형이 얼마만한 부담을 지고 있을지 상상조차 할 수 없었다.

그래서 어머니는, 상태가 심각한 사람을 구제하려는 목적도 물론 있겠지만 즉시 결계에 힘을 보낼 수 있는 마술사를 깨우고자 치유력을 지닌 친화수를 소환했을 것이다. 형 혼자서는 오래 버티지 못할 테니.

하지만 궁정 마술사는 정신을 차릴 기미가 보이지 않았다. 역시 특수한 마술이 작용하고 있는 듯하다.

"붉은 여왕, 버텨다오."

형이 그렇게 중얼거리며 지팡이를 땅에 한 번 세게 찍었다. 그러자 두 번째 친화수가 나타났다. 형은 포말하우트를 명문가로 만든 유전 능력— 친화수 복수 제어가 가능하다.

모습을 드러낸 붉은 여왕이 에퀘스 옆에 나란히 섰다.

"왕도의 침입자는 203명, 성의 침입자는 다섯 명이다."

검은 까마귀 모습의 레이븐을 주로 쓰는 팔에 잡아두고 아버지가 중얼거렸다.

아버지는 재상의 권한으로 유사시 성을 포함한 왕도 전역에 있는 인간들의 동향을 감시할 수 있다. 나는 이를 실행하는 아버지의 모습을 처음 보았다. 방금 말한 '감시'가 바로 그것이다.

"폐하, 비상 사태입니다. 윤허를 내려주십시오."

"그대에게 맡기겠네, 재상."

국왕 폐하의 육소리를 들은 순간, 아버지가 지팡이로 세게 땅을 내리쳤다.

"도르마우스, 적과 내 혈족을 제외한 모든 것을 잠들게 하라."

아버지가 친화수인 겨울잠쥐를 불러냈다. 아버지도 둘 이상의 친화수를 조종할 수 있었다. 그리고— 아버지의 말이 떨어진 순간, 회장에 있던 사람들 대부분이 잠들었다. 포말하우트가의 사람들만 제외하고.

친화수 능력은 유전되기 쉬워서 이렇게 사용할 수도 있다. 이유는 연구 중이라고 하지만, 배우자도 그 집안에 준하는 대우를 받는 경우가 많다고 한다. 그래서 어머니 또한 잠들지 않았다.

아버지의 말이 끝난 직후, 아멜리아 님과 유페 님도 잠들고 말았다. 나는 황급히 왕녀 전하들의 몸이 쓰러지지 않도록 붙잡았다. 겨울잠쥐의 능력은 수면에 특화되어 있다. 이리하여 별일 없이 지나갈 줄 알았던 나의 휴일 출근은 양상이 바뀌고 만 것이다.

"더는, 못…… 버텨."

형이 그렇게 말하며 땅에 무릎을 꿇었다. 동시에 피를 토하기 시작했다. 너무 강한 친화수의 능력은 그것을 부리는 인간의 몸에 해를 끼친다.

"쓸모없는 녀석."

아버지가 냉정한 표정으로 그렇게 말하며 지팡이로 땅을 세게 내리쳤다.

"레이븐, 모든 것에 결계를. 이 왕도의 모든 것에."

그리고— 놀랍게도 아버지는 감시를 유지한 채 결계를 다시 쳤다. 부풀어 오른 방대한 마력의 기운에 숨이 막힐 듯했다.

"시끄러워요."

형이 피를 토하며 욕설을 내뱉었다. 거친 숨을 몰아쉬며 입가에 묻은 피를 닦는다. 그러자 아버지가 중얼거리듯 말했다.

"한계에 이른 주제에 허세를 부리니 그 꼴인 게지. 자기 역량을 파악하고 쉬거나 해."

"크로이스는 최선을 다했어요. 큰 쓸모야 없었지만— 스노우 크로우, 크로이스를 제일 먼저 치료하도록."

어머니가 부채를 부치며 말했다. 그와 거의 동시에 아버지가 지팡이를 들지 않은 손으로 소리를 울렸다.

"겨울잠쥐, '성의 침입자' 전원을 거울에 비추어라."

우리 부모님은 친화수에게도 업신여기는 태도를 취한다. 그렇다고 친화수들이 불만을 표출하지도 않는다. 겨울잠쥐는 순순히 성의 침입자를 거울에 비췄다. 공중에 얇고 네모난 마술 거울이 나타나고, 거기에 둘, 둘, 하나로 구성된 세 그룹의 적이 비쳤다. 각각 다른 통로를 지나가고 있다.

"외웠지? 빨리 가거라."

그때 아버지가 그런 말을 던졌다. 피를 토하고 있는 형으로서는 무척 버거우리라.

나는 걱정하며 형을 지켜봤다. 그때 형과 눈이 마주쳤다.

"나는 괜찮아……, 그러니까."

그러니까 가겠다는 말인가. 정말로 괜찮을까 염려하며, 나는 고개를 크게 끄덕였다.

그러자 어머니가 말했다.

"힘내렴, 와이스."

그러나 예상 밖의 말을 들은 나는 어안이 벙벙해졌다. 입이 떡 벌어진다.

"너만 믿을게, 와이스."

형은 그렇게 말하더니 다시 기침을 하며 피를 토했다.

"자, 잠깐만. 난 아멜리아 님의 근위기사라 여기에 있어야 하는데……."

"무슨 잠꼬대 같은 소리를 하는 거니. 근위기사는 왕녀 전하, 나아가 바스커빌 왕가를 위한 존재야. 그조차 이해하지 못하다니 참으로 개탄스럽구나."

어머니가 내뱉듯이 말했다. ……나도 아까 비슷한 말을 했는지도 모르겠다.

"안 되겠군, 나도 앞으로 1분밖에 버티지 못해."

평소와 다른 아버지의 말투가 긴박감을 자아냈다.

"하, 하지만 내가 가봤자 도움이 될 리가……."

"도움이 되든 안 되든, 넌 근위기사이기 이전에 포말하우트가의 사람이다. 그걸 명심해라, 와이스. 우리 포말하우트 후작가는 언제 어느

때라도 바스커빌 왕가에 충성을 다하고 매사에 온 힘을 쏟아야 한다."

아버지의 말에 나는 숨을 삼켰다.

─그랬지.

─맞아, 나는 아멜리아 님의 근위기사지만…… 동시에 포말하우트
의 사람이다.

─바스커빌가의 개, 그렇게 불리는 3대 후작가의 한 축을 짊어지고
있어.

"큭."

아버지는 기침을 하며 한쪽 무릎을 꿇었다.

"가거라, 와이스. 모쪼록 죽어서는 안 된다. 자백을 받아야 하니."

"알았어. 나, 다녀올게."

뜻을 굳힌 내가 고개를 끄덕이자 어머니가 이쪽을 본다.

"와이스. 조심하거라."

어머니의 입에서 그런 말이 나올 줄은 몰랐기에 나는 깜짝 놀랐다.

"지금 포말하우트 후작가의 사람 중 너 말고는 단발 근거리 초공격
형 친화수를 부릴 수 있는 이는 없으니까."

그 말에 다시 한 번 크게 고개를 끄덕이고 나는 달리기 시작했다.
달리면서 생각했다. 친화수는 유전되므로 소유자가 죽으면 그 자손이
나 살아 있는 혈족이 쓸 수 있었다.

어머니가 방금 한 말은 나를 격려해주기 위함이었을까, 아니면 체
서 고양이를 부릴 수 있는 사람이 없어지면 곤란하다는 의미였을까.

조금 고민됐다. 아무리 무섭다지만 어머니도 사람인데 전자였다고 해두자. 그쪽이 정신적으로 더 건전하니.

덧붙이자면, 단발 근거리 초공격형을 쓸 수 있는 '포말하우트가'의 사람은 분명 없지만, 나의 혈족— 아버지의 남동생은 3대 후작가 중 하나인 리넬 후작가의 분가 플레전스 자작가의 사위가 되었는데, 단발 근거리 초공격형 친화수를 사용할 수 있다.

이런저런 생각을 하며 달리던 그때 인기척을 느꼈다. 황급히 발을 멈추고 벽에 딱 붙어 등을 기댄다. 마술 거울에는 없었던 위치다. 바로 길모퉁이에서 벌어진 일이다.

"무서워, 다이나……."

그곳에는 금발 곱슬머리를 가진 아름다운 소녀가 웅크리고 있었다.

체셔 고양이를 제외하고는 고양이 형태 친화수를 처음 보았다. 나는 잠깐 얼굴을 내밀고 소녀의 얼굴을 머리에 아로새겼다. 언뜻 고양이로 보이는 친화수를 끌어안은 그녀의 표정은 불안해 보였다.

레이븐은 차치하고, 아직 겨울잠쥐의 힘도 작용하고 있을 터였다. 게다가 그녀는 거울에 비친 '성의 침입자'도 아니었다. 그렇다면 나보다 조금 어려 보이는 저 소녀는 '처음부터 성 안에 있던 적'이거나 '겨울잠쥐의 능력을 튕겨내는 친화수를 가지고 있다'는 말이다.

아니면 겨울잠쥐의 능력이 끊어진 걸까. 주변 마력의 기운을 살펴본 바로 그렇지는 않았다.

가족이라서 그런지 아버지의 친화수는 직감적으로 그 힘을 파악할 수 있다. 내가 아버지에게 직접 마술을 배워서 그럴지도 모른다. 형 크로이스는 어머니에게 오래 배웠다. 아버지와 어머니는 마술을 사용하는 방식이 약간 달라서 나와 크로이스 또한 서로 다르다.

아버지와 나의 경우, 마술을 부릴 때 '모든 것을'이라는 말을 자주 쓴다. 포말하우트에서 유래한 마술이다. 한편 형이나 어머니는 아무 말 없이 신속하게 마술을 부리는 왕실형 마술이 많다.

어쨌든 나는 그 소녀를 일단 내버려두기로 했다. 그리고 다른 길을 통해 적이 있는 곳으로 향했다. 침입자가 더 위험하다고 판단했기 때문이다. 처음 만난 적 2인조는 행상인 차림이었다. 그들이 일단 회장 안에 섞여들면 찾아내기가 어렵다.

"체셔캣."

나는 조용히 중얼거리며 체셔 고양이를 불러냈다. 소리는 내지 않았지만 나도 모르게 손가락 끝을 튕겼다. 소환할 때 반드시 손가락으로 소리를 낼 필요는 없지만 긴장한 나머지 버릇처럼 그렇게 하고 말았다.

"체셔, 모든 것을 나에게 맡겨."

그렇게 말하고 나니 등줄기에 전율이 일었다. 체셔캣은 동화형 친화수다. 그래서 바깥 세계에 출현했을 때는 풀 맥스 상태라 해도 본질적으로 그것이 전력($\pm \pi$)은 아니다.

동화됨에 따라 내 복장도 변했다. 근위기사 복장에서 포말하우트의 사람들만 두르는, 입까지 덮는 형태의 로브 차림으로. 목과 입을 보호하는 이 의복은 목소리가 나오지 않는 사태를 방지하기 위해 목을 보호하는 형태로 만들어졌다고 한다.

진정한 풀 맥스의 힘으로 체셔 고양이와 동화한 내 두 손에는 평소 체셔가 갖추고 있는 쇠발톱이 생겼다. 손목부터 손끝까지 갈고리 발톱 형의 무기가 뻗어 있다. 고양이의 발톱 같은 이 무기를 지금 나는 마음대로 쓸 수 있었다.

"뭐어어."

"하느은."

"노오옴."

"이이이."

"냐아아."

내가 모습을 드러내자 행상인처럼 꾸민 사람 하나가 목소리를 높였다. 그것이 한 음절씩 늘어져서 들렸다. 이것은 풀 맥스로 동화했을 때 발휘되는 체셔 고양이의 특성 중 하나인 속도 상승 덕분이었다.

나에게는 마치 시간이 멈춘 것처럼 느껴졌다. 그래서 그중 한 사람이 '냐'라는 말을 마쳤을 때는 이미 두 사람의 목덜미에 있는 급소를 쇠발톱으로 내려친 후였다. 말을 마침과 거의 동시에 그들은 땅에 엎드려 있었다.

"체셔, 1회 해제."

오랜 시간 동화하고 있으면 나도 형처럼 피를 토할 수 있기에 체셔 고양이를 분리한다. 하지만 한번 변한 복장은 바뀌지 않는다. 나는 볼에 닿는 옷의 감촉에 왠지 모를 안도감을 느끼며 천 두 장과 수갑 두 개, 끈 두 개를 마술로 불러냈다. 내가 있는 장소와 포말하우트의 창고를 연결하는 마술이다.

그런 다음 자살하지 않도록 입에 천을 물리고, 그들의 손목에 각각 수갑을 채웠다. 혹시 몰라서 다리도 묶었다. 그렇게 무사히 한 무리를 쓰러트린 나는 다음 목표를 향해 출발했다.

두 번째 무리는 기사단 갑옷을 두르고 있었다. 대체 어디서 갑옷을 입수한 걸까?

그런 생각을 하면서도 첫 번째 무리처럼 목을 노려 기절시켰다. 그러고 나서 머리의 투구를 벗기고 입에 천을 물렸다. 손과 발도 묶었다. 이제 한 무리만 남았다. 나는 오른쪽 위에 열린 마술 윈도로 위치를 확인하며 달렸다. 적의 소재지를 아버지가 표시해주고 있다.

"어라?"

그리고 최후의 적이 눈앞에 선 순간, 나는 무심코 중얼거렸다. 거울이 보여준 적은 한 사람이었는데 그곳에는 두 사람이 있었던 것이다. 둘 다 궁정 마술사 차림으로 로브를 푹 덮고 있었다. 얼굴은 보이지 않는다.

"모크 터틀."

내가 한 발 앞으로 나선 순간, 그런 목소리가 들렸다. MockTurtle, 가짜 거북이?

역사서에 나올 정도로 이름난 친화수 중 하나다. 나는 놀라서 움직

94

임을 멈췄다.

"도도(Dodo)."

게다가 다른 한 사람은 마찬가지로 유명한 도도새를 소환했다. 어안이 벙벙해진 나는 자연스레 지팡이를 쥔 손에 힘을 줬다. 적어도 귀족급의 마력이 없으면 부릴 수 없는 강력한 친화수였다.

그것을 두 마리나 상대하며 싸워야 하다니 여태껏 한 번도 없던 일이다. 둘 다 체셔 고양이와 거의 동격인 친화수다. 귀족은 일반인보다 마력이 강했다.

-쓰러트릴 수가 없을 텐데.

내 안에서 뭔가가 그렇게 속삭였다.

-하지만 내가 쓰러트리지 않으면 어떻게 되는 거지?

냉정한 이성이, 이 적들은 분명 궁정 마술사인 척하며 왕족에게 해를 끼칠 것이라고 말했다. 그것은 어쩌면 아멜리아 님일지도 모르고, 유페 님일지도 모른다.

—그걸 용납할 거냐?

나는 천천히 침을 삼켰다.

"……용납할 리가, 용납될 리가 없지."

정신을 차리고 보니 나는 그렇게 중얼거리고 있었다.

"체셔. 모든 것을 맡겨, 이 왜소한 나에게."

무의식적으로 내가 그렇게 읊조린 순간, 주위의 마력량이 변했다. 체셔 고양이의 마력이 쑥쑥 올라갔다.

─어렵사리 구한 일자리라서 그런 게 아니야.

─나는 소중한 '지금'을 지키고 싶어.

─아멜리아 님을 지키는 거야.

조금 전 아직 어린 티가 가시지 않은 손으로 내 소매를 끌어당기던 아멜리아 님. 작은 주인님을 떠올렸다.

순간, 시간이 완전히 멈춘 듯이 느껴졌다. 이 자리에서 움직일 수 있는 사람은 나밖에 없는 느낌이다.

체셔와 동화됐다지만 살면서 이 정도로 속도를 높인 적은 여태껏 한 번도 없었다. 소리도 움직임도 없는 공간에서 나는 손을 쳐들었다.

─죽여버릴 것만 같다.

그런 충동을 겨우 억누르고 나는 가짜 거북이와 도도새를 베었다. 각각의 소유자들은 그 직후 손으로 급소를 쳐서 기절시켰다. 아슬아슬하게 살인을 피했다.

"이걸로 끝인가⋯⋯."

눈앞에 쓰러진 두 사람의 입을 천으로 막으면서 나는 탄식했다.

"돌아갈까, 아멜리아 님이 있는 곳으로."

분리된 체셔 고양이를 쓰다듬으며 나는 말을 삼키고 깊은 한숨을 내쉬었다.

"대단했어요, 와이스 님."

투기장으로 돌아온 나에게 아멜리아 님이 다가왔다.

"네?"

그러고 보니 전투 중 아버지의 친화수 효과가 끊어진 듯한 낌새는 있었다. 하지만 싸움에 열중하느라 신경 쓰지 않았다. 그런데 대단하다니 무슨 소리지? 나는 고개를 갸웃거렸다.

"마술 디스플레이에서 봤어요. 저, 저기, 멋졌어요."

아멜리아 님의 말에 당황하며 돌아봤다.

그러자 회장에 마련된 거대한 마술 거울에 지금 나와 아멜리아 님이 비치고 있었다.

"어? 무슨 일이야?"

내가 묻자 형이 내 팔을 끌었다.

"긴급 상황에서의 피난 훈련이었어, 이건. 침입자들도 궁정 마술사고. 방금 그게 마지막 순서였지."

"잠깐, 거짓말이지?"

나는 피로가 한꺼번에 몰려오는 기분을 느끼고 그 자리에 웅크려 앉았다.

"멋진 역할은 다 빼앗겼지만, 네 실력을 볼 수 있어서 좋았어."

아즈는 그렇게 말하고 내 어깨를 두드렸다. 힘이 빠진 나는 어정쩡하게 웃을 수밖에 없었다.

―그래서 죽이지 말라고 했구나. 위험했네. 그런 생각을 하는 가슴에 뚜껑을 덮는다.

"과연 재상의 아들답구나. 안심하고 아멜리아를 맡길 수 있겠어."

국왕 폐하까지 그렇게 말씀하시자 나는 굳은 표정으로 인사를 올렸다.

"과찬이십니다."

이제 다시는 휴일 출근 따위 하고 싶지 않아……. 나는 속으로 깊은 한숨을 쉬었다.

❀ ❀ ❀

─이것은 와이스가 싸우고 있을 때의 이야기다.

"무슨 일이야?"

"무서워."

"도망가야 해."

와이스가 세 번째 무리와 싸우는 풍경이 비치고 있을 때, 겨울잠쥐의 수면 효과가 다하여 사람들은 웅성거리고 있었다.

"조용히 하세요."

그때 탁, 하는 소리와 함께 부채를 접은 포말하우트 부인 메리벨의 목소리가 울려 퍼졌다.

"이건 피난 훈련 겸 오늘의 마지막 순서, 제 아들의 능력을 선보이는 자리입니다."

그것은 사실이 아니었으나 자리를 진정시키려는 메리벨의 의도를 파악한 더글라스는 여유로운 모습을 보이며 한쪽 입꼬리를 올렸다.

"왕도의 결계가 무너진 상황을 가정하고 진행했는데, 정말이지 어리석은 내 아들 크로이스를 비롯하여, 다들 한심스럽군."

"그렇지만 그럴 때조차 우리 포말하우트는 온 힘을 다해 바스커빌 왕가를 지킬 것입니다."

그렇게 말한 메리벨은 마술 거울에 비치는 와이스를 여봐란듯이 손가락으로 가리켰다. 그 모습에 사람들은 납득하고 또한 안심했다.

❈ ❈ ❈

"피난 훈련이라니, 너무하잖아. 속았어."

집으로 돌아오자마자 반쯤 울상을 지으며 말하니, 형의 표정이 진지해졌다.

"훈련으로 내가 피를 토할 리 없잖아. 물감도 아니고……. 그런 식으로 어머니와 아버지는 사람들을 진정시킨 거야. 세 번째 무리만 내가 원격으로 동료 궁정 마술사들에게 지시해서 바꿔치기했던 거고. 이건 오직 포말하우트가의 비밀이지만 말야. 우리 바스커빌가의 개들의 비밀. 뭐, 폐하는 물론 알고 계셔."

"왜 이제야 알려주는 거야?"

"회장에는 사람들 눈이 있으니까. 게다가 궁정 마술사의 불명예로 이어질 수도 있어."

"그야 분명 그렇지만……. 그럼 내가 구속한 자들은 어떻게 됐지?"

"지금 심문 중이야. 지난번과 같은 전철은 밟지 말아야지. 아마 이 번 일도 유폐 님과 관련이 있을 테니까. 자살도 암살도 당하지 않도록 조심할 거야."

형과 조금 더 이야기를 나눈 다음, 나의 첫 휴일 출근은 끝이 났다.

피난 훈련으로 위장한 습격 사건이 벌어지고 며칠이 지났다. 현재의 조사 상황을 나는 모른다.

지금은 어떻게 됐을까? 그런 생각을 하며 기사단의 수련을 지켜보 는데 바로 옆에서 누가 깊은 한숨을 내쉬는 기척이 있었다. 그쪽으로 눈길을 돌리자 웬일로 아즈가 어깨를 축 늘어뜨리고 있다.

—부회장이 한숨을 쉬다니, 별일이군. 그렇게 생각한 나는 질문을 던져보기로 했다.

"저기……, 무슨 일 있어?"

그러자 아즈가 나를 바라봤다. 키가 거의 비슷해서 정면으로 시선 이 마주쳤다.

"와이스, 넌 정했어? 내일 전야제 파트너."

내일은 성 모르디어스의 성탄제 전날이라 사교파티가 열린다.

그렇다고는 해도 작은 행사였다. 아직 야회에 데뷔하지 않은 젊은 귀족들의 친목회다.

"그거 열일곱 살 이하 아니었나?"

"근위기사와 학교 친구도 초대하는 거야."

……완전히 잊고 있었다. 아즈의 말에 비로소 생각이 났다.

"물론 '근위기사'로서 참가하는 게 아니라, 다른 분들의 연습을 겸해서 너랑 나도 귀족으로 참가하는 거지."

그러고 보니 나도 형과 함께 나간 전야제에서 나이가 많은 사람을 몇 번 본 적이 있다.

지금 생각해보니 그는 근위기사였으리라. 하지만…… 큰일이다.

"아직 안 정했는데……."

그렇게 대답하고 우울한 표정의 아즈를 보며 고개를 갸웃거렸다. 아즈라면 다들 파트너가 되고 싶어서 난리일 텐데 뭐가 고민일까.

"이즈의 파트너를 아직 못 정해서."

그 말을 들으니 이해가 갔다. 귀족 간의 인연을 만들기 위한 자리이니, 같은 학교 친구라 해도 그중에서 남작가 따님의 상대를 찾기란 좀처럼 쉽지 않을 것이다. 다들 되도록 격이 높은, 하다못해 격이 동등한 상대를 찾는다. 남작가는 '서민보다 조금 나은 귀족' 취급을 받는다는 이야기를 들은 적이 있다.

이 나라는 그런 면에서 엄격하다. 그건 그렇고 나도 파트너를 아직 못 정했다. 이건 매우 곤란한 사태라 할 수 있다. 이제 하루밖에 안 남았으니 지금부터 찾으려면 큰일인데.

"혹시 괜찮으면, 정말로 아직 파트너를 못 정했다면 이즈의 파트너가 되어주지 않겠어?"

아즈는 어딘가 먼 곳을 바라보고 있다. 꽤 고민스러운 표정이다.

"남작 가문인 우리 처지에 후작 가문인 네가 어울리지 않는다는 건 알지만."

"그렇지 않아."

나는 고개를 가로저었다. 파트너를 찾느라 고생하지 않아도 되니 오히려 무척 고마운 일이다.

"나라도 괜찮다면 이즐트 양과 꼭 가고 싶어."

"응? 정말로 괜찮아? 반쯤 농담 삼아 한 말인데."

그러고 보니 아즈는 시스터 콤플렉스였다. 그 점을 떠올리며 나는 팔짱을 꼈다.

"그야 왕녀 전하들의 첫 댄스 상대는 제1왕자 전하와 제2왕자 전하일 것이고, 나는 그동안 한가할 테니까."

이번 전야제처럼 비교적 가벼운 자리일 때, 이 나라에서는 혼약자가 없는 왕족들이 형제자매와 춤추는 경우가 많다. 이 나라에는 왕녀가 셋, 왕자가 셋 있다. 숫자도 딱 맞는다. 근위기사와 추는 경우도 있지만, 그것은 대체로 정식으로 사교계 데뷔를 마친 뒤의 일이다.

"와이스……, 진심으로 받아들인다?"

"응, 나도. 안부 전해줘."

완전히 잊어버리고 있었던 전야제 파트너를 어쨌든 무사히 구했다.

"와이스, 안에 있지?"

문을 똑똑 두드리는 소리가 난 뒤, 형이 방문을 열었다. 덜컥 하고 큰 소리가 났다. 방금 집에 돌아온 나는 놀라서 뒤를 돌아봤다. 집에 일찍 들어온 형은 소파에 앉아 나를 지그시 쳐다봤다.

"네가 내일 잭의 여동생과 춤춘다는 소문이 사실이야? 오늘 궁정에서 제일 뜨거운 소문이었는데."

"응? 왜?"

목덜미 스트레칭을 하며 내가 고개를 갸웃거리자, 형이 고개를 깊이 끄덕이며 말을 이었다.

"'와이스에게 정혼자가 생겼다'느니, '크로포드가는 우습게 볼 수 없다'느니. 이런저런 얘기를 들었지."

"그런 거 아니야. 파티에 대해 잊고 있었는데 마침 아즈가 이즐트 양도 파트너가 없다고 알려줬을 뿐이라고."

"그건 그렇고 애초에 너는 왜 파트너가 없었던 거냐. 나는 여자들이 줄기차게 다가와 난처한데."

"형이랑 달리 나는……."

인기가 없다고 말하려다가 서글퍼져 그냥 입을 다물었다.

"내가 네 형이라 그렇게 보이는지 모르겠다만, 확실히 넌 너무 단정해서 다가가기 힘들긴 하지."

그건 크로이스가 들을 소리다. 그러니까 나는 인기가 없…… 이런 생각을 떨쳐내고 나는 형을 바라봤다. 형은 남을 칭찬하는 법을 잘 아는 것이다.

"그보다 무슨 일이야?"

근무를 마치면 바로 집으로 돌아오는 나와 달리, 늘 밤늦게 귀가하는 형에게 물었다. 설마 내 소문의 진위를 파악하려고 돌아온 건 아니겠지.

"얼마 전의 그 '반역자' 얘기를 너한테도 해 주려고."

"얼마 전이라면 휴일 출근 때?"

"그래. '수련 시범' 날의 침입자들 얘기지."

고개를 크게 끄덕이며 형이 말을 이었다.

"그 녀석들, 역시 이번에'도' 유폐 님을 위해서라고 말한 모양이야."

"말도 안 돼. 그런 소리를 했다간 유폐 님의 처지가 점점 더 악화되잖아."

"그렇지? 내 생각도 그래."

"역시 유페리아 님의 즉위를 막으려는 세력이 있는 걸까?"

"아직 모르겠지만 그럴 가능성이 높아."

형은 그런 이야기를 하며 나갔다. 그 뒤 나는 옷장 문을 열어봤다. 춤을 딱히 좋아하지 않아서 야회용 의상이 그리 많지는 않았다.

"적어도 이즈가 부끄럽지 않을 만한 의상을 찾아야 하는데."

한숨이 나온다. 대체 어떡하면 좋을지……. 형에게 빌릴까 싶었다. 그런 생각을 하며 저녁밥을 기다리고 있으려니, 문밖에서 어머니가 나를 불렀다.

"와이스, 잠깐 이쪽으로 와보렴."

무슨 일이지. 혼이 날 만한 일은 떠오르지 않았다. 조심스럽게 방

밖으로 나간다. 그러자 그곳에는 왕실과 거래하는 재봉소 사람들의 모습이 보였다.

"너는 크로이스와 달리 괜찮은 옷이 별로 없으니 이 기회에 좀 마련 해두거라."

확실히 나는 옷에 그리 신경을 쓰지 않았다.

학원 시절에는 교복이 있었고, 근위기사에게도 왕실에서 지급되는 정복이 있다. 휴일에도 집 밖으로 거의 나가지 않는 나는 집에서는 마 술 수련 복장인 넉넉한 로브와 바지를 입는 경우가 많다.

반대로 어머니 말마따나, 활달한 성격이라고 할 수는 없지만 꾸미 는 일을 즐기는 크로이스는 의복에 지출을 많이 하는 듯했다. 그래서 형에게 옷을 빌릴까 했던 것이다.

"휴우, 상대가 남작가의 딸일 줄이야……."

어머니가 한탄하듯 그렇게 중얼거리고 있을 때는 이미 재봉사들이 내 치수를 재고 있었다.

"그것도 하필이면 크로포드 남작가……, 신흥귀족이라니."

"내가 누구랑 춤을 추는지 어떻게 알아요?"

"귀족 행사에서 내가 모르는 일이란 거의 없단다."

"……크로포드 남작가면, 무슨 문제라도 있대요?"

"아주 많지."

그렇게 잘라 말한 어머니의 표정은 차가웠지만, 어딘가 분개하는 기 색이 보였다. 분노에 뺨이 조금 달아오른 모습으로 부채를 부치기 시작했다.

"잭 크로포드는 크로이스의, 아즈라이트 크로포드는 너의 라이벌이야. 패배는 용납할 수 없다. 포말하우트 후작가의 사람으로서."

그렇군, 어머니는 속으로 그렇게 생각하고 있었구나……. 형이면 몰라도 나는 참패인데. 입이 찢어져도 말하지 못하겠지만……. 무엇보다 현시점에서 내 목표는 아즈처럼 되는 것이었다.

"마님, 아드님의 의상 색깔은 어떻게 할까요?"

그때 재봉사의 목소리가 날아들었다.

"포말하우트에 잘 어울리는 푸른색으로."

"어, 검은색이 좋은데."

"내일 전야제는 장례식이 아니다. 와이스."

어머니의 뜻을 거역하고 이긴 적이 없었기 때문에 나는 고개를 숙였다. 무난한 색이 좋은데…….

뭐, 사실 옷을 고르는 것은 내가 제일 서툰 일이니 고맙다고도 할 수 있다. 그 후 나는 한동안 옷 입히기 인형이 되었다.

어느새 전야제 날이 밝았다. 덕분에 오늘은 평일이지만 근위기사들은 휴무였다.

"주인님, 포말하우트 후작가 분께서 오셨습니다!"

나는 어머니가 준비한 마차로 마중을 나섰다. 마차에서 내려 현관에서 기다리고 있자니 크로포드 남작가 집사의 목소리가 메아리쳤다. 현관 밖까지 들려왔으니 목소리가 제법 크다고 생각했다.

"저기, 와이스, 무슨 일 있어?"

그때 아즈가 나왔다.

"오늘 파트너를 모시러 급히 달려왔습니다."

"응? 이즈를? 일부러? 난 회장에서 만나기로 했는데."

"제가 민폐를 끼쳤습니까, '형님'?"

전부 문답집에 나온 대로 한 말이다.

"자, 잠깐만. 왜 너한테 형님이라는 말을 들어야 하지? 영문을 모르겠네."

그랬더니 오랜만에 웃음을 참는 듯 아즈의 얼굴이 새빨개졌다.

"포말하우트가 사람으로서 모시러 오는 것이 인지상정이지."

"과연 후작가다운걸."

"그보다 이즐트 아가씨는?"

"아, 불러올게, 잠깐만 기다려."

나는 그대로 잠시 현관에 서 있었다. 이후 아즈와 헤어지고 이즈와 둘이서 마차에 올랐다. 그녀도 약간 긴장했는지 말이 없었다. 무거운 침묵이었다.

나라도…… 나처럼 무섭게 생겼지만 잘 모르는 사람과 단둘이 있게 된다면 분명 곤혹스럽겠지.

문답집은 아멜리아 님께 응대하기 위한 책이었기에 좀처럼 적절한 표현이 나타나지 않았다. 머릿속에서 페이지를 넘기고 또 넘겨도 아무것도 없었다. 하지만 이대로는 어색하다. 나는 어떻게든 되겠지 하는 심정으로 입을 떼기로 했다.

"저, 저기."

"음."

그런데 이게 웬일인가, 첫 마디가 겹치고 말았다. 뭐라고 해야 하지. 그녀가 고개를 들었기 때문에 나는 황급히 말을 이었다.

"머, 먼저 말씀하십시오."

혀를 조금 씹은 듯이 말하고 말았지만 신경 쓰지 않기로 했다.

"그, 그러지요! 저, 저기, 이 목걸이 정말로 감사합니다! 어젯밤 포말하우트 후작가의 사자가 가지고 오셨을 때는 정말로 놀랐어요."

그 말을 듣고 그녀의 목을 보니 거기에는 사랑스러운 은색 목걸이가 반짝이고 있었다. 작은 사슬에 연결된 펜던트 위에 하트 모양이 새겨진 디자인이다. 중앙에는 다이아몬드가 박혀 있다. 아마도 어머니가 준비한 것이리라. 나는 이런 세심한 배려를 할 줄 모른다.

─감사합니다, 어머니! 나는 그런 생각을 하며 열심히 미소를 지으려 애썼다.

"잘 어울립니다, 이즐트 양."

"괘, 괜찮으시면 이즈라고 불러주세요, 와이스 님."

"이즈. 저를 부르실 때는……."

뭔가 이와 비슷한 대화가 문답집에 있었던 것 같은데. 생각하며 내가 말했다.

"와이스 님이라고 부르게 해주세요."

말을 가로막으며 그렇게 부탁하기에 나는 고개를 끄덕이기로 했다. 마음속으로는 이미 오래전부터 이즈라고 불러왔다는 건 비밀이다. 적당히 이야기를 나누며 우리는 회장에 도착했다.

내가 먼저 마차에서 내려 밖으로 나왔다. 그리고 손을 내밀어 이즈의 가냘픈 손가락을 잡았다. 여기저기에서 시선이 날아드는 듯한 기분이다. 이 옷이 너무 화려한 걸까? 이즈가 내 손을 잡고 마차에서 내렸다. 왠지 내 역할을 하나 완수한 기분이었다.

둘이서 회장 안으로 들어서자 이미 참석자의 3분의 1 정도가 와 있었다. 실제로 몇 명이 올지 모르겠지만 회장의 3분의 1은 채워져 있으니 그 정도일 것이다.

"어머나, 기껏해야 남작 가문의 딸이 후작가의 와이스 님과 같이 오다니."

그때 그런 목소리가 들렸다. 돌아보니 내가 마음속 애칭으로 사과 씨라 부르는 사람이 서 있었다. 오늘도 새빨간 드레스를 입고 있다. 저러서 죄송하군요. 그렇게 생각했는데 사과 씨의 말을 곱씹어보니 아무래도 이즈를 모욕하는 말 같았다. 그렇다……. 나는 쓸데없이 작위만 높았던 것이다. 이즈가 입술을 꼭 깨물었다. 양손을 꽉 움켜쥐고 있었다.

무슨 말이든 해야겠다고 생각한 나는 사과 씨와 이즈를 번갈아 바라봤다. 이즈의 저런 표정이 내 탓임을 생각하면 더더욱 미안했다. 얼른 무슨 말이든 해야 한다.

하지만 뭐라고 해야 할지 모르겠다. 나는 사과 씨를 지그시 바라보기로 했다. 자연스럽게 눈매가 날카로워짐을 알 수 있었다. 부탁이니 더 이상 비방은 하지 말아달라고 나는 속으로 빌었다.

"뭐, 뭐예요?"

그러자 당황한 듯 사과 씨가 뒤로 물러났다. 그러고 보니 내가 무서운 개와 닮았다고들 하는데, 그 덕분인지도 모르겠다.

"여자들이란 참 무섭네."

그때 야유하는 듯한 목소리가 들렸다. 나와 이즈가 돌아보자, 그곳에는 형의 모습이 보였다.

리델 후작가의 에이프릴 씨와 함께였다.

"한데 묶어서 얘기하지 말아주시겠어요?"

머리를 높이 묶은 에이프릴 씨가 난감한 듯 형과 사과 씨를 번갈아 바라봤다.

"야유에 겉치레 하나 담을 줄 모르고 그저 다른 사람을 불쾌하게 만드는 어린아이와, 나나 당신 어머님처럼 미묘한 사정을 구분할 줄 아는 사람을 똑같이 취급하면 실례예요."

에이프릴 씨의 말에 사과 씨가 분노로 새빨개졌다. 리델 후작 가문은 친척이었기에 나 역시 에이프릴 씨에 대해서는 잘 알고 있다. 어린 시절에는 친누나처럼 여겼다.

태도는 그야말로 귀족답게 정중하지만 꽤 지기 싫어하는 성격이다. 제2왕자 전하의 학교 친구 역할도 맡고 있다. 그런 관계로 오늘도 이

자리에 온 모양이다.

"가, 가죠."

그렇게만 말하고 사과 씨는 자신의 추종자들을 데리고 도망치듯 그 자리를 떠났다.

"감사합니다."

그 모습을 지켜본 이즈가 형과 에이프릴 씨에게 감사 인사를 했다.

"당신도 좀 더 당당해지는 게 좋지 않을까요. 와이스가 파트너로 선택한 분이니까요. 물론 집안 따위 신경 쓰지 말고 받아쳐도 상관없어요. 그 정도로 무너질 작위라면 집안의 운명 자체가 거기까지라는 얘기니까."

에이프릴 씨의 말에 이즈가 몇 번이나 작게 고개를 끄덕인다. 감동한 듯 눈동자를 반짝거리고 있었다.

"그럼 지금부터 성 모르디어스의 성탄 전야제를 개시합니다."

그러는 동안 파티가 시작됐다. 첫 번째 곡은 왕족들이 춤을 춘다. 입장을 위한 곡이 연주되자, 그 곡에 맞춰 국왕 폐하와 제1왕비님부터 차례로 회장에 들어왔다.

주위에는 성대한 환성이 울려 퍼진다. 나는 아멜리아 님의 모습을 발견했을 때, 절로 웃음이 났다. 희한하게도 안면 근육이 멋대로 움직였다. 제2왕녀 전하인 아멜리아 님의 손을 잡고 있는 사람은 나의 전임 학생회장이었던 웨일 제2왕자 전하다. 웨일 전하는 아멜리아 님과 마찬가지로 왕비님을 빼닮은 갈색 머리다. 제1왕비님의 아드님과 따님은 이 두 분뿐이라서 웨일 전하의 즉위를 호소하는 목소리도 제법 있는 편이다. 하지만 웨일 전하는 늘 두 살 위인 제1왕자 전하를 앞세웠다. 그렇다 보니 웨일 전하 본인은 왕위에 욕심이 없는 듯 보인다. 복잡한 사정이야 나는 잘 모르지만.

그것보다 나는 필사적으로 댄스의 스텝을 눈에 새겼다. 다음이 우리 차례이기 때문이다. 춤을 추는 것은 학원 졸업식 이후로 처음이다. 그때 식후의 야회에서 에투아르와 딱 한 번 췄을 뿐이다. 너무 오랜만이라 춤추는 법 따위는 잊어버리고 말았다.

대체로 귀족은 음악과 춤을 가르치는 가정교사를 들인다지만, 나는 '마술 공부에 집중하고 싶다'라는 마법의 주문을 이용해 달아나고 또 달아났다. 이제 와서는 조금 후회스럽다. 이즈를 창피하게 만들면 어쩌지. 그런 생각을 하고 있는데 옆에서 목소리가 들렸다.

"다들, 정말로 아름다우시군요."

"그렇지……, 응?"

이즈라 생각하고 시선을 돌렸는데 그곳에는 에투아르가 서 있었다.

"당신이 와이스 님의 파트너 이즐트 씨인가요? 잘 부탁해요."

"하, 학생회장, 송구스럽습니다……."

그러고 보니 두 사람 모두 지금 왕립학원 학생이다. 그리고 에투아르는 현재 학생회장이던가. 이즈가 그녀를 알아도 이상할 것이 없었다.

"부럽군요, 이즐트 씨."

"제, 제게는 정말로 과분하다고 생각합니다."

"그럼 세 번째 곡에서는 파트너를 좀 빌려도 될까요?"

"물론이에요. 부디 저는 신경 쓰지 마시고."

첫 번째 곡은 왕족, 두 번째 곡은 다들 각자의 파트너와 함께 추고 세 번째 곡부터는 자유다.

안 돼……. 두 곡 연달아 추면 나는 분명 숨이 찰 텐데. 한 번만 추면 쉴 수 있다고 생각했던 나는 무심코 얼굴이 굳었다.

"파트너의 승낙은 받았어요. 와이스 님, 춤을 청해주실 거죠?"

에투아르의 미소에 나는 마지못해 고개를 끄덕였다.

"괜찮으시다면 보잘것없는 제가 세 번째 곡의 춤 상대를."

문답집에 있던 일반적인 답변과 함께 손을 내밀자, 에투아르가 빨개진 얼굴로 손을 잡아주었다. 본인이 요청해놓고 빨개지다니 참 희한한 아가씨라고 생각했다. 그러는 동안 첫 번째 곡이 끝났다. 그래서 나는 이즈의 손을 잡고 홀 중심부로 나아갔다.

가녀린 이즈의 허리에 손을 얹고 음악에 맞춰 스텝을 밟아나간다. 몇 번 넘어질 뻔했지만 아슬아슬하게 피했다. 그 '아슬아슬'한 대목에서 몰래 체셔캣의 힘을 사용한 건 비밀이다. 넘어지려고 할 때마다 나는 조용히 친화수를 불러내어 주변의 시간을 늦추고 자세를 가다듬었다. 체셔가 없었다면 위험할 뻔했다.

이리하여 어찌어찌 춤에서 벗어난 나는 세 번째 곡이 나오기 직전에 에투아르 쪽으로 걸어갔다.

"괜찮으시다면, 손을 건네주시지요."

그런 대화를 나누고 있는데, 아멜리아 님과 웨일 전하가 찾아왔다.

"저런, 이미 와이스에게도 다음 상대가 있었나? 넌 여전히 인기가 많군."

내가 서둘러 머리를 숙이자, 아멜리아 님은 그 작은 손으로 내 옷소매를 끌어당겼다.

"저, 저기, 이다음이라도 괜찮아요……, 저, 저도, 그, 그러니까, 저기 와이스 님과 춤추고 싶어요."

─뭐? 나 세 곡 연속으로 춰야 하나? 체력이 거기까지 버텨줄지 불안해졌다. 하지만 거절할 수는 없다. 그것은 불경한 일이다. 그래서 나는 속으로 울면서도 고개를 끄덕이기로 했다.

에투아르와에 이어 아멜리아 님과도 춤을 춘 나는 지치고 말았다.

세 곡 연속으로 춤을 추다니, 내 인생에서 처음 있는 일이다. 피로에 찌든 나는 샴페인 잔을 한 손에 들고 테라스로 나갔다. 이 이상 춤을 추면 과로사할 것 같다. 이 나라에서는 18세부터 술을 마실 수 있지만 나는 아직 몇 번 마시지 않았다.

"어라, 이런 곳에 혼자 있다니, 이제 춤 요청을 거절하는 것조차 그만둔 건가?"

그때 갑자기 누군가 말을 걸어서, 나는 돌아보았다.

"웨일 전하……. 전하야말로 다들 전하와 추고 싶을 텐데 안으로 돌아가셔야 하지 않나요."

"조금 지쳐서 말이지."

웨일 전하는 같은 학생회 소속이었던 적이 있어서, 내가 긴장하지 않고 대화할 수 있는 흔치 않은 사람 중 하나이다.

"네가 아멜리아의 근위기사가 됐다는 말을 듣고 안심했다. 와이스. 여동생을 잘 부탁해."

"성심성의껏 노력하고 있지만 큰 기대는 말아주세요."

"괜찮아. 너라면 만족스럽게 임무를 수행하리라 믿고 있어."

그런 말을 들으니 나는 왠지 쑥스러워서 시선을 돌렸다. 샴페인의 취기가 조금 도는 탓인지 뺨이 뜨거워졌다. 웨일 제2왕자 전하는 사람을 치켜세우는 것이 장기이다.

"게다가 문구점 습격 사건이나 수련 시범에서 적이 습격했을 때 와이스가 있어줘서 정말로 다행이었지."

"송구스럽습니다. 정말 저는 어쩌다 그 자리에 있었을 뿐이에요."

피난 훈련이 아니었다는 사실을 알고 있는 듯한 전하에게 나는 황급히 고개를 가로저었다.

"지금 기사단도 기를 쓰고 범인의 조직을 찾고 있어. 이후에도 이와 비슷한 일이 일어날지도 몰라. 와이스, 그때도 힘이 되어줄 텐가?"

"물론입니다. 저라도 도움이 된다면."

그런 대화를 나눈 뒤, 웨일 전하는 실내로 돌아갔다. 테라스에 홀로 남은 나는 벽에 몸을 기댔다. 근위기사의 일은 한가하지만 최근에는 생각할 거리를 주는 사건들이 연이어 벌어지고 있다.

"정말 내가 해도 괜찮은 걸까. 근위기사로서 나보다 믿음직한 사람은 많이⋯⋯."

나는 어느새 절로 중얼거리고 있었다. 그러자 숨을 삼키는 듯한 기척이 들렸다.

"와이스 님이 아니면, 안 돼요."

놀라서 돌아보니 얼굴이 빨개진 아멜리아 님이 혼자 테라스로 찾아온 참이었다.

"아멜리아 님, 아멜리아 님은 실내에서 다른 분의 춤 신청을 받으셔야⋯⋯."

서둘러 문답집을 펼치려는 내 앞에서 아멜리아 님이 고개를 휘휘 저었다.

"저, 저는 그, 와이스 님만 있어주시면 그걸로 충분해요. 충분하고도 남아요."

"화, 황공합니다."

얼른 고개를 숙이자, 아멜리아 님이 양손으로 치맛자락을 쥐고 나를 올려다봤다.

"오라버니와 춤추는 건 싫지 않지만, 저, 저는 사실 와이스님과 추고 싶어서, 그, 그게⋯⋯."

나는 설마하니 이런 말을 들을 줄은 몰랐기 때문에 놀랐다.

"와이스 님이 이즈와 춤춘 것도 충격이었고⋯⋯, 에투아르 회장과 춤추는 모습도 정말로 잘 어울리고 아름다워서⋯⋯, 어, 어째서 내가 아닐까, 너무 슬퍼서⋯⋯."

입술을 깨물며 아멜리아 님이 고개를 숙였다. 참으로 황송한 말씀을 들은 기분이라, 나는 머릿속에서 필사적으로 문답집의 페이지를 넘겼다. 하지만 하필 이럴 때 그럴싸한 표현이 나타나지 않았다.

"와, 와이스 님! 와이스 님은 저만의 근위기사죠? 계속, 계속 제 옆에 있어주실 거죠?"

아멜리아 님은 초조함이 엿보이는 눈동자로 나를 올려다본다. 왠지 그 모습이 너무나 사랑스러워 보여서 나는 무심코 그녀의 머리를 쓰다듬었다.

제정신을 차리고 자신이 얼마나 무례한 짓을 했는지 곱씹으며 얼른 무릎을 꿇었다. 그리고 드디어 문답집에서 「근위기사로서의 인사 24」를 찾아냈다.

"과찬의 말씀이십니다, 아멜리아 님. 저라도 괜찮으시다면 언제나 곁에 있게 해주십시오. 그 말씀은 근위기사로서 최고의 영예입니다."

"고개를 들어주세요. 그, 그런, 저기, 그게."

그러자 얼굴이 새빨개진 아멜리아 님이 나를 지그시 바라봤다.

"그, 근위기사가 아니어도 와이스 님은 저, 저와 이야기를 나눠주시나요?"

하지만 뒤이은 그 말에 놀라 할 말을 잃었다. 근위기사가 아닌 나는 가치가 없다고 생각했다. 무엇보다 니트로 되돌아갈 테니까.

"제, 제가 왕녀가 아니어도 와이스 님은 저와 이야기를 나눠주실 건가요? 이즈와 그랬던 것처럼."

임무가 아니었다면 원래 말이 없고 커뮤니케이션 장애를 가진 내가 아멜리아 님과 이야기를 나눌 일은 분명히 없었을지도 모르지만, 그건 이즈의 경우도 마찬가지였다.

다만…… 아멜리아 님의 모습이 어쩐지 불안해 보여서 나는 고개를 끄덕이기로 했다.

"물론이지요. 자상하신 아멜리아 님과 대화를 나눌 수 있어 저는 늘 위안을 얻습니다."

문답집에 실린 내용이 아니라 내 생각이 입 밖으로 흘러나왔다. 지켜보고 있자니 점점 더 빨개진 아멜리아 님의 두 눈에 눈물이 고이기 시작했다. ─어라, 울리고 말았나?

나는 당황하며 그녀의 볼에 손을 대고 눈물을 닦았다. 그러자 아멜리아 님은 울면서 웃었다.

"왠지 와이스 님이 다른 사람과 춤추는 모습을 보니 불안해졌어요. 저 같은 사람의 근위기사로 계시는 게 죄송해서."

"저야말로 늘 저 같은 자가 근위기사라서 면목이 없다고 생각했습니다."

"그, 그렇지 않아요. 저는 와이스 님이 근위기사를 맡아주셔서 정말로 행복해요."

나는 오늘 밤, 아멜리아 님과 예전보다 조금 더 마음을 터놓을 수 있었던 것 같다. 따뜻해지는 마음과 함께 전야제의 밤은 깊어만 갔다.

제3장

나의 이름은
나의 형태를
그대로
드러내고 있다

　전야제 다음 날인 오늘은 성 모르디어스의 성탄제다. 국민에게는 전야제보다 이것이 더 중요한 행사였다. 왕족 사람들도 민중에게 인사를 하러 나선다. 그쪽의 호위는 기사단이 맡는다. 따라서 근위기사들은 쉰다. 공휴일 또한 1주일에 두 번 있는 휴식일과 마찬가지로 호위 임무가 면제된다.

　형도 오랜만에 쉬는 모양이다. 오늘은 부모님도 나와 형을 깨우지 않았다. 야회에서 늦게 돌아왔기 때문이리라. 내가 형과 얼굴을 마주한 것은, 포말하우트가에서는 매우 드물게도 점심시간 때였다.

　"공휴일에 쉰다니 좋겠다."

형의 말에 나는 빵을 먹으며 고개를 끄덕였다.

"그런데 오늘은 기사단이나 궁정 마술사가 바쁘지 않아?"

"나는 전야제에 참석한 척하며 경비를 담당했기 때문에 오늘은 쉬기로 했지."

"뭐? 그랬어?"

누가 봐도 즐기는 줄만 알았던 형이 일하고 있었을 줄이야……. 상당히 의외였다.

"그렇다니까. 역시 경비라는 티를 내면 분위기를 망치잖아."

"그렇구나."

그 말에 놀라면서 수프에 손을 뻗는 나를 보고 형이 팔짱을 꼈다.

"습격 사건이 벌어진 지 얼마 안 됐으니까. 너도 마음에 걸리는 수상한 녀석이 있으면 미리 얘기해."

"그렇게 말한들, 나는 누가 누군지 아예 모르는데……."

수상한 사람이라. 나는 지금까지 만났던 사람들을 회상하며 팔짱을 꼈다.

"……그러고 보니, 얼마 전 휴일 출근 날……."

"수련 시범 때?"

"응. 겨울잠쥐의 효과가 작용하고 있는데도 울고 있는 여자아이를 봤어."

"뭐라고?"

"아니, 그러니까 울고 있는 여자아이를……."

내가 그렇게 말하는데 안색이 변한 형이 목소리를 높였다.

"왜 좀 더 일찍 말하지 않았어? 어떤 여자야? 특징은?"

"특징이라고 해봐야…… 평범한 여자애였어. 아, 고양이형의 친화수를 갖고 있었어. 분명 '다이나'라고 불렀는데."

"다이나라고?"

"형 알아?"

"고양이형 친화수가 틀림없고 다이나라고 불렀다면 짐작 가는 데가 없지는 않아. 아직 확신할 수는 없지만, 혹시 금발의 곱슬머리 여자애였어?"

"응. 맞아."

"그럼 틀림없군."

표정이 매서워진 형을 보니 나는 괜한 말을 한 것 같아 조금 후회했다. 다시 떠올려봐도 도저히 적으로 보이지는 않았다. 그래서 나는 내버려두기로 하고 다른 쪽을 먼저 찾았던 것이다.

"하지만 그냥 울고 있었을 뿐이라 범인인지 아닌지는 몰라."

"다이나는 이상한 나라의 모델도, 거울 나라의 모델도 아닌 '앨리스' 모델의 친화수야. 그걸 부릴 수 있는 사람은 리델 후작 집안이라고. 따라서 특징이 그렇다면 생각나는 사람은 한 사람밖에 없지. 너 오늘 한가하냐?"

"바빠. 모처럼의 휴일이니 자야 돼."

내가 크게 고개를 저으니 형은 고개를 끄덕였다.

"그 말은 한가하다는 거지? 오늘은 제1왕자 전하가 시내에서 데이트 하신다니 보러 가자."

"뭐? 왜, 잠깐만……."

형의 한마디에 내 휴일 일정이 멋대로 정해지고 말았다…….

형에게 끌려서 시내로 나온 나는, 크레이프를 먹으며 나무 그늘 아래에 서서 가지 사이로 얼굴을 내밀고 주변을 관찰 중이었다. 형은 나보다 조금 아래에서 얼굴을 내밀고 벤치를 지켜보고 있었다.

"네가 봤다는 애가, 저 왕자 전하 옆에 있는 여자 아니야?"

그 말에 나도 그쪽으로 시선을 향했다.

"어, 맞아. 저 여자애야."

그녀 혼자였다면 못 알아볼 수도 있겠지만 무릎에 앉힌 친화수까지 못 알아보지는 않는다. 한번 본 친화수는 잊지 않으니까.

"누구야? 저 사람."

"하그리브스 백작가의 영애라는 레이시 님이야. 리델가의 분가이지. 제1왕자 전하가 집념을 사르고 계시다던데. 만약 저 여자도 얽혀 있다면 귀찮아지겠군."

"잠깐, 잠깐만. 난 그냥 지나가다가 봤을 뿐이라니까?"

당황하며 그렇게 말하자 형이 나를 노려봤다.

"그래도 수상하다는 거야. 아버지의 감시를 빠져나갔잖아, 잠들지도 않고. 포말하우트로서도 성가신 존재야."

"하지만 전하의 연인이잖아? 방해하면 안 되지."

"적이라면 방해하지 않고 두는 게 더 골치 아프지."

부, 분명 형의 말이 맞다. 하지만…… 나는 몹시 불안해졌다. 나 때문에 하나의 사랑이 깨진다고 생각하니 가슴이 아프다.

"하지만 착각일지도 몰라."

"너는 이 기회에 그 지나치게 신중한 구석을 고치는 게 어때? 이 일은 내가 기사단 쪽에 보고해둘게."

"뭐? 나 때문에 전하의 사랑이 위태로워지다니, 그런 중압감을 어떻게 견디라고."

"그걸로 국난을 막을 수 있다면 딱히 나쁠 거 없잖아."

"저 여자애가 범인인지는 아직 확실하지 않아."

"그럼 조사해봐도 괜찮겠지. 결백하다면 말이야."

나는 아무 말도 하지 못했다. 역시 괜한 소리를 했다는 기분이 들었다. 초코 바나나 크레이프의 맛이 느껴지지 않는다……. 쓸데없는 말을 했다고 자신을 저주하며 휴일이 지나갔다.

성 모르디어스 성탄제로부터 7일간 왕립학원은 연휴에 들어간다. 나는 성탄제 당일은 휴일이었지만 나머지는 근무였다. 그래서 오늘도 아멜리아 님의 방 앞에 서 있다. 서 있는 것이 근위기사인 나의 일이다. 지금 생각해보면 학생 시절에는 쉬는 날이 많아서 좋았다.

나는 오전 열 시에 아멜리아 님의 방을 찾아왔다. 아멜리아 님을 학원에 모시고 가지 않는 날의 근무가 시작되는 시간이다.

"오늘도 심기가 편안해 보이시니 다행입니다."

문답집에 실린 대로 말하자 아멜리아 님의 얼굴이 빨개졌다.

"아, 네. 고, 고마워요."

"그럼 저는 밖에 있겠사오니, 무슨 일이 있으면 불러주십시오."

(머릿속에서) 정형화된 문구를 낭독한 나는 아멜리아 님의 방문을 닫았다. 호사스러운 조청 빛깔 문이다. 이 문 앞에 오후 6시까지 서 있는 것이 내 일이다.

요통이 생길 것 같다고 생각하면서 나는 복도 창밖을 멍하니 바라봤다. 그때 작은 새들이 즐겁게 나무 사이를 오갔다.

—나도 새로 태어났다면 좀 더 즐거웠을까.

아니, 새의 삶도 나름대로 힘들지 모른다.

그런 생각을 하는데 누군가가 복도로 걸어왔다. 이 층에는 아멜리아 님의 방뿐이었기 때문에 예고 없는 내방객은 자연히 수상한 사람 취급을 받는다.

물론 정말로 수상한 사람이라면 애초에 왕궁에 들여보내지 않을 테니 나는 형식적으로 시선을 돌렸다. 일하는 척하는 것이다. 찾아온 사람은 유폐 님과 아즈였다.

"안녕하십니까, 유폐 님."

내가 고개 숙여 인사하자, 두 사람이 멈춰 섰다.

"유폐 님이 심심하다고 노래를 불러서 말이지."

"그야 심심하니까요."

"그래서 어떻게든 아멜리아 님을 뵙고 싶다는데, 전해줄 수 있어?"

"상관은 없지만, 보통은 시녀가 먼저 오는 게 절차 아닌가?"

내가 고개를 갸웃거리자 아즈가 쓴웃음을 지었다.

"직접 가겠다고 고집을 부리시지 뭐야."

"답답하니 그렇지요. 언니와 잠깐 만나는 것뿐인데 왜 이리 절차가 복잡한지."

부루퉁해진 유페 님을 바라보며 나는 적당히 고개를 끄덕였다. 왕족도 쉽지 않구나. 어제 제1왕자 전하의 데이트를 보러 갔을 때도 곳곳에 사복 기사가 있었지.

"잠깐만 기다려주십시오."

나는 그렇게 말하고 아멜리아 님의 방문을 두드렸다.

"아멜리아 님, 유페리아 제3왕녀 전하께서 찾아오셨습니다."

내가 그렇게 말하자 미나 씨가 놀라서 밖으로 나왔다.

"그런 이야기는 못 들었는데……. 시, 실례했습니다. 유페리아 님."

의아해하던 미나 씨의 목소리는 유페 님의 모습을 보자마자 정중하게 바뀌었다.

"심심했대요."

내가 덧붙이자, 옆에 있던 시노 씨가 웃음을 터트렸다.

"심심했다니 그런 불경한 소리를. 얼른 차를 준비해 올리겠습니다. 괜찮으시다면 와이스 님과 아즈라이트 님도 들어오세요."

곧장 안으로 인도된 우리는 아멜리아 님의 방에서 차를 마시게 되었다.

"유페, 와줬구나."

"아멜리아 언니!"

유페 님에게 팔을 붙잡힌 아멜리아 님의 얼굴이 빨개졌다. 역시 아멜리아 님을 위해서는 체온계를 상비해두는 것이 좋겠다.

"아즈라이트 님과 와이스 님도 앉으시지요."

정식 다과회 자리가 아닌 탓인지 시노 씨가 기민하게 정리해 나갔다. 권하는 대로 내가 자리에 앉으려는 순간, 아즈가 내 소매를 잡아 끌었다.

"와이스, 잠깐 괜찮아?"

그러더니 작은 목소리로 속삭였다.

"여기서는 하기 힘든 얘기야. 복도로 나가자."

모처럼 앉을 수 있겠다고 생각했던 나는 슬퍼하며 그에 따랐다. 둘이서 복도로 나와 문을 닫았다.

"문구점 습격 사건 얘긴데."

아즈는 나오자마자 바로 탄식을 하며 그렇게 말했다. 그러고 보니 그런 일이 있었지. 나는 고개를 끄덕였다. 그 뒤로도 이런저런 일이 너무 많았다……. 왠지 아주 오래전 일만 같다.

"유페 님이 신경 쓰고 있어. 범인이 유페리아 전하를 위해서라고 말했지?"

"하지만 아니잖아?"

"네가 그렇게 말해주니 다행이네. 안 그랬다면 지금도 이렇게 복도로 나와주진 않았을 테지만."

거기까지 생각하지 못했던 나는 자못 유페 님을 신용하는 듯한 표정을 지었다. 결코 신용하지 않았던 것이 아니다. 아무 생각도 없었을 따름이다.

"적어도 우리 가족은 '유페리아 님을 위해'라는 범인 측의 말이 오히려 그 반대를 노린 거라 여기고 있어."

내가 그렇게 말하자 아즈가 안도하듯 한숨을 내쉬었다. 그리고 목소리를 조금 낮췄다.

"다행이야. 최근 귀족들 사이에 도는 소문으로는, 일부러 그렇게 말을 퍼뜨림으로써 사실 범인은 유페 님인데 그렇게 보이지 않도록 꾸몄다는 말도 있는 모양이야."

놀란 나를 보며 고개를 끄덕인 아즈가 말을 이었다.

"게다가 문구점 습격 사건 날은 유페 님에게 알리바이가 없어. 물론 방에 계셨지만 증명하려 해도 근위기사인 나나 가까운 시녀의 증언은 증거로 인정받지 못해. 그래서 오히려 수련 시범 때는 알리바이를 만들고자 모습을 드러냈다고 말하는 사람까지 있을 정도야."

"꼬인 사람들이 꽤 있구나."

내가 솔직하게 말하자, 아즈가 쓴웃음을 지었다.

"귀족사회는 복잡하니까. 오히려 와이스 네가 솔직한 것일지도 몰

라. 아멜리아 님이 어떻게 생각하시는지는 알고 있어?"

"글쎄? 직접 들은 건 없지만, 습격범의 자백 자체도 못 들어보신 게 아닐까?"

"그렇다면 다행이군. 저렇게 사이가 좋은데 감정의 골이 생긴다고 생각하니 견딜 수가 없어."

아즈가 고개를 숙이며 그렇게 말했다. 나는 무슨 말이든 해야 한다고 생각했지만 그럴듯한 말을 떠올릴 수 없었다. 이후 우리는 아멜리아 님의 방으로 돌아가 차를 마셨다.

그러고 보면 아즈도 그렇고 형도 그렇고, 귀족의 동향을 제대로 살피고 있다니 정말 대단하다. 사실 나도 그렇게 해야 하는 것일지도 모른다. 근위기사뿐 아니라 기사라는 직업이 참 힘든 것이구나 하고, 나는 멍하니 생각했다.

역시 새가 되고 싶다. 설령 고양이의 발톱에 찢기는 한이 있더라도.

아직 바캉스를 가기에는 조금 이른 계절이지만, 오늘 다과회에서 유페 님과 아멜리아 님은 이번 연휴를 이용해 피서지로 떠나기로 했다. 출발은 내일이다. 근위기사인 나도 당연히 따라가야 한다.

"귀찮아."

수학여행 이후 처음으로 여행 준비를 하면서, 나는 내 방에서 무심코 한숨을 쉬었다.

"나도 들었어, 너희들 '뉴에이거'로 피서 간다며?"

여행 준비를 하는데, 일찍 귀가했는지 형이 방으로 들어왔다.

"정말 잘도 알아냈네. 어디서 들었어?"

"기사단 관련 왕궁 사정에 대해 내가 모르는 건 하나도 없어."

전에 어머니도 비슷한 말을 했는데. 어머니는 귀족사회에서는 당연한 일이라고 했던가. 두 사람 모두 소문에 민감하다고 생각하며 나는 고개를 끄덕였다. 그러나 형의 눈매가 조금 날카로워졌다.

"조심해. 무슨 일이 일어날지 모르니까. 또 습격당할 수도 있어."

"알아. 하지만 이동은 마법진으로 할 거고, 현지에는 제4기사단 사람들이 있잖아? 내가 안 나서도 분명히 어떻게든 될 거야."

"그렇다고 긴장을 늦추면 안 돼. 근위기사는 너니까."

형은 그렇게 말하고 나서 나를 격려하듯 미소를 지었다. 내 어깨를 토닥거리고는 방을 나서는 형을 지켜본 뒤, 여행 준비를 마무리했다.

피서지인 뉴에이거에는 전전 국왕 폐하의 제2부인의 별장이 있다. 왕궁 지하에 있는 마법진으로 불과 2분 거리다. 실제로 말을 타고 달리면 나흘 정도 걸린다. 해발이 높아서 여름에도 시원한 곳이다.

―라는 이야기를 어제 어머니에게 들은 뒤 돌이켜보았다. 드디어 출발이다.

아멜리아 님과 유페 님은 서로 손을 잡고 몸소 짐을 들고 있었다. 별장에는 전속 시녀가 있어서 이번에 미나 씨나 시노 씨는 쉰다. 솔직히 미나 씨가 없는 게 불안했지만 뭐, 현지의 기사단 사람들이 어떻게든 해주겠지. 나는 마음을 고쳐먹었다.

"사흘간 잘 부탁해."

그때 아즈가 이렇게 말하자 나는 크게 고개를 끄덕였다. 그래, 아즈도 있으니 괜찮을 거야. 그 옆에는 이즈가 긴장한 모습으로 서 있다. 이번에는 이렇게 다섯 명이 함께 별장에 가는 것이다.

"이즈, 아멜리아와 유페리아를 부탁하마."

배웅을 위해 급히 달려온 국왕 폐하는 나나 아즈가 아닌, 이즈에게 그렇게 말했다. 나와 아즈는 말하지 않아도 근위기사로서 최선을 다하리라고 판단했기 때문인지, 아니면 이즈가 더 믿음직스러워 일부러 지목하신 것인지 약간 혼란스러웠다.

"이즈 그리고 아즈, 둘 모두 정신 똑바로 차리고 왕녀 전하들을 지켜야 한다."

그때 폐하와 함께 배웅하러 온 잭 씨가 동생들에게 말을 걸었다. 누가 나에게 말을 걸어주지는 않을까 하고 주위를 둘러봤지만 그곳에는 표정이 싸늘한 아버지의 모습만 보였다.

"얼른 가거라. 시간이 지체되고 있어."

재상의 업무란 분초를 다투기 때문인지, 귀찮다는 투로 아버지가 말했다. 내가 바란 것은 응원의 말이었지만 어쩔 수 없다. 그 후 우리는 마법진 위에 섰다.

전원이 그 중앙에 서자 바닥에 그려진 문양이 조용히 빛나기 시작했다. 동시에 바람이 우리의 머리카락을 어루만졌다. 풍압과 빛 때문에 눈을 뜰 수 없어 나는 두 눈을 감았다. 다들 마찬가지이라.

─그리고 2분 후. 매서운 눈보라가 우리를 괴롭혔다.

"어라?"

아무리 피서지라 해도 이런 대설은 평범한 사태가 아니다. 이가 덜덜 떨리기 시작했다. 망연자실한 채 나는 주위를 둘러보았다.

"여, 여기, 정말로 뉴에이거 맞나요……?"

"아, 아니에요, 이렇게 눈이 쌓여 있을 리 없어요."

유페리아 님의 말에 아멜리아 님도 떨면서 고개를 끄덕인다. 그리고 난처한 듯이 말을 이었다.

"조, 좀 더, 좀 더 따뜻한 데다 이 계절이면 아름다운 꽃이 피어 있어야 하는데."

"어쩌면 우리는 마법진을 통해 다른 장소로 날아온 걸지도 몰라."

아즈가 그렇게 말했을 때, 이즈가 근처에 보이는 오두막집을 손가락으로 가리켰다.

"우선 저리 들어가 눈을 피하시죠."

이리하여 눈앞에서 네 사람이 이동하기 시작했다. 떨리는 몸으로 나도 그 뒤를 따랐다. 우리가 눈을 피해 들어간 곳은 간소한 목조 오두막집이었다. 앉아 있으니 나무의 감촉이 전해져왔다.

─춥다.

내 로브는 포말하우트가의 특별주문 제품이라 겨울에는 따뜻하고 여름에는 시원해진다. 보통은 계절에 맞춰 자동으로 조절되는데 급히 이동했기 때문에 내가 서둘러 온도를 직접 바꿨다. 그제야 비로소 쾌적해진 나는 다른 사람들을 둘러봤다. 아즈가 헛간에서 담요를 꺼내고 있다.

"세 장밖에 없으니 우선 유페 님, 아멜리아 님, 받으시죠."

아즈는 그렇게 말하며 두 왕녀 전하에게 담요를 내밀었다. 그러자 두 소녀는 떨면서 그걸 받으려고 했다. 하지만 그 직전에 누가 먼저랄 것도 없이 손을 멈췄다.

"당신들은 어쩔 거예요?"

"나도 이즈도 추위에는 강해요."

"저는 담요가 없어도 괜찮습니다."

아즈와 이즈가 그렇게 말을 잇자, 이번에는 아멜리아 님이 나를 보았다.

"저도 서민의 딸입니다. 추위에는 익숙해요. 저, 저기, 이즈. 괜찮으면 제 몫을 써주세요. 이즈가 쓰지 않겠다면 부디 와이스 님이 써주세요."

사실 나는 담요를 갖고 싶었지만 일단 지금은 근위기사의 체면이 달려 있다. 허세를 부리기로 했다.

"근위기사쯤 되면 이 정도 추위는 아무렇지 않습니다. 이즈에게 주십시오."

요즘 나는 근위기사다운 화법을 터득한 것 같다. 그럴싸한 말을 과장되게 늘어놓으면 그만이다. 그런데 나야 냉난방이 완비된 로브가 있으니 그렇다 치더라도 아즈는 정말 괜찮을까?

아니, 괜찮지 않은 듯하다. 하지만 나는 옷에는 별로 신경을 쓰지 않았기 때문에 바로 불러낼 수 있는 두꺼운 코트 따위를 갖고 있지 않았다. 원래 집에 있는 소환용 마법진 위에 놓인 물건 외에는 마술로도 불러낼 수 없다.

어찌해야 하나 고민하는데, 마지막 남은 담요 한 장을 받으며 이즈가 말했다.

"예정대로라면 오늘은 어차피 관광을 생략하고 도착하자마자 쉬려고 했으니, 일단 자고 내일 일은 내일 생각하는 게 어떨까요?"

나나 아즈보다 훨씬 적절하게 이 자리를 수습하려 하고 있다. 나는 대단하다고 생각하며 이즈를 지켜봤다.

"그래, 이즈 말이 맞아."

아즈도 고개를 끄덕였기에 그날 우리는 일찍 잠자리에 들기로 했다. 혹시 몰라서 나는 마술로 난방기에 불을 넣었다. 내 활약은 그게 전부였다.

그리고 다음 날 아침.

"아즈, 아즈! 일어나세요!"

나는 큰소리로 외치는 유페 님의 목소리에 잠에서 깼다. 나를 부른 건 아니었지만, 그녀의 서슬 푸른 목소리에 무슨 일인가 싶어 몸을 일으켰다.

"무슨 일 있어?"

잠이 덜 깨서 나는 평소 말투로 되묻고 말았다.

"와이스, 큰일 났어요, 아즈가……."

그 말을 듣고 보니 누워 있는 아즈의 얼굴이 빨갛다.

"아, 아즈 님은 열이 있는 모양이에요."

아멜리아 님의 말에, 나는 아즈의 이마를 손바닥으로 짚었다. 열이 꽤 높았다.

"오라버니는 옛날부터 자주 감기에 걸려 자리에 눕곤 했어요. 정말로 추위에 약하거든요."

그러자 눈물을 훔치며 이즈가 자신의 담요를 아즈에게 덮어줬다. 나는 감기에 잘 걸리지 않는 체질이라 지금도 가뿐하다. 물론 로브를 걸친 덕분이기도 하겠지만, 최근 몇 년간 감기에 걸린 기억 따위는 없었다. 그렇지만 이러면 이번에는 이즈가 추울 텐데.

어쨌든 작은 난방 기구밖에 없다. 낮이 되어 눈보라가 조금 약해졌다지만 아직 춥다. 게다가 전원이 여기에 있다가는 언젠 굶어 죽을 위험도 있다. 나는 냄비를 소환한 뒤 문을 열어서 약간의 눈을 담아 불의 마술로 데웠다. 그렇게 눈으로 만든 물을 손수건에 적셔 아즈의 이마에 얹었다.

"누구 먹을 것 가진 사람 있습니까?"

내가 묻자, 왕녀님들과 이즈가 각자의 주머니를 뒤지기 시작했다. 나온 것은 캐러멜 두 갑과 초콜릿 한 갑이었다.

"이래서는 며칠이나 버틸지."

내가 무심코 그렇게 중얼거리자, 유폐 님이 고개를 크게 끄덕였다. 그리고 아멜리아 님을 보며 말했다.

"아즈의 몸 상태도 좋지 않으니 빨리 하산하죠."

"하지만 유폐, 하산이라니. 여기가 어디인지 알겠어?"

아멜리아 님이 불안한 듯 그렇게 말하자 유폐 님이 고개를 숙였다.

"몰라요. 깜빡하고 있었네요……"

"태양광을 보니 서쪽 설원─ 아로나 고원일 겁니다."

그때 이즈가 침착하게 그렇게 말했다. 왕녀님들의 대화를 들으며 나는 혼자가 아니라서 정말 다행이라고 생각했다. 내가 생각해도 한심하지만 그녀들이 더 믿음직스러운 것이 분명했다.

아로나 고원이란 왕국 북쪽 끝의 서편에 있는 산악지대다. 여름에도 만년설에 덮여 있다. 그곳에 얽힌 다양한 옛이야기가 있는 반면, 목숨을 잃는 이가 끊이지 않는 곳으로도 유명하다. '동사(凍死)의 명소'라는 불길한 별명이 있을 정도다.

"유폐 님, 친화수를 부르실 수 있겠습니까?"

그래도 죽을 수는 없기에 나는 그렇게 물었다.

"물론이에요. 마치헤어."

유폐 님의 목소리에 호응하여 친화수가 모습을 드러냈다. 나는 그것을 확인하고 팔짱을 꼈다.

"하산하기 전에 오두막 주변을 조금 살피고 오겠습니다. 삼월 토끼 곁에서 떨어지지 마세요."

"저도 갈게요."

내 말에 이즈도 자리에서 일어났다. 나는 잠깐 생각에 잠겼다. 마치 헤어는 공격이 최대의 방어라고 생각하는 친화수이니 방어에는 어울리지 않는다. 대체로 두 사람 정도가 그 뒤에 숨을 수 있는 크기다. 즉 유페리아 님과 아멜리아 님까지가 한계다. 다만……

"밖은 추울 텐데, 괜찮아?"

내 로브는 조절 기능이 있으니 괜찮지만, 아즈에게 담요를 빌려준 이즈는 지금 정말 가벼운 차림이다. 그녀마저 감기에 걸릴 위험이 있어 어느 쪽이 나을지 모르겠다.

"괜찮아요. 익숙하니까."

똑같은 소리를 했던 아즈가 열에 시달리는 지금은 왠지 신용하기 어렵다……. 한숨을 한번 내쉬고 나는 로브를 벗었다. 내가 입던 로브 따위 싫을지도 모르지만 어쩔 수 없다.

"따라오려면 이걸 입어."

"하지만 와이스 님……, 그럼 와이스 님의 옷이 얇아지는데……."

"나는 체서를 소환하면 포말하우트가의 다른 로브가 저절로 나오니까 괜찮아."

이즈가 내 말에 고개를 끄덕이며 로브를 받았다. 생각해보니 어제도 이렇게 하면 됐을 텐데. 후회해도 늦었다.

"이즈를 부탁해요, 와이스."

"와이스 님, 조심하세요."

나와 이즈는 고개를 끄덕인 뒤 아넬리아 님과 유페리아 님, 그리고 열에 시달리는 아즈를 남기고 오두막집을 나섰다. 그건 그렇고 정말 추웠다.

밖은 눈보라가 가라앉은 상태였지만 가랑눈이 흩날리며 햇빛에 반짝이고 있었다. 체셔를 소환한 나는 온도 조절 기능이 있는 포말하우트가의 로브에 감사하며 눈을 밟았다. 체셔는 내 어깨 위에 미니멈 맥스 사이즈로 올라타 있다.

"이 로브, 정말 따듯하네요."

이즈의 말에 나는 고개를 끄덕였다. 지팡이로 눈을 푹푹 찌르며 앞으로 나아가고 있는데, 오두막집 동쪽에 서 있는 소나무 두 그루가 눈에 띄었다.

"아."

그 나무 위에 앉아 있는 검은 까마귀를 발견하고 나는 무심결에 목소리를 높였다. 그것은 아버지의 친화수인 레이븐이었다.

아버지의 친화수가 여기에 있다면, 우리에게 일어난 이변이 왕궁에도 전달됐을 것이다. 어깨의 짐이 조금 가벼워졌다. 아마도 체셔 고양이와 삼월 토끼를 소환한 덕분에 위치를 알아낼 수 있었으리라.

"이즈, 다행이야. 우리를 도우러 올지도 몰라."

"어떻게 아세요?"

그녀의 물음에 나는 말문이 막혔다. 아버지의 업무인 '감시'는 국왕 폐하에게 받은 밀명이라고 들었다. 그러니 여기서 이즈에게 그 사실을 밝히기가 망설여졌다.

"혹시 안 오면? 오라버니는, 오라버니는……."

불안해하는 이즈의 모습에 무심코 그녀의 머리를 쓰다듬었다.

"괜찮아. 내가 반드시 어떻게든 할 테니까."

어떤 근거도 없었지만 나는 그렇게 말했다. 그러자 이즈의 볼이 빨갛게 물들었다. 설마 이즈까지 열이 나나 싶어서 그대로 그녀의 이마에 손을 갖다 댔다. 다행이다. 열은 없군. 내가 그렇게 안도했던 바로 그때였다.

"크히히히히히. 오랜만에 인간의 고기를 먹을 수 있다는 소문이 진짜였군."

느닷없이 설원에 마족이 나타났다. 보통 왕국 내에는 마족이 들어오지 못하도록 결계를 치고 있다. 하지만 지난번 잠시나마 결계가 무너진 이상, 여기에 마족이 숨어들었다고 해도 이상한 일은 아니다.

눈앞에 나타난 마족은 기다란 귀를 가진 원숭이형 마족이었다. 인간의 언어를 이해하는 것을 보니 나름대로 고위의 존재이리라. 하위 마족은 말을 못 한다고 들었으니. 내 옆에서 이즈가 겁에 질린 듯 뒤로 물러났다. 그건 그렇고……. 마족이 한 말을 뇌리에서 곱씹었다.

"소문? 대체 어디서 누가 그런 소문을?"

내가 묻자 마족은 재미있다는 듯이 웃었다.

"말하자면 긴데 괜찮겠나?"

"그래."

"3개월 전 오전 2시 8분 59초에 내가 화장실에 갔다 돌아오니 책상 위에 콘 수프가 놓여 있었거든. 그게 너무 맛있어서 나는 실컷 음미했지. 그 알갱이들이 혀 위에서 춤추는 감각, 그러는 동안 오전 4시가 되어……."

마족의 이야기가 정말로 길어질 것 같아서 나는 눈을 가늘게 떴다.

"죄송해요, 역시 줄여서. 짧게 부탁드릴게요."

마족의 생태에 흥미가 없지는 않았지만 이 추운 공기 아래에서 수프의 맛에 대해 들어봤자 뭘 어쩌겠는가.

"스노우 드롭— 그 친화수인지 뭔지 하는, 인간에게 예속된 기이한 생물이 가르쳐줬지."

스노우 드롭 또한 이름난 고양이형 친화수다. 그것을 떠올리며 나는 팔짱을 꼈다.

"당신의 목적은 뭐지?"

이즈의 날카로운 목소리에 마족이 다시 웃기 시작했다.

"그야 당연히 크히히히히히, 인간을 먹는 거지."

"누군가에게 고용된 거 아니야? 유페 님을 죽이라고."

뒤이은 이즈의 말에 나는 숨을 삼켰다. 무슨 소리지?

"유페 님을 해치고, 제1왕자 전하의 즉위를 공고히 하려는 것 아닌가?!"

그렇군……. 분명 그녀의 말에도 일리가 있다.

제1왕자 전하 측에는 다이나의 주인 아가씨가 있기도 한 데다, 누가 유폐 님을 실각시키고 싶어 할지 곰곰이 생각해보면, 계승권이 가장 위태로워진 제1왕자 전하일 것이다. 계승권은 먼저 제1왕자 전하부터 제3왕자 전하까지, 뒤이어 제1왕녀 전하, 아멜리아 님, 유폐 님 순이었다. 하지만 제2왕자인 웨일 전하나 제3왕녀인 유페리아 님이 더 어울린다는 말이 내 귀에도 들려왔다.

실제로 국왕 자리에 오르는 인물은 실력이 중시되므로, 당대의 국왕이 어떤 사람이냐에 따라 자신의 자녀 외에도 혈연관계가 깊은 후작가의 인물 등, 임명될 가능성이 있는 사람은 적지 않았다. 왕가의 핏줄을 조금이라도 물려받았다면 국왕이 될 가능성이 있다.

될 마음은 전혀 없지만, 나도 어머니가 폐하와 같은 핏줄이므로 시절을 잘 만났다면 왕이 될 수 있을지도 모른다는 말이다. 그런 생각을 하는데 눈앞에서 원숭이형 마족이 고개를 절레절레 저었다.

"인간 따위의 복잡한 사정에는 흥미도 없고 내 알 바가 아니지."

"그럼 뭐에 흥미가 있지?"

수업시간에 배운 마족 대응법을 떠올리며 나는 그렇게 물었다.

마족— 특히 인간과 동등한 지성을 지닌 상대의 경우, 제일 먼저 '계약자의 유무'와 '목적'을 확인하라고 배운 기억이 난다. 목적은 우리를 먹는 일 같지만.

"뭔가에 흥미가 있으니 계약한 거겠지?"

내가 재촉하자 원숭이형 마족은 고개를 크게 끄덕였다.

"왕도의 인간을 배불리 먹을 수 있다고 들었다. 너희를 다 먹고 나

먼 왕도에서 배를 더 채울 수 있다는 모양이더군."

"계약자가 그렇게 약속했군?"

"그렇다."

"그 사람의 이름은?"

"말하지 않는 게 계약의 규칙이었지. 얘기는 끝이다. 배가 고파."

마족은 그렇게 말하고 우리를 덮치려 했다. 재빨리 팔로 이즈를 감쌌다.

"그리폰."

그리고 그녀는 자신의 친화수, 그리폰을 소환했다. 광범위 섬멸형 친화수다. 광범위 섬멸형이므로 위력이 너무 강해 사용할 장소를 가리지만 여기는 넓은 설원이니 아무런 문제가 없다. 내 어깨에 올라탄 체셔 고양이가 엉뚱할 만큼 명랑한 목소리로 말했다.

"와, 그리폰이다."

"오랜만이야, 체셔 고양이."

그때 그리폰의 목소리가 들렸다. 곧장 뇌를 울리는 듯한 감각이다. 인간 형태가 아닌 그리폰은 공기를 직접 진동시켜 목소리를 재현하는 방식으로 의사소통하는 듯하다.

"와이스, 저거 적이야? 해치워? 그리폰이랑 같이 해치울까?"

체셔 고양이가 그렇게 묻자 나는 이즈를 바라봤다. 그러자 그녀는 굳은 결의가 담긴 강렬한 시선으로 나를 보았다.

"해치우죠, 와이스 님. 저는 제가 잡아먹히는 것도 오라버니가 잡아먹히는 것도 왕녀 전하들이 잡아먹히는 것도 싫어요."

나는 이즈의 말에 고개를 크게 끄덕이고 친화수의 힘을 빌리기로
했다.

"체셔, 전부 맡겨줘. 내가 힘내볼 테니."

내 말에 체셔 고양이는 풀 맥스 형태로 변해 나에게 자신의 몸을 맡
겼다. 결의를 다지고 나는 한 발 앞으로 나섰다. 등 뒤에 있는 그리폰
의 존재가 든든했다.

체셔와 동화된 덕분에 더디게 느껴지는 시간 속에서 나는 원숭이형
마족과의 거리를 좁혔다. 일격으로 마족의 숨통을 끊는다. 설원 여기
저기에 피가 흩뿌려졌고 마족은 이내 맥없이 쓰러졌다.

"그리폰, 엄호해줘!"

그때 이즈의 목소리가 들렸다. 그러자 공중에 날아오른 그리폰이
한 번 크게 날갯짓을 했다.

직후에 무수한 벼락이 공중에서 떨어져 원숭이형 마족에게 최후의
일격을 가했다. 과연 광범위 섬멸형이라고 할 만하다. 주변 반경 5미터
안팎에 쌓인 눈까지 녹아 초토화됐다.

"대단하다, 이즈."

진심으로 경탄하며 내가 그렇게 말하자, 이즈는 쑥스러운 듯이 미
소 지었다.

"와이스 님이 마족을 꼼짝 못 하게 만들어주신 덕분이에요."

이 소녀는 정말 겸손하고 남을 칭찬할 줄 안다. 사실 이 나이에 제

어가 어려운 광범위 섬멸형 친화수를 제대로 길들인 사람도— 학원에서는 아즈 이후로 처음이었다.

광범위 섬멸형은 공격 규모가 크기 때문에 좀처럼 연습하기 힘들다고 어머니에게 배운 적이 있다. 초콜릿으로 큰 성공을 거둔 것 외에도, 이처럼 근년에 크로포드가에서 강한 힘을 지닌 자가 많이 태어난 덕분에 작위를 부여받았다고 듣기도 했다. 그만큼 우수하다는 뜻이다.

"하지만 다행이에요, 마족을 상대로 싸운 건 처음이라서…… 죽일 필요는 없었을까요."

그녀의 말에 나는 정신을 차렸다. 자신의 힘이 두려웠는지 이즈가 한쪽 손을 멍하니 바라보고 있다. 나도 처음으로 '살아 있는 것'의 생명을 빼앗았을 때는 말할 수 없이 불쾌한 기분이 들었다. 그래서 그녀의 기분을 조금은 이해할 수 있었다.

"괜찮아. 너는 왕녀 전하들을 지킨 거니까."

내가 그렇게 말하자, 긴장의 끈이 풀린 듯 이즈가 짧은 한숨을 내쉬었다.

그러는 동안 지금까지 모든 걸 지켜본 레이븐이 내 어깨로 훨훨 날갯짓하며 내려앉았다. 자세히 보니 다리에 양피지가 묶여 있다. 끈을 풀고 양피지를 받아든 나를 이즈가 올려다보았다.

'자력으로 하산해라. 결계가 있어서 고원 내에는 들어갈 수 없다. 레이븐이 앞장설 것이다.'

이렇게 고작 한 줄이 쓰여 있었다. 내가 그것을 보는데, 이즈가 옆에서 같이 들여다봤다.

"재상 각하의 친화수인가요?"

그리폰을 물러가게 한 뒤 이즈가 중얼거렸다. 그리폰의 등에 다 같이 올라타서 내려가면 빠르리라 생각했지만 아마 그녀의 체력이 하산할 때까지 버티지 못하리라. 그러니 이 의견은 기각이다.

나는 동화를 해제하고 다시 작아진 체셔 고양이를 슬쩍 쳐다보며 고개를 끄덕였다.

"응. 앞장서준다니 길을 잃지는 않을 테고. 하산해볼까?"

우리는 그 후 걸어서 설원을 내려오기로 했다.

"무거워……."

생각보다 무거운 아즈를 등에 짊어지고 나는 중얼거렸다.

"역시 그리폰으로 옮길까요?"

"괜찮아."

불안해하는 이즈에게 그렇게 대답하고 자리에서 일어섰다.

"유페 님은 혹시 모르니 삼월 토끼를 언제든 쓸 수 있는 상태로 준비해두세요."

"알겠어요. 가요, 아멜리아 언니."

유페 님은 그렇게 말하고 아멜리아 님의 손을 잡았다.

아버지로부터 그런 통보가 온 이상, 한시라도 빨리 하산하는 것이 나의 사명이라고 생각했다. 그나저나 결계라니, 대체 무슨 이야기지?

나는 오두막집을 나서면서 그런 생각을 했다. 내 앞을 선도하듯이 레이븐이 나직이 날고 있다. 그 검은 날개가 듬직했다. 신기할 정도로 마음이 든든하다.

다만 그렇다고 등에 업은 아즈의 무게가 가벼워진 것은 아니다. 그리고 로브를 계속 유지하고자 체서 고양이를 소환해둔 탓인지 나는 피로로 몸이 너무 뜨거워 어찌할 바를 몰랐다. 흘러내리는 땀에 불쾌함을 느낀 동시에 거칠어진 호흡에 자신의 체력 부족을 느꼈다.

맨 뒤는 대체로 내가 맡았지만, 지금은 체서 고양이가 맡고 있다. 아무리 유페 님이 강한 친화수를 가지고 있다고 해도, 또 언제 마족의 습격이 있을지 모르기 때문에 거듭 주의를 기울여야 했다. 지금 전원을 지킬 수 있는 사람은 나뿐이다.

―아, 나 혼자뿐이면 이렇게 많은 일을 생각해야 하는구나.

지금까지 나는 아즈나 부모님, 그리고 형에게 이런저런 생각을 빚지며 살았다는 사실을 깨달았다. 지금도 내가 지켜야 하는 아멜리아 님과 다른 일행의 존재에 도움을 받고 있음을 느낀다. 그렇게 생각하던 바로 그때였다.

"웃."

나는 눈앞에 나타난 야생 동물, 이리의 모습에 무심코 숨을 삼켰다. 등 뒤에서는 공주님들이 한 발짝 뒤로 물러나고 오히려 이즈가 한 발 앞으로 나왔다. 그것을 확인하고 있던 나를 이리가 덮쳐왔다.

사나운 발톱이 나의 목덜미로 날아왔고, 그 직후 이빨이 덤벼들었다.

다행히 발톱의 일격은 특별 주문제작 로브가 튕겨냈다. 나는 찰나의 순간에 지팡이를 쥔 한쪽 팔을 내밀었다. 이빨이 박히는 기분 나쁜 소리가 들렸다. 하마터면 이리에게 팔을 뜯길 뻔했다.

억지로 빼내려 하지 않고, 팔이 뜯겨나가지 않도록 조심하며 나는 지팡이에 힘을 실었다.

"와이스 님—!"

아멜리아 님의 비명이 들렸지만, 나는 통증 때문에 열이 오른 탓에 그녀의 말을 제대로 이해할 수 없었다. 하지만 외부를 파악하기 힘든 것과는 반대로 내부의 이성은 점점 냉정함을 더해갔다. 나는 쥐고 있던 지팡이에 힘을 실었다. 수정 지팡이에 마력이 모이기 시작했다.

"뇌명(천둥소리)."

싸움에서 친화수를 사용하지 않는 마술을 쓰는 것은 꽤 오랜만이었다.

특무급 시험 이후 처음이다. 내 짧은 주문에 호응하여 지팡이는 벼락의 기운을 머금었고 거기에 닿은 이리를 감전시켰다.

비로소 이리의 이빨이 팔에서 빠져나가자 나는 체셔 고양이의 이름을 불렀다.

"체셔캣, 모든 것을 나에게 맡겨. 잘게 다져버리자."

팔에서 흐르는 피 냄새에 몰려든 이리떼가 내게는 굼뜬 생물의 집단처럼 보였다. 나는 등에 짊어지고 있던 아즈의 몸을 옆에 있던 나무 줄기에 천천히 기대어놓았다.

그리고 부상을 입지 않은 손에 체셔 고양이를 동화시켜 한 발 앞으로 나갔다. 신발이 눈에 파묻히기도 전에 나는 팔에 들러붙은 이리를 우선 처리했다.

이어서 이리떼 전체를 향해 체셔 고양이의 쇠발톱을 들이댔다. 찢어발길 때마다 기분 나쁜 고깃덩어리의 감촉을 느꼈지만 그런 혐오감을 의식하기도 전에 나는 '적'을 섬멸했다.

"체셔캣, 동화를 해제한다."

내가 그렇게 중얼거렸을 때, 설원에는 새빨간 피와 살점들이 흩뿌려져 있었다.

"와, 와이스 님."

아멜리아 님이 겁에 질린 모습으로 나에게 다가왔다.

"죄송합니다, 무섭게 해드려서."

"그런 건 괜찮아요. 와이스 님, 그보다, 그, 그보다 팔에 상처가……."

그 말을 듣고서야 내가 부상을 입었다는 사실을 떠올렸다. 이대로는 피 냄새에 이끌려 제2, 제3의 이리가 몰려들지도 모른다. 포말하우트가의 특수 제작 로브 덕분에 뜯겨나가지는 않았지만, 이빨이 박힌 곳마다 피가 방울져 떨어지고 있다.

"제, 제 친화수에게는 조, 조금이지만 회복 능력이 있어요. 험프티 덤프티."

내가 고개를 갸웃거리자 아멜리아 님이 험프티 덤프티를 소환했다.

"와이스 님을, 모두를, 치유해줘."

그러자 그 즉시 내 상처는 아물었다.

"감기에도 효과가 있으면 좋았을 텐데, 아쉽네요."

아멜리아 님은 그렇게 말하며 아즈를 봤다.

"하지만 와이스 님이 무사해서 정말로 다행이에요. 혹시라도 사라지면 어떡하나 하는 생각에 저, 저는, 그, 그게, 너무 무서워서."

울먹이는 아멜리아 님의 목소리에 내 얼굴에는 자연스레 미소가 떠오르는 것을 느꼈다.

"괜찮습니다. 이래 봬도 저는 아멜리아 님의 근위기사입니다. 어디에도 가지 않아요. 자, 늦기 전에 얼른 하산하시죠."

그 뒤 우리는 무사히 산에서 내려올 수 있었다.

"무사해서 다행이구나."

급히 달려온 아버지의 말에 나는 환하게 웃었다.

"왕녀 전하들께서 무사해서."

하지만 이어진 말을 들으니 얼굴이 굳었다. 내가 무사한 것도 좀 기뻐해주시지.

나는 이번에 그럭저럭 애를 쓴 것 같다. 들것에 실려 나가는 아즈를 바라보며 스스로를 칭찬했다. 아버지가 그런 내 옆에 섰다.

"와이스는 컨디션이 좋아 보이는구나. 역시 바보는 감기에 걸리지 않는다는 말이 일리가 있군."

"도중에 아멜리아 님이 치료해주셨어요."

"이런 황송할 데가."

아버지는 아멜리아 님의 앞까지 걸어가 깊이 고개를 숙였다.

"못난 아들놈을 치료해주셔서 정말로 감사합니다."

그러자 아멜리아 님의 얼굴이 새빨개졌다.

"저, 저야말로 구해주셔서……."

아버지가 머리를 숙이고 있으니 나도 따라 고개를 숙여 인사한다. 그러자 아멜리아 님의 얼굴이 더욱 빨개졌다.

"큰일이 있었던 모양이던데."

이날도 일찍 귀가한 형이 내 방에 들어왔다. 평소와 다르지 않은 형의 얼굴을 보고 있자니 갑자기 피로가 몰려왔다. 여태까지 악몽을 꾼 기분이 들었다.

"역시 근위기사라고 난리가 났어. 와이스는 근위기사의 귀감이라고 하더라."

"아즈가 열이 나는 바람에 그런 거야."

"그렇더라도 넌 열심히 했어. 평소에도 그렇게 좀 열심히 해주면 더 좋겠지만."

농담이라는 듯 형이 웃는다. 나는 고개를 돌렸다. 그리고 화제를 바꿨다.

"그런데 어쩌다 마법진으로 다른 곳에 날아간 걸까? 게다가 결계가 어쩌고 하던데."

"궁정 마술사 중에 배신자가 있을 가능성이 높아."

차분한 표정으로 형이 말했다. 나는 가볍게 숨을 들이마셨다.

"우리 쪽에서도 너희를 도우러 기사단을 보내려고 했단 말이지. 나갈 수는 있어도 들어올 수는 없는 결계가 고원 전체를 덮고 있었어. 특무급의 마술이야. 그러니 범인의 범위를 좁히기는 어렵지 않아."

형은 그렇게 말한 뒤 자기 방으로 돌아갔다.

다음 날 크로포드 남작가에서 상자 가득 초콜릿이 도착했다. 아즈는 아직 누워 있는지 잭 씨가 가지고 왔다.

"보답하실 필요는 없습니다. 포말하우트 후작가의 사람으로서 와이스는 당연한 일을 했을 뿐이니까요."

내가 현관에 얼굴을 내밀자 이미 어머니가 문을 열고 그렇게 말하는 중이었다. 하지만 나는 알고 있다. 어머니는 단것을 좋아한다. 특히 크로포드 남작가의 초콜릿을 마음에 들어했다.

"아닙니다, 후작 부인. 제 어리석은 동생의 목숨을 구해주셨으니 이런 사례나마 드려야지요."

깊이 고개를 숙인 잭 씨에게는 기사단장다운 위엄이 있다. 어른스러웠다.

"정말로 신경 안 쓰셔도 됩니다. 아즈는 괜찮나요?"

내가 그렇게 물었을 때, 어머니는 구두 굽으로 내 발을 밟았다. 아파시 얼굴이 일그러질 뻔했다.

"그렇게까지 말씀하시니 초콜릿은 받아두겠습니다."

역시 먹고 싶었구나. 그렇게 생각하는 내 옆에서 크로포드 남작가의 집사가 실내로 초콜릿을 옮기기 시작했다.

"감사합니다. 이것만으로 보답이 되지야 않겠지만."

잭 씨는 고개를 들더니 나를 보았다.

"무거웠지? 그냥 버려둘 수도 있었는데."

잘 생각하면 그런 선택지도 있었음을, 듣고 보니 깨달았다. 하지만 그래서는 제2, 제3의 마족이 나타나거나 다른 이리 떼에게 습격당할 가능성도 있었기에 아즈의 생명이 위태로웠을 것이다.

"아즈에게는 평소에도 신세를 지고 있고, 무엇보다 유페 님이 슬퍼하실 테니까요."

내가 그렇게 말하자 어머니가 부채를 접었다.

"모든 것은 바스커빌 왕가를 위함이니. 그 덕분에 건진 생명임을 절대로 잊지 않도록 부디 동생에게 당부해주세요."

잭 씨는 몇 번이고 힘차게 고개를 끄덕인 뒤 집으로 돌아갔다. 그후 한동안 우리 집은 초콜릿 삼매경에 빠져 즐거운 다과회가 열렸다. 어머니는 기분 좋게 초대장을 준비했다.

그로부터 며칠이 지났지만 아즈는 여전히 회복되지 못한 모양이었다. 그래서 오늘도 나 혼자 아멜리아 님을 학원까지 모시고 갔다. 유페 님은 쉰다고 한다. 요컨대 농땡이를 친 모양이다. 어떤 기분인지는 알겠다. 그녀는 아즈를 진심으로 걱정하고 있으니 학원에 가봐야 수업 따위가 손에 잡히지도 않으리라.

배웅을 마치고 딱히 할 일도 없었던 나는 아멜리아 님의 방 앞에 서 있었다. 혼자서 수련하러 갈 기분도 아니었다. 그런 생각을 하는데 방 안에서 시노 씨가 얼굴을 내밀었다.

"마침 잘 됐군요, 와이스 님, 방금 유페리아 제3 왕녀 전하의 시녀가 와서 꼭 와이스 님을 오전 다과회에 초대하고 싶다고 했어요."

아마도 유페 님은 너무 심심한 모양이다……. 실제로 반은 걱정하고 있겠지만, 반은 그 걱정을 털어놓을 상대가 필요한 게 분명했다.

"게다가 크로포드 남작가에서 보낸 초콜릿 쿠키도 도착했고, 다녀 오시는 게 어떨까요?"

겉보기에는 질문 같지만 대답은 정해져 있는 눈치였다. 시노 씨는 나에게 쿠키가 든 바구니를 떠안겼다. 이건 다녀오라는 말이겠지. 아 무리 나라도 그 정도 분위기 파악은 할 줄 안다. 나는 바구니를 고쳐 들고 오늘의 일정을 결정했다.

"아즈는 괜찮을까요……."

지금 내 앞에는 진심으로 불안해하는 표정을 띤 유페 님이 있다.

"그냥 감기 아닌가요?"

"아닌 것 같아요. 열도 내리지 않고, 의식도 아직 돌아오지 않았다 니."

하기야 돌이켜보면 오두막집에서 열이 오른 뒤 아즈의 목소리를 들은 기억이 전혀 없었다. 하산 중에는 열 때문에 의식이 몽롱해서 어쩔 수 없다고 생각했는데.

"목이 아픈 걸까."

내가 무심코 그렇게 중얼거리자, 유폐 님이 고개를 저었다.

"그런 게 아니에요. 의식이 돌아오지 않는다니까요."

나는 시노 씨에게 받아 들고 온 쿠키를 우적우적 먹으며 고개를 끄덕였다. 유폐 님은 식욕이 없는 모양이다. 그러는 동안 나는 가지고 온 쿠키의 거의 반을 먹어치웠다.

"아즈도 그 과자를 좋아했어요. 출발 전에 먹고 있었거든요."

"분명히 금세 나아서, 다시 많이 먹어줄 겁니다."

나는 어린 여자아이를 격려하는 법을 잘 몰라 그렇게 말하고 웃어 보이기로 했다. 그러나 유폐 님은 울먹거리는 표정으로 뺨을 빨갛게 물들이며 고개를 끄덕였다.

"그렇게 좋아하신다면 그 쿠키는 가지고 돌아가주세요. 지금 보면 아즈가 떠올라 괴로우니."

나는 쿠키가 몽땅 들어 있는 바구니를 건네받았고, 다과회는 그걸로 막을 내렸다. 점심시간 직전에 나는 유폐 님의 방을 나섰다. 그러고 나서 잠깐 걸었다. 그때였다.

회랑에 뭔가가 떨어져 있었다. 나는 몸을 숙여 무엇인지 확인했다. 피닉스의 문장이 새겨진 낡은 열쇠가 바닥에 덩그러니 떨어져 있다.

나는 열쇠를 주웠다.

"피닉스 문장이면 왕립도서관 열쇠라는 얘긴데."

그나저나 꽤 낡았다. 여기에 떨어져 있는 걸 보니 유폐 님이 빌렸다가 떨어트린 것일까, 아니면 다른 누군가일까.

―왠지 돌아가기도 귀찮은데. 그렇게 생각한 나는 어차피 한가하기도 했으므로 왕립도서관으로 향했다. 안으로 들어가자 희한하게 그곳에는 아무도 없었다.

"실례합니다."

일단 나는 말을 걸어봤다. 하지만 어디에서도 답은 없었다.

"어떡하지……, 주운 물건을 계속 가지고 있을 수도 없고."

그렇게 중얼거리며 카운터로 향하는데 지하로 통하는 듯한 계단의 문이 열렸다는 걸 눈치챘다.

이런 곳에 문이 있었던가? 그런 생각과 사소한 호기심으로 나는 계단을 내려가봤다. 나선 계단을 두 층 정도 내려갔다. 그러자 그곳에 형의 모습이 보였다.

"젠장. 왜 안 열리는 거야. 열쇠가 있으면 바로 열었을 텐데."

"뭐 하는 거야, 형."

"으악!"

내가 말을 걸자 유령이라도 본 듯 형이 소리를 질렀다.

"뭐야, 와이스냐? 놀라게 하지 마."

"딱히 놀랠 생각은……."

"넌 기적을 너무 잘 숨긴다고."

내가 그렇게 존재감이 없었던가……. 충격을 받은 뒤 다시 형을 쳐다봤다.

"그것보다 도서관에 이런 곳이 있었다니, 나는 몰랐네."

"아, 금서 창고니까. 공식적으로 열어본 마지막 사람은 할아버님과 아직 젊었던 아버지였다나."

할아버지의 일화를 오랜만에 들으니 나는 뭔가 그리운 기분이 들었다. 감기를 비롯해 내 몸이 건강해진 것도 할아버지 덕분이다. 아무튼 할아버지의 입버릇은 '포말하우트 후작가의 사람이라면 독 같은 건 개의치 마라'였는데, 내가 어렸을 적에 다양한 독약을 조금씩 먹였던 것이다.

그래서 나는 투구꽃을 먹어도 아무렇지 않다. 반면 형은 금이야 옥이야 길러서 독에는 굉장히 약하다. 그야말로 이상할 정도로 민감해서 입에 들어간 순간 뱉어내는 지경이다. 이건 언제 암살당할지 몰랐던 어머니로부터 유전된 미각인 모양이다. 그건 그렇고.

"금서 창고?"

"마족과의 계약에 관한 서적을 비롯해 지나치게 어둡고 위험한 흑마술을 기록한 책도 있대. 이번 일로 궁정 마술사가 관여했다는 사실을 알았으니까, 내가 밀명을 받아 조사하러 온 거야."

"밀명이라니, 그런 걸 나한테 얘기해도 돼?"

"어쩔 수 없잖아, 사람을 쫓아내는 결계를 치고 휴관일 팻말까지 달아놓았는데 이렇게 당당히 들어와버려서야."

"결계가 있었어?"

"너 정도 수준의 마술사에게는 무의미한 결계라는 뜻이야. 그래도 휴관일 팻말은 보면 알잖아. 너야말로 대체 뭐 하러 온 거야?"

"아, 맞다. 유폐 님의 방 옆에서 도서관 열쇠를 주워서 갖다주러 온 거야."

"열쇠라고?"

내 말에 형의 눈빛이 날카로워졌다.

"……이거다. 이게 있으면 안으로 들어갈 수 있어. 이런 위험한 열쇠가 왜 그런 곳에 떨어져 있었을까. 아무튼 이로써 들어갈 수 있겠군. 같이 갈래?"

"됐어, 귀찮아. 아, 맞다. 쿠키 있는데 먹을래?"

형은 고개를 끄덕이고 내가 가지고 온 바구니에서 쿠키 하나를 꺼내 들었다. 그리고 그걸 입에 넣더니 요란하게 내뱉었다.

"뭐 하는 거야, 더럽게."

"너야말로 뭘 먹이는 거야. 이건 '러버콜'이라는 독초가 들어 있잖아. 먹으면 열이 오르고 의식을 잃는 유명한 독초야, 멍청아."

"그 증상, 아즈랑 똑같은데. 해독약은?"

"의관인 트리니 할아범이라면 조제해주지 않을까?"

"먹고 나서 얼마나 버틸 수 있어?"

"2주 뒤에는 죽음에 이른다고 들은 적이 있는 악명 높은 암살약이니 빠를수록 좋겠지."

"나 잠깐 다녀올게."

"잠깐, 잠깐만. 너 설마 잭의 동생이 약을 먹었다고 생각하는 거야?"

"그야 다른 이유가 없으니까. 출발 전에도 먹었다고 들었고."

"그렇다면 말이지. 네가 그 효과를 아는 걸 보고 포말하우트의 사람을 수상하게 여길 거야. 내가 네 형이 아니었다면 널 제일 먼저 의심했겠지."

"아무리 그렇다지만……. 내가 범인 취급을 받는다 해도 아즈가 죽는 것보다는 나아."

"진심이구나?"

내가 고개를 세차게 끄덕이자, 형이 한숨을 쉬었다.

"그럼 나도 같이 가서 사정을 설명할게. 너는 낯을 가리는 성격이라 제대로 얘기를 못 하잖아. 그 대신 이쪽 작업도 좀 도와줘."

이리하여 나와 형은 금서 창고로 발걸음을 옮겼다. 나는 의무실에 먼저 가고 싶었지만 안달해봐야 소용없다……. 손을 뒤로 뻗어 닫은 문이 삐걱거렸다. 그 삐걱거리는 고풍스러운 소리 자체가 살짝 공포를 불러일으켰다. 앞에서 걸어가는 형의 뒷모습을 일단 확인한 뒤, 나는 주변으로 시선을 돌렸다.

"이게 뭐야."

"라이칸스로프(늑대인간)의 미라야."

"이건?"

"인어의 지느러미 미라잖아."

"여기 도서관 맞지?"

곰팡내와 먼지 더미 때문에 눈을 가늘게 뜨며 나는 저도 모르게 기침을 했다.

"도서관은 도서관이지만, 금서 창고라고 말했잖아."

"아무리 그래도 왜 이런, 포르말린에 담근 안구 따위가 놓여 있는 거야?"

"내가 그걸 어떻게 알아. 뭐, 눈 가리고 아웅 하는 거겠지. 수상한 물건은 전부 여기 아니면 성의 보물전 지하에 던져놓은 모양이야."

형은 그렇게 말하며 멈춰 섰다. 나도 걸음을 멈췄다. 그대로 문헌을 뒤지기 시작한 형을 힐끗 쳐다본 뒤, 나는 적당히 책장에서 책 한 권을 꺼내 봤다. 가죽 표지로 된 책이었고, 가운데 부분에는 커다란 안구가 붙어 있다. 눈이 마주치자, 자줏빛 눈동자가 번득이며 흔들렸다.

책등을 보니 거기에는 고대 문자로 『소환의 역사와 생체 마술』이라는 각인이 있었다. 나나 형이나 어렸을 때부터 아버지에게 고대 문자를 억지로 배웠기 때문에 문장의 의미 자체는 비교적 쉽게 알 수 있었다. 지금은 거의 사라진 '생체 마술'이라는 말에 흥미가 생겼다.

나도 조금이나마 친화수의 힘 없이 마술을 쓸 수 있다. 얼마 전에도 아로나 고원에서 사용한 참이다.

아직 짧은 주문을 순간적으로 사용하는 정도이고 아버지처럼 자유자재로 활용하지는 못하는 수준이니 할아버지의 발끝에도 못 미친다.

형도 나보다 훨씬 뛰어나다.

그런 현실 때문인지 나는 흥미가 동해 책을 펼치고 말았다. 그러자 무작위로 펼친 페이지 중앙에 커다란 입술과 혀가 나타나서 내 얼굴을 핥았다. 동시에 '뭔가'라고 표현할 수밖에 없는 압도적인 정보량이 나의 뇌리를 가득 채웠다.

〔인스톨, 완료했습니다.〕

그것은 긴 시간처럼 느껴지기도, 짧은 시간처럼 느껴지기도 했다. 신기한 체험이었다.

—뇌리에서 누군가의 목소리가 들렸다.

〔적합자를 확인했습니다.〕

나나 형의 목소리가 아닌 음성이 몇 겹으로 뇌리에서 울렸다.

"뭐 하는 거야?"

형의 목소리에 나는 정신을 차렸다. 내 손에서 책을 빼앗더니 우격다짐으로 덮고 책장에 돌려놓는다.

"저건 포말하우트가의 시조가 집필했다고 알려진, 이 세상에 세 권밖에 없는 책이야. 펼치면 어지간한 마력이 없는 한, 미쳐서 죽음에 이른다는 얘기가 있어."

"나, 나 살아 있는 거지? 머리 괜찮지?"

조금 전까지 존재했던 '뭔가'와 형의 목소리가 초래한 현실감이 서로 대립하고 있는 것만 같아, 정신이 든 나는 그런 말을 하고 있었다.

"짧은 시간이었으니까. 뭐, 소문이야 그저 소문일 수도 있고. 무사한 지금을 기뻐해."

……무사한 지금을 기뻐한다. 이건 우리 집 가훈 중 하나다.

나는 형에게 고개를 끄덕였다. 그리고 형은 필요한 자료를 입수했는지 그 자료를 가지고 방을 나섰다. 나도 뒤를 따랐다. 둘이서 계단을 올라가는데 형이 눈짓으로만 뒤를 돌아봤다.

"우리보다 먼저 누군가가 저 방에 들어갔던 흔적이 있어. 너도 눈치 챘나?"

"전혀."

"좀 알아채라……. 촛대 옆에 방금 막 떨어진 촛농이 묻어 있었잖아."

"책에 너무 열중했달까, 의식이 붙들린 듯한 감각 때문에 아무것도 못 봤어."

"야, 그만해. 설마 실성했다는 건 아니지?"

"나는 내가 평범한 인간이라고 생각하는데, 모르겠어. 다들 날 어떻게 생각할까?"

"괜찮네. 그렇게 묻는 걸 보니 평소의 네가 맞아. 좋아, 의관 트리니 할아범한테 가자."

나는 형에게 고개를 끄덕였다. 그리고 도서관을 나와 그길로 함께 왕궁 의무실로 향했다. 대머리인데 옆에만 특이하게 흰머리가 난, 동그란 안경을 쓴 트리니 씨에게 나는 쿠키를 내밀었다.

"분명 이건 '러버콜' 쿠키야."

쿠키 조각을 부순 뒤 시험관에 넣고 어떤 액체에 담그며 트리니 씨가 말했다.

"해독약 만들 수 있겠어? 할아범?"

친근한 말투로 형이 그렇게 묻자, 가운 차림의 노인이 고개를 크게 끄덕였다.

"물론이지. 유명한 독물이니까. 그런데 어디서 이걸?"

나는 어떻게 대답해야 좋을지 몰라 형을 쳐다봤다. 그러자 형이 대신 대답해줬다.

"묵비권을 행사하지."

"아무튼 요 포말하우트 애송이들. 함부로 서둘다가 나한테 진찰이나 받으러 오지 마라."

"알겠다고, 트리니 할아범. 정말이지 늘 미안하다니까. 그래서 해독약은 언세 될 것 같아?"

"오후 다과회 전까지는 준비할 수 있을 게야."

"그럼 그때쯤 다시 올게."

형은 그렇게 말하고 의무실 의자에서 일어났다.

"와이스는 어떻게 할래? 다른 일 없으면 정보 교환 겸 밥이라도 같이 먹을까?"

"아멜리아 님을 마중 가기 전까지라면 시간이 있어."

그렇게 대답한 나는 그날 점심을 형과 함께 먹기로 했다.

궁정 마술사 중에 내통자가 있을 수도 있고, 어디에 지켜보는 눈이 있을지 몰라 우리는 시내까지 나왔다. 뷔페 형식이라서 먹을 반찬을 골라야 했다. 나는 새우와 달걀 샐러드를 집었고, 이어서 함박스테이크를 접시 위에 올렸다. 형은 토마토 크림 파스타를 뜨고 있다.

우리는 각기 맛있어 보이는 음식을 쟁반에 담은 뒤 조금 떨어진 창가에 앉았다.

그 뒤 형이 시저 샐러드에 포크를 갖다 대며 다시 얘기를 시작했다.

"우선은 정보를 정리하자. 지금 알고 있는 내용은 세 가지야. 그건 설명 안 해도 되지?"

"되긴 뭐가 돼, 아무것도 몰라. 세 가지라니, 그게 뭔데?"

"나 참……, 우선 첫 번째. 궁정 마술사 중에 왕가에 해를 입힌 배신자가 있다는 것. 이건 마법진으로 수작을 부리고 마족과 계약한 인간을 말하는 거야. 금서 창고에 들어온 것도 아마 이 자겠지."

함박스테이크를 자르며 나는 고개를 끄덕였다.

"아무래도 스노우 드롭이라는 친화수의 주인인 것 같지?"

"뭐라고?"

"응? 레이븐의 감시로 다 들은 거 아니었어?"

"아니야, 결계 때문에 음성에 잡음이 끼어서 마족과 무슨 대화를 나눴는지는 파악하지 못했어."

"그래?"

"게다가 친화수는 보유 단계에서 등록하는 게 의무인데, 스노우 드롭이라 하면 역사에 등장할 만큼 강력한 앨리스 모델의 친화수인데도 그 소유사에 대해서, 적어도 나는 들은 바가 없어. 친화수의 형태로 볼 때는 리델 후작가와 인연이 있는 사람이겠지."

"리델 후작가라면, 하그리브스 백작가와 친척이지? 그러고 보니 이즈가 마족에게 제1왕자를 왕위계승권 1위로 만들기 위해서 이런 짓을 저질렀느냐는 식으로 말했어."

내가 그렇게 말하자 파스타를 둘둘 말면서 형이 눈을 가늘게 떴다.

"그 얘기도 레이븐은 포착하지 못했어."

"요컨대 고원에서 무슨 대화가 있었는지는 전혀 모른다는 뜻인가?"

"그런 셈이야. 뭐, 됐어. 지금은 일단 제쳐두고, 두 번째 문제야. 만약 잭의 동생ㅡ 아즈라이트였던가? 그 녀석이 진짜로 독을 먹었을 경우야. 크로포드가의 사람이 직접 먹었다고 해서 크로포드 남작가가 범인이 아니라고 무조건 단언할 수는 없어. 나는 잭을 믿지만. 다만 그 쿠키를 만약 공주들이 먹었다면……, 범인은 유페리아 님과 아멜리아 님까지 죽일 각오를 했다는 얘기가 돼."

"실수로 독초를 넣은 건 아닐까?"

"그럴 리 없잖아. 게다가 혹시 말이다. 네가 단 걸 좋아한다는 사실을 아는 사람이었다면, 널 노렸을 가능성도 있어. 네가 독에 강한 몸이라는 걸 몰랐을 경우지만."

"나는 표적이 될 만한 짓은 안 했는데."

"근위기사라는 것만으로 충분해. 좀 더 자각을 가져."

"그야, 그냥 서 있기만 하니까."

"너 말이다……. 뭐, 지금은 됐어. 어쨌든 이 건에 관한 문제는 세 가지가 더 있어. 사실 네 가지지. 네가 독을 넣었을 가능성."

"그럴 리 없잖아?"

어처구니가 없어서 내가 그렇게 말하자, 형도 고개를 끄덕였다.

"그러니까 그걸 제외하고 얘기하면 크로포드가의 사람이거나 그 집안의 고용인이거나 네게 쿠키를 건네준 사람이 범인이라는 얘기가 돼. 나아가서는 그 인간이 금서 창고에 들어온 주범일 가능성도 있어. 어느 쪽이든 왕녀 전하들을 노리고 있다는 건 분명하지."

"의심하기 시작하면 끝이 없으니까."

"내 말이 그 말이야. 그리고 마지막. 세 번째야. 범인의 목적은 무엇 인가."

"역시 계승권이 얽혀 있을까?"

"몰라. 그렇다면 제2왕자 전하도 노려야 되잖아? 하지만 딱히 수상 한 정보는 못 들었어."

"웨일 전하는 인품이 뛰어나시니까."

"너……. 그렇게 말하면 왕녀 전하들은 인품이 부족하다는 말처 럼 들리잖아."

"딱히 그런 뜻은……."

"알아. 하지만 나 말고 다른 사람들 앞에서 말할 때는 조심해."

"응. 하지만 목적을 모르면 대처할 수가 없잖아."

"그렇지……. 상대방이 몇 명인지, 어느 정도의 규모인지도 모르고,

'누가 범인인지도 알 수 없어."

그런 이야기를 하며 우리는 식사를 마쳤다.

나는 슬슬 해독약이 완성됐으리라는 생각에 그길로 의무실로 향했다. 의관 트리니 씨에게 완성된 약을 받은 뒤 크로포드 남작가로 발걸음을 옮겼다. 지난번 야회 때 마차로 온 적이 있어서 그때 기억해둔 길로 걸어갔다.

바깥이 갑자기 천둥과 호우로 뒤덮였다. 내 머리 위만 빼고.

역시 나는 마술서 때문에 미쳤는지도 모른다. 아까부터 내 머리 위에서는 손바닥만 한 난쟁이가 피리를 불면서 노래를 부르고 있다.

녹색 잠자리 같은 얇은 날개 네 장을 단 채 공중에 떠 있었다. 그들은 모두 넷이었고, 다들 날개와 색이 같은 고깔모자를 쓰고 있다. 어디를 보나 요정이다. 이 나라에도 분명히 고대에는 정령 마술이 있었다고 들었다. 제3왕비님의 출신국이 있는 미드서머나이트 대륙에는 지금도 정령을 소환하는 마술이 널리 퍼져 있다고 한다.

하지만, 하지만 말이다. 이 나라에 간신히 정령 마술이 남아 있다고는 해도, 대체로 정령은 '눈에 보이지 않는 존재'라든가, '불가시(不可視)의 존재'라 불리기 때문에 정령 마술을 쓸 줄 아는 마술사라도 그 기척을 겨우 알아볼 수 있는 정도였다.

마술의 심연에 그야말로 푹 빠져 있는 고령의 마술사 중에는 정령이 보이는 사람도 있는 모양이지만, 그게 아닌 이상 아무리 노력해도 이 나라 사람들에게 정령은 결코 눈으로 볼 수 없는 존재였다. 그러니,

그러니까 하는 말이다.

"환각이야, 환각."

나는 나 자신을 타이르듯 몇 번이나 중얼거렸다.

"바보 같으니라고. 환각 같은 게 아니야."

그러자 갑자기 그런 목소리가 들렸다. 놀라서 호우가 쏟아지는 주변을 둘러보지만 목소리의 주인공으로 보이는 인물은 어디에도 없다. '인물'은 없었지만, 대신 나를 중심으로 만들어진 양지의 한 구석에 새까만 도베르만이 들어왔다. 양손으로 들어 올릴 수 있을 만한 크기의 강아지다.

"친화수가 아닌 개가 말을 하다니. 나도 드디어 갈 때가 됐나……."

"이 몸이 개로 보이느냐. 눈이 제법 좋구나."

"환청이야, 환청."

"환청이 아니다. 나는 초대 포말하우트 후작이라고 불리던 인간의 사념체— 요컨대 본인이다."

"엥?"

"인스톨이 가능한 자손이 나타났을 때 출현할 수 있도록 내 사고회로를 봉인했지."

"그렇다면, 조상님이신가요?"

"그런 셈이지. 너, 이름이 뭐냐?"

"와이스입니다."

"와이스는 바이스에 기원을 둔, '알다'에서 파생된 말이지. 좋은 이름이구나."

"아뇨, 그렇게 깊은 뜻은 없는 것 같고 아버지가 더글라스라서 스가 붙는 이름으로 정한 모양이에요. 형은 크로이스예요."

"좋은 이름이다. 과연 인스톨할 수 있는 마력량을 자랑하는 자손답구나."

아무래도 내 조상님은 남의 말을 귓등으로 듣는 재주가 어지간히 뛰어난 모양이었다.

"그런데, 와이스. 너 어딘가로 가던 중이 아니더냐? 방금까지는 꽤 서두르더니."

"아, 맞다. 아즈한테 가야 하는데."

나는 그 사실을 떠올리고 걷기 시작했다. 나도 조상님(?)을 따라 이해할 수 없는 일은 전부 귓등으로 듣기로 했다.

"손에 든 건 러버콜의 해독약 같다만."

"맞아요. 제 동료가 러버콜을 먹었을지도 몰라서."

"동료? 너는 평소에 무슨 일을 하고 있느냐?"

"근위기사를 맡고 있습니다."

"그래야 바스커빌가의 개지."

나는 개와 대화를 나누며 남들의 눈을 의식했다. 남들 눈을 의식하는 것은 정말 오랜만이었다.

우리의 대화는 다른 사람들 눈에 대체 어떻게 보일까. 나 혼자 말하는 걸로 보여도 곤란하지만, 개가 말하고 있는 것을 누군가 본다면 매

우 큰 문제다. 그러는 동안 나는 크로포드가에 도착했다.

"아, 와줬구나. 고맙다."

마중을 나온 사람은 몹시 초췌해 보이는 잭 씨였다. 아마 휴가를 받은 모양이었다.

"아즈의 상태는 어떤가요?"

"멍."

내 말에 맞장구를 치듯 조상님이 짖었다. 아무래도 남들 앞에서는 개인 척하기로 한 모양이다. 그런 생각을 하고 있는데 뇌리에 직접 말소리가 들렸다.

[다른 사람에게 내 모습은 네가 보는 대로 보인다. 그러니 지금부터는 네가 기르는 개인 척하마.]

딱히 그럴 필요 없다고 생각했지만, 일단 나는 몸을 숙이고 슬쩍 고개를 끄덕였다.

"기르는 개인가? 아담하고 귀여운데?"

잭 씨의 말에 나는 정신을 차렸다. 도베르만 조상님(?)을 쓰다듬으며 잭 씨가 등 뒤에 대기하고 있던 집사에게 말했다.

"라나드, 차를 세— 아니 두 잔, 아즈의 방으로 가져다줘."

보아하니 목소리가 큰 청년의 이름은 라나드인 모양이다.

나는 그의 뒷모습을 바라보며, 아까 형과 식사하면서 크로포드가의 집사가 범인일 가능성도 있다는 말이 오간 것을 떠올렸다. 사실 그보다는 아즈의 몫까지 차를 석 잔 부탁하려다가 도중에 숫자를 바꾼 잭 씨의 모습을 보고 있기가 안타까웠다.

"따라와, 옮지 않아야 할 텐데……."

"안 그래도 그것 때문에 아까 형과 이런저런 얘기를 나눴습니다. 자세한 건 나중에 형에게 들으셨으면 하는데……. 어쩌면 이 약이 아즈에게 효과가 있을지도 모릅니다. 효과가 없어도 인체에는 무해하다고 약을 지어준 의관 트리니 씨가 말했어요."

"뭐? 그게 정말인가?"

"네. 그래서 아멜리아 님을 마중하러 가기 전에 이리로 왔습니다."

"이 마시는 약 한 병을 한꺼번에 먹이면 돼?"

"만약 불안하시면 3분의 1 정도 먹이고, 상태를 보면서 먹이셔도 괜찮습니다."

나도 어렸을 때부터 보통 3분의 1쯤 되는 독을 받아먹으며 자랐기 때문에 주먹을 쥐며 장담했다. 수상한 약을 먹는 법에 대해서는 희한한 자신감이 있다.

"딱히 독이라고 의심한 건 아니야. 그저, 처방량이나 복용법을 알고 싶었을 뿐이지."

마음이 복잡한 듯 잭 씨의 시선이 흔들렸다. 형에게 들었는지 그는 아무래도 내가 독에 강하다는 사실을 알고 있는 모양이었다.

형은 잭 씨를 신뢰하는 것 같지만 나는 아직 잘 모르겠다. 다만 그와 형이 무슨 얘기든 서로 나눌 수 있는 관계라는 점이 조금은 부러웠다. 우리는 이야기를 나눈 뒤 아즈의 방으로 가서 의식이 없는 아즈의 입에 억지로 약을 흘려 넣었다. 그런 다음 라나드 씨가 들고 온 차를 마셨는데 몇십 분 후, 아즈가 짧게 신음했다.

"아즈? 아즈! 아즈라이트! 눈 좀 떠봐라."

잭 씨가 애원하듯 소리침과 거의 동시에 아즈의 눈꺼풀이 움찔 움직였다.

"어, 여기는……?"

몽롱해 보이기는 했지만 아즈가 의식을 되찾았다. 나는 안도하며 잭 씨를 바라보았다.

"일이 있어서 이만 실례하겠습니다. 아즈가 눈을 떠서 정말로 다행이에요."

이리하여 나는 아멜리아 님을 마중하기 위해 학원으로 향하기로 했다. 어쨌든 정말로 마음이 놓였다

왠지 일 하나를 이미 끝마친 기분이었지만 내 본업은 지금부터다. 나의 업무 일과인 마중 시간이다. 문 앞에서 마부 크롬 씨와 합류한 나는 아멜리아 님이 나오기를 기다렸다. 내가 아슬아슬하게 시간에 맞춰 온 탓도 있어서, 도착하자마자 교문에 서 있는 아멜리아 님의 모습이 보였다.

"기다리고 있었습니다."

그렇게 말하며 땅에 무릎을 꿇고 아멜리아 님의 손을 잡았다. 빨개진 왕녀 전하의 손을 잡고서 나는 자리에서 일어났다. 그리고 크롬 씨

가 문을 열어준 마차에 둘이서 올라탔다.

"오늘은 유페도 이즈도 오지 않았어요."

둘만 남은 마차 안에서 불안한 표정으로 아멜리아 님이 말했다.

"아즈 님의 상태가 그렇게 나쁜가요……"

"방금 의식을 되찾았습니다."

"저, 정말요? 다행이다. 정말로 다행이에요."

천천히 달리는 마차 안에서 아멜리아 님의 커다란 눈동자에 눈물이 맺혔다. 근위기사가 되고 나서 내가 알게 된 사실 하나는 그녀의 다정함이다. 아멜리아 님은 다소 내성적이지만 언제나 그 내면에 상냥함을 감추고 있다.

─그런 그녀의 생명을 노리는 자가 어딘가에 있다.

만약 아멜리아 님이 사라진다면……. 문득 그런 생각이 들어 가슴이 먹먹해졌다. 내가 다시 무직으로 돌아가서 그런 것이 아니라, 순수하게 아멜리아 님이 걱정스러웠다.

"그, 그런데 와이스 님. 저, 저 개는 와이스 님의 개인가요?"

그때 아멜리아 님의 목소리가 내 생각을 끊었다. 아멜리아 님의 말을 듣고 나는 내 무릎 위에 조상님(?)이 있다는 사실을 떠올렸다.

"네, 뭐……."

이럴 때는 뭐라고 대답해야 좋을지 몰라서 커뮤니케이션 장애가 있는 나는 말이 제대로 나오지 않았다.

"멍."

도베르만 강아지인 척하는 조상님이 갑자기 짖었다.

"무척 귀엽네요. 이름은?"

"이름은……."

초대 포말하우트 후작이었던 조상님의 이름이 떠오르지 않았다. '왈' 자가 붙은 것 같은데, 대체 뭐였지? 그보다 대화가 끊어지지 않으려면 뭔가 말해야 하는데.

"오늘부터 키우기 시작해서 아직 이름은 없습니다."

"어머, 그래요? 그럼 괜찮으시다면 저, 저기, 제가 이름을 붙여도 될까요?"

"황송한 말씀입니다. 부디 그리하소서."

용케 대화가 이어지는 상황에 안도하며 나는 고개를 끄덕였다. 그러자 아멜리아 님은 잠시 생각에 잠기더니 작게 손뼉을 쳤다.

"왈츠."

응? 그러고 보니 초대의 이름이 왈츠 아니었던가. 이제야 그 사실을 떠올린 나는 이 엄청난 우연에 탄복하며 팔짱을 꼈다.

"멍."

마음에 들었는지 조상님─ 왈츠는 내 무릎 위에서 짖었다. 그렇다, 분명 시조의 이름은 왈츠 폰 포말하우트였다.

"감사합니다. 아멜리아 님."

내가 진심으로 그렇게 말하자 왕녀 전하의 얼굴이 빨개지고 말았다.

"저, 저, 저야말로 이름을 정하는 큰 역할을 주셔서……."

"왈츠도 기뻐할 겁니다."

그렇게 말하며 나는 검은 도베르만을 쓰다듬었다. 그냥 보기에는 귀엽다……라고 할 수도 있으리라. 이후 아멜리아 님을 왕궁까지 모셔다드리고 나는 왈츠와 함께 집으로 돌아갔다. 우리 집에서는 지금까지 동물을 기른 적이 없었기 때문에 왈츠에 대한 반응이 어떨지 몰라 조마조마했다.

"어머, 귀여워라."

어머니가 평소와 같이 무표정하게 말하더니 발걸음을 돌렸다.

"로, 개를 키울 준비를 하도록."

"알겠습니다."

나는 집사 로가 고개를 끄덕이는 모습을 봤다. 역시 어머니도 귀여운 걸 좋아하는구나. 그런 생각을 하며 나는 방으로 향했다. 너무 손쉽게 키우기로 결정이 나서 맥이 풀릴 정도였다.

"여기가 네 방이냐."

왈츠는 침대 위로 뛰어 올라와 다시 인간의 말을 시작했다.

"그래요. 다행이네, 키우게 돼서."

"현재의 포말하우트 후작과 만나 이야기를 해볼 작정이었는데, 수고를 덜었군."

"아버지는 날이 바뀌어야 돌아와요."

"그래야 포말하우트지. 폐하를 위해 힘을 다하고 있으렷다?"

"지금은 재상이에요."

"재상? 생각보다 권력에 관심이 있는 모양이로구나, 내 자손은."

"나나 형은 딱히 없는데."

"이런 한심한. 그건 그렇고 형이 있다니, 네가 다음 당주가 아니더냐?"

"응, 아니에요."

"이런 한심한."

"어쩌라고요……."

"형한테 작위를 빼앗을 만한 기개는 없단 말이냐?"

"없어요. 여느 집처럼 사이도 좋은데."

"그런 부분은 메리웨더와 닮았구나."

"누군데요?"

"내 배우자이자 네 어머니와 같은 피를 물려받은 사람이다. 다들 사이좋게 지내야 한다는 어처구니없는 소리를 자주 했지."

나는 아멜리아 님에게도 그 피가 흐르고 있으리라고 생각했다. 그때 노크 소리가 들렸다.

방으로 들어온 어머니는 왈츠라 이름 붙인 개를 들여다봤다.

"어딘가 와이스 너랑 닮았구나. 사디스트로 보이는데 마조히스트적인 부분이라든가."

"네? 한 번 더 말씀해주실래요?"

제대로 듣지 못한 내가 되묻자, 어머니가 헛기침을 했다.

"화장실은 준비됐다. 개를 데리고 오렴. 이름은 정했니?"

"아멜리아 님께 왈츠라는 이름을 받았어요."

"그랬구나. 왈츠─ 와이스를 잘 부탁한다."

어머니가 부드럽게 왈츠의 머리를 쓰다듬었다. 이리하여 나는 개를 키우게 됐다.

생각해보면 나는 우리 집안의 역사에 대해 잘 모른다. 그래서 가끔은 책을 읽기로 했다. 아버지의 서재에서 『포말하우트가의 역사』라는 책을 빌려왔다. 내 침대에서 잠든 왈츠를 힐끗 쳐다본 뒤 나는 책을 펼쳤다.

잘은 모르겠지만 역사서는, 이 세계에는 '흑탑(黑塔)' '백탑(白塔)' '시탑(時塔)' '사탑(斜塔)' '사탑(砂塔)', 이렇게 다섯 개의 탑이 있다는 대목으로 시작됐다. '포말하우트가의 시조인 왈츠 폰 포말하우트는 흑탑에서 공부했다'라고 책에 적혀 있었다.

'탑'에 대해서 나도 자세히는 모르지만 들은 적이 있다. 천공의 성은 어린 시절 누구나 듣는 옛날이야기 중 하나다. 적란운 안에 각각의 탑이 있다고 한다. 요컨대 공중에 떠 있는 것이다. 그 진위는 나도 모르지만 '탑'의 관계자 중에는 불로불사의 인간도 많은 모양이다. 사념체라고는 하지만 실제로 조상님이 내 앞에 나타났으니 꼭 아니라고 할 수는 없었다.

"그렇게 공부를 열심히 하다니 훌륭하구나."

책을 읽고 있는데 왈츠가 말을 걸었다.

"내 발자취를 읽고 있는 게냐? 궁금하면 얼마든지 직접 얘기해줄 수 있는 것을."

"그냥 됐어요."

"그렇게 사양할 것 없다니까."

그저 조상님의 이야기가 길어질 것 같아서 싫었을 뿐이다. 나는 다시 문헌에 눈길을 돌리고 손에 턱을 괴었다.

아무래도 이 바스커빌 왕국은 마족이 살고 있던 땅을 빼앗아(?) 건국된 모양이었다. 그때까지 이 땅에는 소수의 인간들만 살고 있어서, 다들 산 제물을 바치는 등 두려움에 시달리며 살았던 것 같다.

초대 국왕은 그런 마(魔)를 베고 이 땅에 바스커빌 왕조를 열었다. 역사서에는 당시 국왕 폐하의 오른팔이었던 사람이 지금은 검은 강아지 모습을 한 왈츠 폰 포말하우트라고 적혀 있었다. 현재는 궁정 마술사가 결계를 펼치고 있어서 마족이 나타나는 일은 거의 없지만, 그 시절에는 인간과 마족의 공방이 치열했다고 한다.

"조상님은 상당히 힘든 시절을 살아오셨네요."

내가 불쑥 그렇게 말하자, 작은 도베르만이 뒤돌아봤다.

"오히려 요즘보다 '적'이 분명했으니 알기 쉬운 싸움이었을지도 모르겠다만. 비대하고 풍부한 책략이 소용돌이치는 요즘의— 인간이 더 무서울 수도 있지."

그건 분명 일리 있는 말이라고 생각했다. 요즘 나는 누가 피해자이며 누가 가해자인지도 확실히 모르겠으니. 왈츠와 그런 이야기를 나누고 있는데 형이 돌아왔다.

"여어, 어떻게 됐어? 크로포드가의 상황은?"

"아즈의 의식이 돌아왔어."

"그렇다면 역시 러버콜이 원인이었나."

"그런가 봐. 잭 씨에게는 형한테 물어보라고 말해놨어."

"그건 잘했다. 가끔은 너도 머리가 돌아가는구나."

형은 그렇게 말하더니 내 머리를 가볍게 두 번 토닥거렸다. 형이 사람을 칭찬할 때의 버릇이다. 이제 나도 어린아이가 아닌데 약간 멋쩍었다.

"그건 그렇고 그 개는 뭐야?"

내가 할 말을 찾고 있는데 형이 왈츠 쪽으로 시선을 돌렸다.

"사정이 좀 있어서 키우게 됐어."

"귀엽네."

형은 어머니의 피를 진하게 물려받았는지 귀여운 것에 사족을 못 쓴다. 나도 남 말을 할 처지는 아니지만…….

"멍."

조상님은 완전히 개가 된 것처럼 기분 좋게 형의 쓰다듬을 받고 있다. 사실 형에게 왈츠에 대해 상담하려고 했는데 이런 광경을 보니 그런 마음이 사라졌다.

"와이스 너를 빼닮았네, 이 녀석. 좀 더 성장하면 너와 꼭 닮은 도베르만이 될 거야."

"내 얼굴이 그렇게 무섭나?"

"응, 무서울 정도로 단정하지."

형이 입에 발린 말을 잘한다는 것을 재확인했다. 오늘은 아버지도 일찍 귀가했는지, 얼마 뒤 집에서 우리에게 저녁을 먹으러 오라는 통지가 왔다.

"아즈라이트 크로포드가 먹은 건 독초였던 모양이더구나."

식탁에서 아버지가 꺼낸 얘기에 나와 형은 얼굴을 마주봤다.

"이미 알고 있었어요? 빠른데."

형이 그렇게 말하자 아버지가 코웃음을 쳤다.

"트리니 할아범과는 원래 아는 사이니까."

과연 그렇구나. 그런 생각을 하는 내 무릎 위에 조상님인 왈츠가 앉아 있다.

"독초? 무서워라."

어머니가 눈썹을 찡그렸다. 매서운 표정을 짓는다.

"나도 먹었어. 죽는 줄 알았다니까. 와이스는 엄청 먹었대요."

"뭐라고? 아, 이런 무서운 일이."

어머니는 나와 형을 번갈아 쳐다보더니 눈매가 더욱 날카로워졌다.

"먹었다는 말은 뭔가에 섞여 있었다는 뜻인데 대체 뭐였니?"

"크로포드가의 시종이 가지고 온 쿠키야."

형이 그렇게 말하자 어머니가 움직임을 멈췄다. 그리고 고개를 갸웃거린다.

"─기묘하네요. 크로포드가가 주범이라면 왜 차남이 독을 먹고 쓰러진 걸까."

"크로포드가의 시종 행세를 한 '적'이 성으로 들여온 것이겠지."

아버지가 말을 이었다. 술이 담긴 유리잔의 내용물을 바라보고 있다. 그 모습을 슬쩍 쳐다보더니 어머니가 목소리를 높였다.

"어떻게 그런 일이. 당신, 좀 더 관리를 철저히 하세요."

"할 수 있는 건 다 하고 있어. 그런데 재상을 맡은 지금으로서는 성을 출입하는 모든 인간의 신원을 그 자리에서 판별하는 일은 불가능하잖소."

탄식하듯 아버지가 말했다.

"그건 그렇고 범인의 목적은 대체 뭘까. 오늘 낮에 나랑 와이스도 그 얘기를 했는데."

형이 그렇게 말하자 어머니가 심각한 표정을 지었다.

"적어도 근위기사가 두 명이나 독수에 당했다는 건 분명하네요. 와이스는 체질 덕분에 무사했다고 쳐도."

"어쩌다 근위기사 덕에 왕녀 전하들이 무사했던 것인지, 원래 근위기사를 노렸던 범행인지."

나는 지금까지 전혀 그런 식으로 생각해보지 않았기 때문에 아버지의 말에 놀랐다. 오늘 낮에 형에게 들은 이야기는 그저 가능성 중 하나라고만 생각하고 있었다.

"뭐야, 나를 노렸을 가능성도 있어?"

"당연하지."

아버지의 말에 나는 팔짱을 꼈다. 식욕이 떨어졌다. 나 같은 방구석 폐인을 노린다고 범인에게 무슨 득이 될까.

"근위기사가 죽으면 새로운 근위기사가 임명되니까. 새 근위기사에 적의 입김이 닿은 자가 추천되면 왕족에게 해를 입히기가 더욱 쉬워지 겠지."

아버지의 말을 듣고 형이 복잡한 표정을 지었다.

"근위기사를 노렸다는 건, 결국 왕녀 전하들을 노린다는 이야기로 이어지나."

"과연 왕녀 전하'들'일까. 실제로 문구점에서 피해를 입은 사람은 아 멜리아 님 한 사람이야. 간단히 생각하면 아멜리아 님을 노렸다고 볼 수도 있어."

"아멜리아 님을 노려서 범인에게 무슨 득이 있죠?"

형이 되묻자, 어머니가 부채를 펼쳤다.

"왕녀 전하에게 서민의 피가 흐른다는 사실을 탐탁지 않게 여기는 귀족은 얼마든지 있단다."

"그렇다고……."

형이 말을 이으려고 할 때, 아버지가 한숨을 쉬었다.

"한 가지 확실한 건, 우리는 아무것도 모른다는 사실이다. 와이스, 네 생각은 어떠냐?"

그 말에 나는 오늘도 대화에 별로 참여하지 않았다는 것을 깨달았다. 게다가 아버지에게 질문을 받는 일이 거의 없었기에 당황하고 말았다.

"나는……."

그리고 생각해보니— 내가 무슨 생각을 하는지도 잘 모르겠다. 다만 이해하는 부분도 있다.

"무슨 일이 있어도 아멜리아 님을 지키겠습니다. 나아가 바스커빌 왕가까지도."

오랜만에 문답집에 나온 내용대로 말하자 아버지가 쿡쿡 웃었다.

"그래야 포말하우트지."

"멍."

내 무릎 위에서 왈츠가 짖었다.

"그러고 보니 왜 여기에 개가 있는 거지?"

"와이스가 주워왔어요."

"뭐 어때, 키우자고."

"……주웠다고? '그것'을? ……와이스에게는 묻고 싶은 일이 많지만, 뭐 됐다."

아버지는 뭔가 할 말이 있는 표정으로 조상님을 힐끗 쳐다봤다. 왈츠가 어떤 존재인지 눈치챘을지도 모른다. 하지만 아버지는 그 이상 아무 말도 하지 않았다.

"아즈가 회복해서 정말로 다행이야."

유페 님이 빨개진 얼굴로 아즈에게 안겨 있었다. 아즈가 오늘 무사히 얼굴을 내밀었던 것이다.

"걱정 끼쳐서 미안해요."

아즈는 별일 아니라는 투로 그렇게 말하며 쑥스러워했다. 그 표정은 내가 기억하는 학생회 시절의 얼굴과는 약간 달라 보였다. 좀 더 다정해 보인다.

아멜리아 님도 눈물을 글썽이며 두 사람을 보고 미소를 지었다. 나는 그런 세 사람을 지켜보며 마차 옆에 섰다.

아즈는 혹시 몰라서 의식이 돌아온 뒤 하루 동안 요양하고, 트리니 씨의 진찰을 받은 뒤 근위기사 업무에 복귀했다. 나도 정말로 다행스러웠다. 크롬 씨가 문을 열어준 마차에 올라타면서 나는 왠지 이런 평온한 일상이 그리워졌다.

"심한 감기에 걸렸다고 들었어요."

아무래도 독초에 대해서는 모르는 모양인지, 유페 님이 아즈의 팔을 잡았다. 일전에 그냥 감기인 것 같지는 않다고 말한 적이 있는데, 나중에 '심한 감기였다'는 설명을 들은 모양이다.

"그랬지요……. 난 의식이 없었으니 별로 할 이야기는 없지만."

아즈는 그렇게 말하며 나를 힐끗 쳐다봤다. 독극물에 대해서는 숨겨야 할 것 같은데……. 그런 생각이 들자 나는 무슨 말을 하면 좋을지 몰라 무심코 아멜리아 님을 바라봤다.

아멜리아 님도 아즈에게 손을 뻗었다. 손가락으로 부드럽게 아즈의 팔을 어루만진다. 아멜리아 님 또한 진심으로 걱정하고 있었으니 무척 기쁘리라.

우리는 마차를 타고 왕녀 전하들을 학원까지 배웅했다. 왕궁으로 돌아오는 마차의 문이 닫힌 순간, 아즈가 깊은 한숨을 내쉬었다.

"아, 죽는 줄 알았어."

"무사해서 다행이야."

이것이 내가 오늘 처음 뱉은 말이다. 내 옆에 앉은 왈츠가 동의를 표하듯 짖었다.

"네가 이것저것 애써준 덕분에 살았다고 들었어."

"나보다는 형 덕분이야."

"크로이스 님께도 안부 전해줘. 그런데 설마 우리 집 시종 행세를 한 적이 독초가 든 쿠키를 먹일 줄은 생각도 못 했어. 아멜리아 님 쪽에 피해가 없어서 정말로 다행이다."

나는 진심으로 안도했다. 그런 나를 바라보는 아즈의 눈동자가 불안한 듯 흔들렸다.

"설마 너까지 내가 스스로 독을 먹어서 크로포드가를 향한 의혹을 해소하려 했다고 생각하진 않겠지?"

"응? 무슨 소리야?"

갑자기 화제가 바뀌자 나는 몇 번이나 눈을 끔뻑였다.

"크로포드가를 향한 의혹의 시선을 피하려고, 죽어도 상관없는 차남인 내가 일부러 독을 먹었다는 소문이 있는 모양이야."

"소문은 소문이야. 애초에 나랑 형이 아니었다면 독초에 대해서 아무도 눈치채지 못했을 테고."

"고마워. 네 말을 들으니 안심이다. 그럼 반대로, 포말하우트가가 작위가 낮은 근위기사를 암살하려 했다는 소문도 그냥 소문이라 생각하면 되는 거지?"

"그런 소문까지 있어?"

"아까 진찰받으러 갔을 때 옆방에서 시녀들이 재잘거리고 있었어. 귀족사회란 정말 무섭다느니, 소름이 돋았다느니. 그보다 와이스, 분위기가 좀 바뀌지 않았어?"

갑작스러운 얘기에 나도 모르게 왈츠의 머리에 손을 올렸다. 체온이 전해져 와 마음이 놓였다.

"꼭 재상 각하와 얘기하는 것 같달까……. 같이 있으면 이상하게 위압감을 느낀달까. 너는 원래 존재감이 대단했지만."

지난번에는 형에게 존재감이 없다는 얘기를 들었다. 그러니 이 말을 듣고 기분은 좋았지만 나 스스로는 잘 모르겠다.

"검사(劍士)라서 그런지 모르겠지만, 나는 마력량에 꽤 민감해. 와이스는 원래 마력량이 엄청나다고 생각했는데…… 어쩐지 한계를 떨쳐버렸나 싶어서."

흐음, 검사들은 그런 경우도 있구나. 나는 고개를 끄덕이며 팔짱을 꼈다.

분명 예전부터 아즈는 사람의 기색을 읽는 일에 뛰어났다.

"아즈가 눈을 못 뜨는 동안 이런저런 일이 있었어. 그것 때문인지도 몰라. 어쨌든 정말로 눈을 떠서 다행이야."

내가 그렇게 말하자 아즈의 뺨이 붉어졌다. 역시 그에게는 직접 체온계를 주는 게 나을까. 다만 이번에는 웃음을 참는다기보다는 그저 부끄러워하는 것 같았다.

"겉으로만 사이가 좋은 사람이야 얼마든지 있지만, 너처럼 있는 그대로 사귈 수 있는 친구가 있어서 나는 정말로 다행스럽다."

나는 솔직히 놀랐다. '겉으로만'이라니, 아즈가 그런 말을 입에 담을 줄은 생각지도 못했다. 동시에 틀림없는 '친구'로 여겨준다는 사실이 기뻤다.

"고마워, 와이스."

이후 성에 도착할 때까지 우리는 즐겁게 잡담을 나눴다.

―그런데 결국 범인의 목적은 무엇이었을까?

❖ ❖ ❖

아뉴레어란 고대어로 네 번째 손가락인 '약지'를 가리키는 말이다. 이 나라에는 약지와 심장이 이어져 있다는 전승이 남아있다. 그 전승도 무척 오래되었다. 아뉴레어는 그만큼 오랜 비밀결사였다.

"자백은 받았나?"

수련 시범에서 붙잡힌 죄수의 감옥 앞. 더글라스가 부하에게 말을 걸었다. 재상의 모습에 그들은 머리를 숙였다.

"받았습니다. 동시에, 결사의 증표인 장신구를 몸에 두르고 있다는 사실도 확인했습니다."

더글라스의 말에 대답한 사람은 제5기사단의 오스 스튜어트라는 청년이었다.

"아직 남아 있었단 말인가."

아뉴레어는 지금까지의 역사 속에서도— 책에 모습을 드러내지야 않았지만 음지에서 온갖 끔찍한 일을 저질렀다는 사실을, 재상사(宰相史)를 배운 더글라스는 알고 있다. 다른 대륙에 있는 '퍼내틱(광신자)'이라는 비밀결사와도 연결고리가 있다고 한다.

"그래서 왜 아뉴레어가 왕녀 전하들을 노린 거지?"

"모든 것은 친화수가 있는 그대로 살 수 있는 세계를 위한 것이라고 말하며 의식을 잃었습니다."

"그렇군. 심문을 계속하게."

더글라스는 오스가 고개를 끄덕이는 모습을 확인한 뒤 지하에서 돌아왔다.

오늘은 휴일이라서 나는 아멜리아 님의 방 앞에 서 있다. 휴일이라지만 이번에는 학원이 쉬는 것뿐이라 내 업무는 평소와 같다. 학원의 기념일인 것이다.

"와이스 님. 유페리아 님으로부터 아멜리아 님께 오후에 다과회를 갖자는 연락이 왔습니다."

그때 시노 씨가 말을 걸었다. 내가 고개를 끄덕이자 시노 씨가 미소를 지으며 방으로 돌아갔다. 나도 점점 일상적인 대화를 문답집 없이 해낼 수 있게 되었다. 하지만 여기서 방심하면 안 된다. 정신을 바짝 차려야지. 동시에 여태까지의 일을 머릿속으로 돌이켜봤다.

이곳 왕궁 안에 적어도 한 사람— 내 생각에 두 사람은 보이지 않는 '적'일 가능성이 있다.

한 사람은 궁정 마술사라고 하니 나는 알 수 없다. 다른 한 사람은 시녀이거나 시종이다.

아무런 연줄도 없이 크로포드가의 시종을 자칭하며 손쉽게 성으로 들어올 수 있을 리가 없다. 그렇다면…… 시노 씨도 수상했다. 사람을 의심하는 건 좋지 못한 일이지만……, 생각하면 할수록 모두가 수상하다.

그리고 오후가 되었다. 다과회가 열릴 시간이다. 나는 오랜만에 아멜리아 님을 모시고 유페 님의 정원으로 향했다. 도착하니 그곳에는 리델 후작가의 에이프릴 씨가 있었다.

"같이 초대해주셨어요."

그 말을 들으며 나는 아멜리아 님의 의자를 빼냈다.

189

"앉으세요, 아즈, 와이스."

그리고 유페 님의 권유로 자리에 앉았다. 오늘은 이즈의 모습이 보이지 않았다.

"듣자 하니 큰일이 있었다고 하더군요."

나와 아즈의 모습을 번갈아 보며 에이프릴 씨가 부채를 펼쳤다. 그녀는 나의 어머니를 존경한다고 했다. 하지만 지기 싫어하고 밝은 성격은 차가운 얼음 같은 어머니와는 정반대다.

"정말로 무사해서 다행이에요."

유페 님이 그렇게 대답하자, 에이프릴 씨는 의미심장한 눈빛으로 나와 아즈를 봤다.

"모르는 게 약이라는 말도 있지요."

에이프릴 씨는 고대에 존재했다는 종교에서 유래한 말을 꺼냈다.

"무슨 일이 있었나요?"

그러자 아멜리아 님이 고개를 갸웃했다.

"멋진 여자는 비밀을 잔뜩 가지고 있는 법이랍니다. 아멜리아 왕녀 전하."

에이프릴 씨는 입가를 부채로 가리고 쿡쿡 웃으며 그렇게 말했다. 그런 대화를 나누며 다과회의 시간은 평온하게 흘러갔다.

"들었어?"

그날 밤, 웬일로 먼저 귀가한 형이 내 방으로 들어왔다. 내가 왈츠의 머리를 쓰다듬으며 고개를 갸웃거리자 형은 목소리를 죽이고 말을 이었다.

"아버지한테 들었는데 아무래도 범인은 아뉴레어라나 봐."

그 말에 나는 눈을 크게 떴다.

"어떻게 알았어?"

"수련 시범 때 잡혀 온 적에게 자백 마술을 걸었던 모양이야."

"자백한 거야?"

"그랬다는군."

"그런데 아뉴레어가 뭐지?"

"몰라."

"아니, 그렇게 말하면 어떡해. 그럼 그냥 범인의 조직명을 알게 됐을 뿐이잖아."

"자세한 건 나중에 아버지한테 듣자."

그렇게만 말하고 형은 방에서 나갔다. 남겨진 나는 방문을 닫으며 탄식한다. 그러자 왈츠가 중얼거렸다.

"아직 그 비밀결사가 남아 있단 말인가."

여전히 개가 말하는 광경에는 위화감을 감추기 어렵다. 하지만 아무래도 뭔가 알고 있는 듯한 조상님을 안아 들었다.

"뭐 아시는 거 있어요?"

"알지. 무너뜨리고 또 무너뜨려도 부활하는, 벌레 같은 집단이야. 비밀결사라는 이름을 내세운."

"왜 그 조직이 아멜리아 님과 유페 님을 노리는 걸까요?"

"옛날에는 마족이 활보하는 세계야말로 마술사의 이상향이라는 둥, 헛소리를 지껄이곤 했다만."

"그런 세계가 되면 우리 인간은 잡아먹히잖아요."

"만약 그런 세계가 온다고 해도 나처럼 마족을 섬멸하겠다는 기개쯤은 가지거라. 너는 그래 봬도 포말하우트가 사람이 아니냐."

이후 나는 조상님께 기나긴 설교를 들었다.

다음 날, 왕녀 전하들을 학원으로 배웅하고 나서 나와 아즈는 기사단의 부지로 향했다. 오랜만에 수련하러 간다고 생각하니 평온한 기분이 들었다. 마음이 놓인다.

"어제 에이프릴 님 말인데, 어째서 독초에 대해 알고 있었을까?"

아즈가 툭 던진 말에 나는 고개를 갸웃거렸다.

"크로이스 형에게 들은 것 아닐까? 사이가 좋으니까."

"아하, 그렇겠군."

나와 아즈가 그런 대화를 나누고 있는데 잭 씨와 형이 다가왔다.

"너희들을 찾아다녔는데. 지금 시간 괜찮나?"

잭 씨의 말에 우리가 고개를 끄덕이자 형이 말했다.

"그럼 잠깐 정보를 정리해볼까?"

그 말에 아즈가 동의했기 때문에 나도 다시 한 번 확실하게 고개를 끄덕여 보였다. 그 후 우리는 왕궁의 간이식당으로 장소를 옮기기로 했다. 테라스 석에 우리 말고 다른 사람은 없었다.

"아직 크로포드가의 시종 행세를 한 사람이 누군지 모르는 거지?"

스콘을 앞에 두고 형이 말했다. 다들 티 세트를 주문했다.

"애초에 우리 집에는 집사가 한 명밖에 없어. 라나드지. 일꾼이 여 럿 있는 게 아니야. 마부도 외주이고."

잭 씨의 말에 아즈가 고개를 끄덕였다.

"하지만 라나드와 대질을 시켜봐도, 아멜리아 님의 시녀나 유페 님 의 시녀 역시 초면인 것 같았어."

"요컨대 크로포드가 사람을 사칭한 누군가가 있다는 건 알지만, 그 게 누구인지는 모른다는 거군."

형이 이야기를 정리했고, 나는 고개를 끄덕였다.

"다음 문제는 '아뉴레어'야."

형이 이어서 말하자 아즈가 고개를 갸웃했다.

"아뉴레어?"

"지금까지 몇 차례나 바스커빌 왕가에 해를 끼쳐온 비밀결사지."

잭 씨가 설명하자, 아즈가 생각에 잠긴 듯 눈짓으로 수긍을 표했다.

"아직 제5기사단이 심문하는 중이지만, 관여한 것은 분명해."

형의 말에 나는 팔짱을 꼈다.

"무슨 목적으로 왕가를 노리는 거지?"

"친화수가 있는 그대로 존재할 수 있는 세계가 어쩌고저쩌고 한 모 양이야."

그런 형의 말에 나는 고개를 갸우뚱했다.

"지금도 충분히 있는 그대로라고 생각하는데?"

"우리와는 가치관이 다르겠지."

잭 씨가 고민스러운 눈동자로 말했다.

"궁정 마술사 중에 배신자는 누군지 알았나요?"

아즈가 묻자, 크로이스 형은 분하다는 듯이 눈을 가늘게 뜨며 고개
를 가로저었다.

"그걸 전혀 모르겠어. 적어도 그거나마 알 수 있으면 좋을 텐데."

잭 씨가 그 말을 듣더니 형의 어깨를 두 번 토닥였다.

"너무 이 일에 몰두하지는 마. 무리해서 너까지 건강을 해치면 더
큰일이니까."

과연 기사단장답다고 생각하며 나는 잭 씨를 바라보았다. 역시 어
른스럽다. 나도 이렇게 배려심 있는 사람이 되고 싶다.

이 둘 사이에는 확고한 신뢰 관계가 보인다. 나도 언젠가 동료라고
할까, 같은 직종의 사람이라는 표현이 더 맞겠지만 아즈와 마음을 터
놓는 사이가 되고 싶었다.

그리고 나서 우리는 시간이 조금 이르지만 점심 식사 대신 피자를
주문했다. 피자의 빵 귀퉁이까지 치즈가 들어 있어 부드러웠다. 한 판
에 네 종류의 맛을 즐길 수 있는 쫄깃쫄깃한 식감의 피자를 주문했다.
나는 곁들여 나온 해시브라운에 손을 뻗으며 문득 떠오른 일에 대해
물었다.

"그런데 형은 언제부터 잭 씨의 부관을 맡았어?"

"이제 3년 됐나. 처음부터 정식은 아니었고, 마족 토벌 때 임시로 우리 기사단에 와줬지."

잭 씨가 그렇게 말을 잇자, 아즈가 뭔가 생각난 얼굴로 쓴웃음을 지었다.

"그때는 무사히 돌아올 수 있을지 진심으로 걱정했어."

3년 전이라면 유적에 시룡(屍龍)이 출현하는 대사건이 일어난 시기였다는 사실을 떠올렸다.

과거, 포말하우트가는 용 토벌의 명가라고 불렸던 적도 있다. 그래서인지 왕궁으로부터 직접 의뢰가 왔다. 형의 중요한 첫 번째 토벌이라고 가족 모두가 얘기했던 기억이 난다.

"그러고 보니 그때 유적에서 소유자 불명의 친화수가 나왔군. 지금도 소유자를 모르지만 하얀 고양이였지."

잭 씨의 그 말에 나는 스노우 드롭이라는 이름을 떠올렸다.

"그거야, 어쩌면 그 친화수가 스노우 드롭일지도 몰라."

이쪽을 보며 말하는 형의 목소리에 나는 고개를 크게 끄덕였다. 같은 생각을 한 모양이다.

"무슨 얘기야?"

잭 씨가 고개를 갸웃거리자 형이 개요를 설명했다. 그 당시 고원에 있었지만 의식을 잃고 오두막집에 누워있던 아즈도 흥미롭게 그 이야기를 듣고 있었다.

"그렇다면 이 뉴레이의 악행은 그즈음부터 시작됐을 가능성도 있겠군."

분명 그럴지도 모른다. 무엇보다 상대는 역사의 그림자에서 암약해 온 비밀결사다. 나나 아즈가 학생이었던 시절부터 일을 꾸몄다고 해도 이상할 것이 없다. 다 같이 고민하며 테라스에서 보내는 시간이 흘러갔다.

방과 후, 나와 아즈가 아멜리아 님과 유페 님을 마중하러 갔더니 그곳에 있던 수위가 고개를 갸웃거렸다.

"이상하네요. 오늘은 두 분이 마중을 오지 않는다며 다른 기사님이 오셨는데."

"네?"

그런 얘기는 들은 적이 없다. 나는 아즈를 봤다. 아즈도 나를 힐끗 쳐다봤다. 눈빛이 험악해진 아즈가 한 발 앞으로 나섰다.

"다른 기사라니, 어떤 사람입니까?"

"유페리아 님은 약속이 있다며 이즐트 양과 크로포드 남작가에서 늘 타고 오는 마차를 타고 돌아가셨어요. 두 분은 크로포드 남작가에서 같이 시간을 보내실 모양이더군요. 아멜리아 님은 궁정 마술사 분이 마중 나온 것 같았고요."

"특징은?"

"특징이고 뭐고, 얼굴 깊숙이 후드를 덮고 있어서. 게다가 마차에는 왕가의 문양이 뚜렷이 새겨져 있었는데……. 무슨 일 있습니까?"

우리가 학교를 다니던 시절부터 근무했던 수위가 불안한 듯 얼굴을 찡그렸다. 아즈는 발걸음을 돌려 마차에 올라탔다. 나도 서둘러 뒤를 따랐다.

"무슨 일 있습니까?"

마차의 문을 닫으며 크롬 씨가 우리에게 물었다.

"왕녀 전하들에게 무슨 일이 있을지도 모르겠는데 아직 확실치 않아. 크로포드가까지 서둘러 가줄 수 있겠나?"

아즈의 목소리가 날카롭다. 그런 아즈를 보며 진지한 표정으로 크롬 씨가 고개를 끄덕였다.

곧장 달리기 시작한 마차 안에서 아즈가 손으로 얼굴을 감쌌다.

"우리가 크로이스 님이나 형과 외출한다는 얘기는 아무한테도 하지 않았고 그런 계획도 공식적으로 잡혀 있지 않았어."

"그렇지. 연락을 잘못 전했을 가능성이 제일 큰데. 왠지 예감이 안 좋군."

그런 대화를 나누는 동안 마차는 금세 크로포드 남작가에 도착했다.

"어머, 아즈. 오늘은 바쁘다지 않았나요?"

"어서 와, 오빠."

그곳에는 여유롭게 차를 즐기고 있는 두 사람의 모습이 보였다. 여기서는 음식에 독이 들었는지 확인하지 않아도 되겠지. 그렇게 믿고 싶은 마음으로 유페리아 님이 과자를 먹는 모습을 잠시 지켜봤다.

"다행이야, 무사해서."

숨을 길게 내쉬며 온몸으로 안도하는 아즈가 그렇게 말했다. 그러고 그는 유페 님을 끌어안았다.

"뭐, 뭐 하는 짓이에요? 갑자기."

그러자 놀란 모습으로 유페 님이 뺨을 붉혔다.

"당신에게 무슨 일이 생긴 건 아닌지 걱정돼서 제정신이 아니었어요."

"그럼 혹시 아멜리아 님에게는 무슨 일이 있었다는 건가요?"

이즈가 놀란 목소리로 말하며 내 옷소매를 끌어당겼다.

"우리는 평소처럼 마중을 나갔는데 아멜리아 님도 유페 님도 이미 돌아가셨다고 해서……."

나는 한편으로 불안해져 말했다. 만약 아멜리아 님의 신변에 무슨 일이 생긴다면─ 그런 생각이 들자 땀이 솟았다. 불쾌한 땀이 흘렀다. 예감이 좋지 않다.

"아멜리아 님을 찾으러 갔다 올게."

"나는 유페 님과 이즈를 데리고 왕궁으로 돌아가겠어. 뭔가 알게 되는 대로 재상 각하께 전언을 보내달라고 부탁드릴게. 보고도 내가 해둘 테니까 너는 바로, 아니 그보다 어디로 찾으러 갈 셈이야?"

"몰라. 하지만 지금 찾으러 가야만 할 것 같은 기분이 들어."

내 말에 아즈가 진지한 표정으로 고개를 끄덕였다.

❖ ❖ ❖

그즈음 곰팡내 나는 지하의 어느 방에서 아멜리아는 눈을 떴다.

마차에 타자마자 누군가 입에 천을 가져다 댔고, 그 직후 잠이 쏟아졌다는 것까지는 기억하고 있다. 그리고 정신이 든 지금은 벽에 양손이 묶인 상태였다. 양쪽 팔목에 쇠고랑이 채워져 있었다.

"……여긴?"

"눈을 뜨셨나요? 아멜리아 왕녀 전하."

그때 또각또각 구두 소리를 울리며 방 안으로 들어온 사람이 있었다. 그 사람은 이 집단— '아뉴레어'의 '간부'인 여성이었다.

"당신은 우리의 희망."

아멜리아의 소녀다운 작은 턱을 손가락으로 스르륵 훑으며 그녀는 일그러진 미소를 지었다.

"당신이야말로 우리의 구세주에 어울린답니다."

"무, 무슨 말인지 모르겠어요. 어째서 제가 여기에? 그리고 왜 붙잡혀 있는 거죠? 구세주라니?"

"거울 나라 모델의 친화수를 사용할 수 있는 당신이라면, 분명 스노우 드롭과 계약할 수 있을 겁니다."

"무슨 말씀이세요? 에이프릴 님."

"친화수는 우리의 '피'와 계약하는 성스러운 존재. 더 강한 자가 존재할 경우 계약권이 그 자에게 옮겨가지요. 그래요, 당신처럼."

"저, 저한테 그런 힘은 없어요."

"처음에는 그냥 죽으려고 했지만. 당신이 순순히 스노우 드롭과 계약하고 우리의 구세주가 되어준다면……. 아니, 그럴 가능성이 있기에 저는 직접 담판을 지으려 했던 거랍니다. 바스커빌 왕가를 위해서."

에이프릴이 그렇게 말하며 오른쪽 입꼬리를 올렸다. 일그러진 미소를 짓고 있다.

"정말로 그게 왕가를 위한 일인가요?"

"네. 물론이지요. 우리 리델 후작가는 언제나 왕가만을 위해서 존재하고 있는걸요."

"이, 이, 이런 식으로 억지로 밀어붙이는 당신을 나는 믿지 못하겠어요."

힘껏 그러모은 허세와 가슴속에서 싹튼 각오를 품고 아멜리아는 소리치듯 그렇게 말했다.

"상대도 움직이기 시작한 모양입니다. 에이프릴 님, 어서."

그때 들어온 크롬이 무표정하게 말했다.

"어째서 크롬 씨가?"

"모든 것은 바스커빌 왕국을 위해서입니다."

마술사 차림으로 나타난, 분명 여태까지는 친절한 마부였던 크롬의 모습에 아멜리아는 현기증을 느꼈다.

✦ ✦ ✦

무아지경으로 달리면서 나는 주변의 기척을 살폈다. 금서를 펼친 이후 주변의 마력량 변화나 친화수의 유무를 알 수 있게 됐다. 그것을 이용하여 평소에는 느껴지지 않는 이질적인 마력의 발생원을 필사적으로 찾았다.

"조금 진정하거라, 와이스."

그때 조상님의 목소리가 들렸다.

"진정할 수 있을 리 없잖아요."

"서두르면 일을 그르친다니까."

"그럼 어떻게 하란 말이에요, 왈츠. 이대로는 아멜리아 님이 험한 일을 당할지도 모르는데."

"너도 친화수를 가지고 있지?"

"체셔는 탐색에는 소질이 없죠."

"잘 듣거라. 내가 아는 한, 친화수들은 친화계를 통해 서로 의사소통이 가능하다. 사람 손으로 찾는 것보다 친화수한테 물어보는 게 훨씬 빨라."

나는 왈츠의 말이 끝나기도 전에 왼쪽 손가락을 튕겨 소리를 냈다.

"체셔, 저기 아멜리아 님이……, 험프티 덤프티의 주인이 없어졌어. 그러니 얼른 험프티 덤프티랑 연락을 취하고 싶어."

"달걀한테? 좋아, 내가 말을 걸어볼게."

미니멈 맥스 형태로 나타난 체셔 고양이는 로브 자락을 끌고 아장아장 걸으며 어딘가에서 실 전화를 소환했다. 실이 이어진 저편은 초공간인지 보이지가 않는다.

"여보세요, 달걀? 지금 어디야? 놀자."

[큰일이야, 큰일이야, 큰일이야. 자칫하면 떨어져서 깨져버릴 거야.]

그러자 바로 답이 왔다.

"그러니까, 어디에 있는지 묻잖아."

체셔 고양이가 혀 짧은 소리로 말하자, 실 전화를 통해서 험프티 덤프티의 목소리인 듯한 절규가 들려왔다.

[어두운 곳이야, 아무튼 엄청 어두워. 곰팡내가 나. 지하실 같아. 창문도 없어.]

지금의 나에게는 그 정보만으로도 마력이 있는 곳을 지목하기에 충분했다.

"고마워, 체셔. 그리고 부탁할게, 모든 것을 나에게 맡겨."

나는 체셔 고양이와 동화했다. 내 어깨에 왈츠가 뛰어올랐다. 나는 달리기 시작했다.

"아멜리아 님!"

나는 체셔 고양이의 속도를 최대한 활용해 도중에 보인 적(?)들을 하나하나 제치고, 열쇠는 모두 '언로킹(잠금 해제)'하여 지하실까지 달려왔다.

"생각보다 빠르군요."

도착한 곳에 에이프릴 씨와 크롬 씨가 있어서 깜짝 놀란 나는 순간 발을 멈췄다. 하지만 이내 지니고 있던 지팡이에 다시 힘을 담아 묶여 있는 아멜리아 님을 구출했다.

"아멜리아 님, 무사하셔서 다행입니다."

"와이스 님! 와주셨군요!"

아멜리아 님이 로브의 가슴께를 쥔 그때, 나는 아멜리아 님을 끌어안았다.

"그것보다 왜 두 사람이 여기에?"

"우리도 성에서 연락을 받고 아멜리아 님을 찾고 있었어요."

과연, 그랬구나 하고 납득이 되면서도 나는 평소와 다른 크롬 씨의 복장을 보았다. 그 옷차림은 궁정 마술사의 정장이었기 때문이다.

"저도 밀명을 받고 아멜리아 님을 지키고 있었습니다."

그렇구나 싶다가도 뭔가가 꺼림칙했다. 내 팔 안에서 아멜리아 님은 아직 떨고 있었다.

"왜 바로 풀어드리지 않았습니까?"

내가 묻자 에이프릴 씨가 부채를 펼쳤다.

"저희도 방금 도착했답니다."

"아, 아니에요."

그러자 그때 아멜리아 님이 목소리를 높였다.

"저 분들이 저를 억지로 이곳에 데리고 왔어요."

"그건 오해입니다. 저는 방금 와이스 님, 아즈라이트 님과 함께 학원으로 마중을 다녀온 후, 왕궁으로 돌아가서 본업인 궁정 마술사로서의 밀명을 받아 여기로 온 겁니다. 그 전에 아멜리아 님을 유괴할 시간 따위는 없었습니다."

"거짓말, 거짓말이에요. 저는 크롬 씨라면 안심이라고 생각해서 마차에 탔는걸요."

분명 학원과의 왕복 시간을 감안할 때, 그 시간 안에 왕궁으로 오기에는 너무 멀다. 다른 마차를 준비해, 마부인 크롬 씨만이 '공간전이' 같은 고대 마술로 이동하지 않는 이상 어려우리라. 하지만 고대 마술을 사용할 수 있는 마술사는 한정되어 있다.

게다가 문지기는 왕가의 문양이 들어간 마차였다고 했다.

"와이스, 아멜리아 님은 아직 혼란스러우신 듯하군요. 일단 왕궁으로 돌아가시는 게 어떨까요?"

"호, 혼란스럽지 않아요."

내 옷을 꼭 쥔 채 아멜리아 님이 말했다.

"와이스. 당신은 친척인 내 말과 알고 지낸 지 얼마 안 된 어린 왕녀 전하의 말 중 어느 쪽을 더 신뢰하나요?"

자신만만한 태도의 에이프릴 씨를 보고 나는 눈을 가늘게 떴다.

"그야 당연히-"

나는 아멜리아 님을 바닥에 앉힌 뒤 일어났다. 불안한 듯한 아멜리아 님의 목소리가 들려왔다.

"와이스 님……."

"나의 직책은 근위기사. 자고로 근위기사라면 어떤 경우에도 주인을 존중하는 법."

오랜만에 나는 문답집에 나온 대로 그럴싸한 대사를 읊었다.

"그건 리넬 후작가를 의심한다는 걸로 봐도 되겠죠?"

"체셔, 모든 것을 나에게 맡겨. 이 왜소한 나에게."

아, 또 아멜리아 님의 승낙을 얻지 않고 친화수를 사용하고 말았다. 그렇게 생각하면서도 나는 체셔 고양이와 다시 동화했다. 그리고 에이프릴 씨를 일격에 기절시키려는 찰나 크롬 씨가 앞을 가로막았다. 지팡이로 체셔 고양이의 발톱을 막아섰다.

"와이스. 아멜리아 님은 혼란스러워하고 계십니다. 부디 친화수를 거둬주세요."

"그게 사실이라면 지금 여기에서 내게 붙잡혀도 나중에 결백을 증명할 수 있을 테지."

"어쩔 수 없군요. 난폭한 방법은 쓰고 싶지 않았지만. 빌 더 리자드 (BilltheLizard)."

그때 크롬 씨가 친화수를 소환했다. 소환된 것은 거대한 도마뱀형 친화수였다. 친화수끼리의 대결이 벌어졌다. 솔직히 긴장이 된다. 하지만 그 이상으로 아멜리아 님을 지키고 싶다는 생각이 가득했다.

"체셔캣, 모든 것을 찢어발겨."

"빌 더 리자드, 크롬의 명 아래 그 심미안을 발휘하라. 옳은 것은 누

206

구인가? 그것은 언제나 나다."

순간 도마뱀의 입에서 산이 뿜어져나와 주변으로 퍼졌다.

"월 더 스틸(강철의 풍벽)."

정신을 차리고 보니 나는 자연스레 생체 마법을 사용하고 있었다. 나 자신과 아멜리아 님 주위를 바람의 벽으로 덮었다.

"체셔, 찢어발기자."

그 직후에 내 손에 동화된 체셔 고양이의 쇠발톱이 크롬 씨의 복부를 베었다. 잠시 쓰러졌던 그는 다시 일어나 복부를 손으로 눌렀다.

"꽤 하시는군요."

"계속할 생각인가?"

"여기서 일단 물러날까요? 크롬, 얌전히 잡혀가죠."

에이프릴 씨가 심드렁한 목소리로 그렇게 말했다.

하지만 크롬 씨는 입술을 깨물며 웅크린 채 가만히 있었다.

"싫습니다."

"크롬?"

그러자 놀란 듯 에이프릴 씨가 얼굴을 들었다.

"이런 곳에서 끝나는 건 싫습니다. 나는 패배를 인정 못 해."

크롬 씨가 그렇게 중얼거리자, 갑자기 그의 발 아래 마법진이 펼쳐졌다. 이건 고대 마술 중 하나, 전이 마법이다.

"이대로 끝나리라고 생각하지는 않으시겠죠? 와이스 경."

크롬 씨는 그렇게 말하며 지팡이를 휘두르더니 그대로 사라지고 말왔다.

"뭐야, 날 두고 가지 마!"

남겨진 에이프릴 씨의 비명에 가까운 목소리가 울렸다. 나는 직후
에 그녀를 구속했다. 그리고 아멜리아 님을 지그시 바라봤다. 무사해
서, 정말 다행이다.

붙잡기는 했지만 에이프릴 씨에게는 후작가의 영애라는 지위가 있
어 감옥에 갇히지는 않았다. 대신 지금은 왕궁에서 떨어진 곳에 있는
탑에 연금된 모양이다.

"그럼 크롬 씨가 궁정 마술사라는 게 진짜였구나?"

"응. 호위를 위해 파견됐지. 말을 다루는 데도 익숙하고."

나는 성에서 형과 합류했다.

"그건 그렇고 잘 해냈구나. 네가 그때 에이프릴 쪽을 믿었다면 이번
소동은 아멜리아 님의 착각으로 정리될 뻔했어. 궁정 마술사 중에 배
신자가 누군지 알아내다니 만만세다."

형은 그렇게 말하고 내 머리를 두 번 토닥였다. 나는 쑥스러워서 고
개를 돌렸다. 그런 다음 나는 아멜리아 님의 방 앞으로 돌아갔다. 오
늘은 심장이 멎을 뻔한 기분을 느꼈지만, 어떻게든 평소의 임무로 돌
아올 수 있어서 안도했다. 그때 방에서 시노 씨가 얼굴을 내밀었다.

"와이스 님, 아멜리아 님이 부르세요."

무슨 일이지? 오늘은 정말로 많은 일이 있었는데 그중 무엇 때문일

까 생각하며 아멜리아 님의 방으로 발을 들였다. 그리고 늘 하던 대로 무릎을 꿇고 고개를 숙였다.

"아멜리아 님의 근위기사 와이스 폰 포말하우트, 이곳에 급히 대령하였나이다."

"고, 고개를 드세요."

내가 대답한 뒤, 고개를 들고 자리에서 일어나자 시노 씨와 미나 씨가 나와 아멜리아 님의 의자를 빼주었다. 그대로 차 테이블로 안내받은 나는 시노 씨가 내려준 차를 건네받았다.

조용히 찻잔을 기울이고 있자, 아멜리아 님이 내 쪽으로 고개를 돌렸다.

"오늘은 정말로 고마웠습니다. 저, 저를 믿어주셔서… 대단히 기뻤어요."

"당연한 일을 했을 뿐입니다."

문답집에 나온 대사였지만, 지금은 진심으로 말할 수 있다. 그것이 나 스스로도 조금 신기했다.

"하지만 상당히 고생하셨다고 들었어요."

미나 씨가 자신의 의자를 빼며 모든 과자를 한 종류씩 접시에 담았다. 과자 하나하나에 독이 있는지 확인한 미나 씨는 그런 다음 우리에게 쿠키를 몇 개씩 나누어주었다.

"어쨌든 아멜리아 님이 무사하셔서 정말로 다행이에요."

아멜리아 님과 미나 씨 사이에 앉은 시노 씨가 그렇게 말했다.

"정말입니다."

내가 그렇게 말하자 테이블의 분위기가 바뀌었다. 생각해보니 나는 그녀들과 아직 차를 마시는 자리에서 대화를 나눈 적이 없었다. 내 목소리는 매우 차갑게 들린다는 모양이었다. 그녀들을 두렵게 했을지도 모른다.

"고마워요, 와이스 님."

다시 한 번 아멜리아 님의 감사 인사를 들으며 나는 가시방석에 앉은 듯 초조해졌다.

"정말로, 당연한 일을 했을 뿐입니다."

내가 그렇게 말하자 감탄하는 눈빛으로 미나 씨가 나를 쳐다봤다. 그녀의 뺨이 발그레하다. 설마 또 독초가 들어간 것일까. 나는 쿠키를 살펴봤다.

"와이스 님도 아멜리아 님께는 그런 다정한 표정을 지으시는군요."

그때 눈동자를 반짝거리며 시노 씨가 말했다. 무심코 홍차를 뿜을 뻔하고 그것을 다시 삼키느라 목이 멨다. 어떻게든 견뎠다.

"와이스 님은 늘 상냥하세요."

아멜리아 님이 뺨을 새빨갛게 붉히며 그렇게 말했다. 이번에는 어색해서가 아니라 부끄러워서 견딜 수가 없었다. 노크 소리가 들린 건 그때였다.

"실례하겠습니다."

들어온 사람은 웨일 전하였다. 나는 황급히 자리에서 일어나 무릎을 꿇었다.

"됐네, 됐어. 편히 있게. 와이스."

자리에서 일어선 내 옆에서 아멜리아 님이 웨일 전하에게 안겼다.

"오늘은 큰일이 있었다고 들었다. 잘 견뎠구나, 아멜리아."

"와이스 님이 있어준 덕분이에요."

"와이스도 정말 잘해줬다."

그 뒤에는 웨일 전하도 포함하여 다섯 사람이 함께 차를 마셨다.

몹시 황공한 일이기는 하지만, 학원 시절에는 자주 웨일 전하와 함께 할 일도 제치고 차를 마시곤 했기 때문에 방금 네 사람과 함께할 때보다 편했다. 이런 식으로 생각하는 건 불경한 일이겠지만.

"정말 와이스가 근위기사라 다행이야. 그렇지? 아멜리아. 겉보기에는 무서울 정도로 단정하지만, 속내는 좋은 녀석이니 앞으로도 의지하도록 해라."

기쁜 기색으로 오라버니 전하에게 고개를 끄덕이는 아멜리아 님. 그녀를 바라보는 것만으로도 가슴이 벅차서, 나는 대화를 전혀 듣고 있지 않았다. 새삼 무사해서 다행이라고 생각하는 사이, 그날의 임무는 끝이 났다.

❖ ❖ ❖

"크롬은 도주했고 에이프릴은 잡힌 건가."

체스 말을 잡고 움직이다가 하얀 퀸을 던져버린 사내는 혼자서 중얼거렸다.

"다음은 어떻게 할까요?"

"어디 보자, 말이 줄어든 건 조금 아쉽지만 뭐, 아직 폰은 많이 있으니."

약지에 호화로운 반지를 낀 사내는 그렇게 말한 뒤 체스판을 뒤엎었다.

"또 당분간 생각에 잠겨보실까."

"그건 그렇고 설마 에이프릴이 '아뉴레어'와 얽혀 있을 줄이야."

내가 귀가하자 방에 형이 들어왔다. 요즘 형은 일찍 집에 오는 것 같다.

"덕분에 나까지 심문을 당했어."

"사이가 좋았잖아."

"그런 건 그냥 사교계에서의 겉치레지. 나는 연애결혼 할 거라니까."

형은 평소와 다름없었다. 왠지 나는 그런 형의 모습에 안심했다.

아무래도 지금까지는 좀 긴장을 하고 있었는지도 모른다. 무엇보다 오늘은 친화수로서 이름난 빌을 상대로 싸웠다. 긴장하지 않는 것이 이상하다. 그 일을 떠올리자 온몸이 떨렸다.

"너야말로 뭐냐. 결국 진심은 이즐트 아가씨야, 아멜리아 님이야?"

갑자기 이야기의 방향이 바뀌어 무심코 탄식을 내뱉었다. 형은 연애 이야기를 정말 좋아한다.

"애초에 나이 차이도 많이 난다고."

"다섯 살 정도면 딱 좋잖아."

"형이야말로 아멜리아 님이랑 어때? 아마 형을 좋아하는 게 아닐까 싶은데."

"너, 머리가 좀 어떻게 된 거 아니냐?"

"그렇게까지 말할 것 없잖아. 아멜리아 님은 원래 형을 근위기사로 삼고 싶어 했고."

"그건 그냥 의사를 타진해본 것뿐이야. 지금은 네가 성실히 근무하고 있잖아."

"그건, 그…… 그런가?"

"오늘도 아멜리아 님을 위해서 열심히 노력했잖아? 형으로서 자랑스럽다니까."

우리가 이런 대화를 나누고 있는데 노크소리가 들렸다.

"크로이스, 잠깐 이쪽으로 와보렴. 와이스도 와도 괜찮다."

어머니의 말에 무슨 일인가 싶어서 우리는 서로 얼굴을 마주보며 자리에서 일어났다.

"리넬 후작의 따님 에이프릴에게 벌레 같은 사내가 엉겼다는 소문이 있던데. 사실이니?"

"벌레라고 해야 하나, 흐음."

시큰둥한 표정으로 형이 고개를 끄덕이자 어머니가 깊은 한숨을 내쉬었다.

"크로이스의 혼약자 후보가 사라져버렸으니, 이건 중대한 사태야."

"잠깐, 언제 그런 얘기를 했는데?"

"우리 포말하우트 후작가와 어울리는, 많지 않은 집안 중 하나였으니 당연하지."

"그러니까 나는 연애결혼 할 거라고 몇 번이나 말했잖아."

"그럼 그 연애 상대를 한 명이든 두 명이든 슬슬 데리고 오렴."

"나는 자유롭게 살고 싶다고요."

두 사람의 대화를 지켜보던 나는 손뼉을 짝 쳤다.

"역시 아멜리아 님이 좋지 않아? 정말 온화하신 분이라 형 취향인데."

"너 말야, 왜 너까지 어머니 같은 소리를."

"하기야 제2, 제3 왕녀 전하라면 허락하지 못할 것도 없지."

"거절한다."

"적당히 하거라, 크로이스. 너도 슬슬 가정을 이뤄야 할 나이야."

"거절한다니까. 나 좀 내버려둬요."

생각해보니 아멜리아 님은 우리 어머니를 무서워하는 모양이라 역시 이 얘기는 없던 걸로 해야겠다. 우리 집에서 비밀스럽게 진행된 아멜리아 님의 위기는 이런 식으로 해결됐다.

제4장

내가
돌아갈 곳

안전에 또 안전을 기하기 위해, 오늘 왕녀 전하들은 학원을 쉬게 됐다. 한층 더 압박해오는 적의 습격을 경계하기 위함이다. 그렇게 되자 평소처럼 유페 님으로부터 다과회 초대가 도착했다.

"기분전환도 필요할 테니 가시지요."

시노 씨의 부드러운 목소리에 아멜리아 님이 고개를 끄덕였다. 미나 씨도 즐거운 듯 과자를 준비하기 시작했다. 그리고 우리는 제3왕녀의 정원으로 향했다.

그곳에는 아즈와 이즈, 그리고 우리를 초대한 유페 님 외에 여자 한 사람이 더 있었다.

"세레나 님."

나도 모르게 말을 걸자 휠체어에 앉아 있던 제1왕녀 전하가 미소를 지었다. 청초하면서도 늘 어딘가 그늘을 품고 있는 규방의 아가씨처럼 보이는 분이 세레나 님이다. 최근 들어 다리 상태는 좋아졌지만 휠체어는 버리지 못하는 모양이었다.

일어서서 걷지 못하는 건 아니어서, 얼마 전 야회 때는 가볍게 춤을 췄던 것 같기도 하다.

"오랜만이에요, 언니."

내가 빼놓은 자리에 앉으며 아멜리아 님이 말했다. 두 사람이 만난 건 지난번 야회 이후 처음이었다. 나는 그때 인사를 드리지 못했기에 이번에는 깊이 고개를 숙였다.

"뵙게 되어 영광입니다."

세레나 님은 제3왕비님의 따님이자, 제1왕자 전하의 친동생이다. 남동생은 제3왕자 전하이다.

"오랜만이에요, 와이스. 별일은 없었습니까?"

공허한 목소리로 그녀가 나에게 물었다. 세레나 님은 형이 학교 친구를 맡았던 왕녀님이다. 하지만 입에 올리기도 끔찍한 참극, 사고를 계기로 학원을 그만두고 오로지 왕궁에 틀어박혀 있다.

"처음 뵙는군요. 당신은 유페리아의 근위기사이죠?"

그리고 세레나 님은 아즈를 봤다. 아즈가 깊이 고개 숙여 인사하며 답했다.

"모자란 몸이지만 최선을 다해 임하고 있습니다."

"모자라다니요. 아즈는 잘해주고 있어요."

"그랬으면 좋겠지만, 난 아직 멀었어요."

그런 대화를 들으며 나는 생전의 제3 왕비님을 꼭 닮은 세레나 님을 바라보고 있었다. '그 사고' 때, 제3 왕비님은 제3 왕자 전하를 지키다가 세상을 떠났다.

"그건 그렇고 아멜리아. 당신이 무사하다는 말을 듣고 안심했어요."

"감사해요. 세레나 언니."

"와이스도 정말로 고마워."

"과찬이십니다. 세레나 님."

—그 사고 때, 나는 아무것도 할 수 없었던 자신을 떠올렸다.

그 사고란 일찍이 유폐 님을 '저주받은 공주'라 불리게 만든 사건이다. 내가 그 사고를 회상하고 있을 때 잔디를 밟는 소리가 들렸다. 눈길을 돌리자 다과회 자리로 형과 잭 씨가 걸어오던 참이었다.

"무슨 일이십니까?"

아무래도 호출을 받고 온 모양인지 잭 씨가 유폐 님을 보며 고개를 갸웃거렸다.

"세레나 님."

한편 형은 제1 왕녀 전하의 모습에 잠깐 숨을 삼켰다.

"오랜만에 만나네요, 크로이스. 야회 때는 거의 대화를 나누지 못했잖아요."

세레나 님이 그렇게 말하자 형은 웬일로 무표정한 얼굴이 되어 시선을 돌렸다.

"그때는 실례를 범했습니다."

"세레나 언니와 와이스의 형님이 아는 사이라는 얘기를 들어서 오늘은 이 다과회 자리에 불렀어요."

유페 님이 그렇게 말하자 잭 씨가 고개를 끄덕였다.

"그렇군. 저는 덤이라는 말씀이군요."

"그런 식으로 받아들이지 마세요. 늘 당신의 동생들에게는 신세를 지고 있으니 저도 한번 당신을 직접 만나 이야기해보고 싶었어요."

유페 님이 잭 씨에게 그렇게 말하자 의자 두 개가 추가됐다. 시녀들이 준비해준 것이다. 형은 나와 아멜리아 님 사이에 놓인 의자를 끌어당겨서 조용히 앉았다. 잭 씨는 유페 님과 아즈 사이에 앉았다.

형의 표정이 어딘가 굳어 있다. 나는 어쩐지 그 이유를 알 것 같아 아무 말도 할 수 없었다.

그 사건 이후, 반쯤은 정신적인 이유로 제1왕녀 전하는 걷지 못하게 되고 말았다.

평소에 휠체어가 필수인 이유도 사실 몸이 아프기 때문이라고 단언할 수는 없다. 지금은 충분히 재활 치료를 받고 있기에 가벼운 스텝 정도는 밟을 수 있다. 걸을 수 없는 것도 아니고, 일어설 수 없는 것도 아닌데 휠체어를 버리지 못하는 이유는 아마도 '마음'을 지키기 위한 것일지도 모른다.

"크로이스, 왜 그래?"

잭 씨는 형의 안색이 약간 흐려졌음을 알아챘다.

"아니. 이렇게 아름다운 공주님들께 둘러싸여 있으니 기분이 들뜬 것뿐이야."

형의 말에 유페 님이 쿡쿡 웃는다.

"정말이지, 크로이스는 공치사에 능하군요."

"진심입니다."

형은 그렇게 말하면서도, 누가 봐도 억지스러운 미소를 지었다. 아마 형은 아직도 '그 사건'을 의식하고 있는 것이리라. 제3왕비님이 돌아가신 그 사건을.

이 이야기는 내가 아직 어렸을 때의 일이다.

"체셔, 기다려. 유페, 얼른."

그 무렵 나는 고양이 귀가 달린 후드를 쓴 체셔 고양이, 그러니까 미니멈 맥스 때의 체셔와 키가 거의 비슷했다. 딱 10년 전, 유페 님이 네 살이고 내가 아홉 살쯤 되던 시절의 이야기다.

"기다려, 와이스. 마치, 빨리 가자."

"으아앙, 너무 빨라, 유페."

작은 마치헤어는 울면서 우리 뒤를 쫓아왔다.

"너희들 너무 느려."

그렇게 말한 형은 에퀘스에 올라타 있었고, 그 뒤에는 제1왕녀인 세

레나 님이 다리를 옆으로 모으고 앉아 있었다. 그런 우리를 지켜보듯,
제3왕비인 리리스 님이 제3왕자 전하의 손을 끌며 우리 앞에 서 있었다.

왕비님의 정원은 자연 그대로를 본떠 만들어서 마치 초원과 같았
다. 일부러 손을 대지 않고 식물이 있는 그대로 싹을 틔우는 정원이었
음을 기억하고 있다. 근처에 작은 호수도 있었다.

"아."

그때 유폐 님이 다리를 삐끗해서 호수에 빠질 뻔했다.

"유폐!"

그러자 마치헤어가 갑자기 풀 맥스 사이즈로 변했다. 물에 빠질 듯
한 유폐 님이 위기에 처했다고 인식한 마치헤어, 즉 삼월 토끼는 주인
을 지키기 위해 모습을 바꿨다. 마치는 유폐 님의 두려움이나 공포에
조응하여 평소의 귀여운 모습과는 달리, 다소 사악해 보이는 모습으
로 변화했다.

그 뒤의 일은 순식간에 벌어졌다. 유폐 님을 지키려다 마치헤어가
폭주했다.

동요한 탓인지 삼월 토끼는 에퀘스를 베었다. 정확히는 그 자리에
있는 모든 것을. 형은 에퀘스에서 추락했고 세레나 님의 다리는 삼월
토끼의 발톱에 찢겼다.

심각한 상처를 입고 치마가 점점 피로 물들어가던 모습을 나는 기
억하고 있다. 나는 그때 처음으로 맡은 피 냄새에 동요하고 있었다.

"세레나!"

형이 이마에서 피를 흘리며 소리쳤다. 자신의 옷을 찢어서 세레나 님의 상처에 대려고 했다.

"싫어, 오지 마!"

하지만 세레나 님은 친화수 때문에 공포를 느꼈는지 형의 몸을 밀쳐냈다. 그와 거의 동시에 삼월 토끼의 공격이 제3왕자 전하 쪽으로 향했다.

어린 왕자 전하의 목을 노린 마치헤어는 왕자 전하를 감싼 왕비님의 몸을 대신 찢어발겼다. 나는 보고 있을 수밖에 없었다. 순식간에 주변은 참극의 현장으로 변했다.

"와이스, 얼른 막아!"

그때 형의 목소리가 들려서 나는 제정신을 차렸다.

"체셔, 모든 것을 나에게 맡겨. 마치헤어를 막아야 해."

나는 그때 처음으로 공적인 자리에서 친화수와 동화했던 것이다. 결과적으로 당시 나는 겨우 마치헤어를 제지할 수 있었다.

"안 돼, 안 돼요, 안 돼. 어머니, 어머니!"

"세레나, 진정해."

"싫어, 만지지 마, 크로이스. 당신도 언젠가 나를 이런 식으로 죽일 거야!"

"그럴 리가 없잖아."

"싫단 말이야, 친화수의 소유자 따위, 전부, 전부 세상에서 사라져버리면 좋겠어!"

세레나 님은 왕족 중에서는 무척 드물게도 친화수를 가지고 있지 않았다. 아마도 세레나 님은 혼란에 빠져 그런 식으로 말했던 것 같다.

훗날 냉정을 되찾은 뒤 제1왕녀 전하로부터 포말하우트가에 사과문이 도착했다. '말이 지나쳤다'고 편지에 적혀 있었다. 형이 나에게도 보여줬다.

다만 이 사건 이후 세레나 님은 학원을 그만두고 왕궁에 틀어박히게 됐다. 그 직후였던 것 같다. 형은 활발하게 사교계 활동을 시작했다. 세레나 님과는 정반대였다. 그리고 성인이 된 후로는 술을 엄청나게 마셨다.

그런 반면, 그 사건 직후로 형은 책벌레처럼 공부도 했다. 나와는 비교도 되지 않을 정도로. 언젠가 중요한 순간이 찾아오면 그때야말로 소중한 사람을 지키고 싶다고 형은 입버릇처럼 말했다. 나는 형이 지금까지도 세레나 님을 의식하고 있다고 느낀다.

세레나 님을 지키지 못한 일과 거절당한 일이 아마도 형의 마음속에 큰 응어리를 남기지 않았을까. 집과 밖에서 보이는 형의 모습은 전혀 달랐다. 그리고 그것은 몇 년간 지속됐다.

일을 시작하고부터는 더욱 뚜렷해졌다. 붉은 여왕과 에퀘스를 동시에 사용할 수 있게 된 후로, 형은 사교계에서의 얼굴과는 전혀 딴판으로 궁정 마술사로서 견실하게 업무에 임하고 있다.

그리고 집으로 돌아오면 여전히 친화수에 대한 공부를 게을리하지 않는다. 형이 책을 한 권도 읽지 않은 날을, 나는 모른다. 마술로 알코

올을 급속히 분해하고 늦은 시간까지 연구를 계속했다.

그런 형과 오랜만에 대화를 나누게 된 세레나 님을 보고 나는 어쩐지 서글퍼졌다. 옛 기억에 잠긴 그때, 지그시 이쪽을 바라보던 유페 님과 눈이 마주쳤다.

"오늘 다과회를 즐겨주셔서 다행이에요."

쓴웃음을 숨기려는 듯 유페 님이 말했다.

―저주받은 공주.

요즘도 누군가가 간혹 그렇게 평가하는 유페 님은, 지금 여기에서 이렇게 웃고 있지만 우리보다 훨씬 더 강할 것이다. 분명 피해자만 괴로운 것은 아니라는 사실을 나는 알고 있다. 뜻하지 않게 참극을 일으킨 가해자도 충분히 괴로우리라.

"맞아요. 쿠키 하나만 주시겠습니까?"

내가 그렇게 말하자 아즈가 바구니를 내밀었다. 실제로 지금은 행복하다고 홀로 생각했다.

따스한 햇살 아래에서 다과회의 시간이 지나간다. 언뜻 보기에는 평온하게 흘러간다. 하지만 내 눈에는 어딘가 긴장한 형의 모습이 보였다. 늘 여유가 있는 크로이스로서는 매우 드문 일이었다.

"세레나 언니와 크로이스 님은 학교 친구셨나요?"

아멜리아 님이 그렇게 물었을 때, 나는 무심코 표정이 일그러질 뻔했다.

"네, 맞습니다. 정말로 황송한 일입니다만."

형이 억지웃음을 지으며 그렇게 말했다.

"크로이스에게는 많은 폐를 끼치고 말았지요."

세레나 님은 그렇게 말하더니 한쪽 눈을 감고 아멜리아 님을 봤다.

"그렇지 않습니다."

형이 고개를 젓자 세레나 님은 소리를 죽이며 까르르 웃었다.

"늘 잔소리만 했잖아요."

"세레나 님이 무모한 짓만 하셨으니까요."

확실히 내 추억 속의 세레나 님은 그 끔찍한 사건을 제외하고는 늘 발랄했다.

"왕궁을 빠져나가서 마을로 외출하실 때면, 내 심장이 멈추는 줄 알았다고요."

형의 말투가 평소대로 돌아왔다. 그때 이야기를 듣고 있던 유페 님의 눈동자가 반짝였다. 뭔가를 꾸미는 듯한 눈동자다.

"으악. 유페 님이 그런 일을 하시면 제 심장도 멈추겠군요. 제발 참아주세요."

하지만 아즈가 침착하게 견제했다.

"나는 마을로 나갈 때 와이스 님과 함께라면 즐거워요."

아멜리아 님의 말에 나는 쑥스러웠다. 부끄러워서 무심코 얼굴을 돌렸다. 근위기사로서 조금은 신용을 얻은 듯한 기분이었다.

"왕녀 전하의 뜻대로 하소서."

문답집에 나온 대로 대답한다. 그러자 세레나 님이 놀란 듯이 손을 뺨에 가져다 댔다.

"와이스는 꽤 변했네요. 예전에는 좀 더 풍부한 표정으로 웃었던 것 같은데."

"안면 근육을 단련하는 건 어렵더군요."

내가 그렇게 대답하자, 유페 님이 쿡쿡 웃었다. 그리고 아멜리아 님에게 말했다.

"속은 전혀 바뀌지 않았어요."

"언니도 유페도 예전의 와이스 님을 알고 있군요. 부러워요."

아멜리아 님이 미소를 지으며 조용히 말했다. 나는 오히려 몰랐으면 좋겠다며 황급히 고개를 저었다.

"변했다고 하니 말인데, 크로이스도 꽤 바뀌었네요."

세레나 님의 말에, 기분 탓인지 형의 표정이 긴장되어 보였다.

"이제 옛날의 나와는 다르니까요."

"저만의 친구라고 생각했는데, 당신 정말이지……. 들었어요. 사교계에서 인기가 많다던데."

"저기 말이죠, 그런 말을 듣고 싶어한 적 없습니다."

"크로이스도 속은 변하지 않았다는 뜻인가요?"

세레나 님의 질문에 형이 고개를 저었다.

"지금의 나는 전력으로 바스커빌 왕가를 지키고 있습니다."

"물론 궁정 마술사나 기사단에서 활약하고 있다는 것도 들었죠."

"그럼 그걸 제일 먼저 말씀하셨으면 하는데요."

힌틴하듯, 그러면서노 어딘가 쑥스러운 듯이 크로이스가 말했다.

"크로이스는 바쁜 와중에 제 부관 역할도 잘해주고 있습니다."

"더 얘기해줘, 잭."

잭 씨에게 그렇게 말한 뒤, 형은 세레나 님을 물끄러미 쳐다봤다.

"이 나라는 우리가, 아니 내가 꼭 지킬 테니까 세레나 님은 아무 걱정 마시기 바랍니다."

"든든하네요, 크로이스."

대화를 나누는 두 사람과 평온한 유폐 님을 보고 있자 과거의 사건 따위 잊어버릴 수도 있을 것 같았다. 하지만 세레나 님이 앉아 있는 휠체어가 그것을 허락지 않았다.

"아멜리아도 이번에는 정말로 큰일을 겪었지요. 와이스가 있어서 다행이에요."

세레나 님 때문에 새삼 주목을 받은 나는 당황했다. 그러자 그때 아멜리아 님이 미소를 지었다.

"네, 와이스 님이 구해주셨어요."

"에이프릴은 어떻게 됐어?"

거기서 형이 끼어들었다. 형은 똑바로 세레나 님을 보고 있다.

"아직 조사 중인 모양이에요."

그렇게 대답한 세레나 님은 평소에는 멀리 떨어진 탑에서 생활하고 있다. 에이프릴 씨와 가까운 곳이다. 에이프릴 씨가 구속된 탑도 왕궁 내를 기준으로 정문에서 오른쪽 구획에 있다. 그래서 소문을 들었는지도 모르겠다.

"매일 제5기사단 사람이 보이더군요."

"그렇군요. 세레나 님도 모쪼록 조심하십시오."

형의 말에 세레나 님은 쑥스러워했다.

"나는 괜찮아요. 그러니 아멜리아랑 유페리아를 잘 부탁해요. 크로이스."

이렇게 다과회의 평화로운 시간은 흘러갔다.

"세레나 언니와 유페 님이 부러웠어요……. 와이스 님에 대해 잘 아는 것 같아서……."

방으로 모시자, 아멜리아 님이 중얼거리듯 말했다.

"저는 아멜리아 님만을 위한 근위기사입니다. 뭔가 궁금하신 게 있으면 언제든 물어보십시오."

문답집에 나온 대로 대답하며 무릎을 꿇었다.

"고, 고개를 드세요. 그런 게 아니에요……. 저도 평소의 와이스 님에 대해 좀 더 알고 싶다고 생각했을 뿐……. 저기."

"지금의 저에 대해서 아멜리아 님만큼 잘 아는 사람은 거의 없는 줄로 압니다."

반쯤 진심으로 그렇게 대답하자, 아멜리아 님이 뺨을 붉혔다.

"그럼, 문밖에서 대기하고 있겠습니다."

나는 그렇게 말하고 아멜리아 님의 방을 나왔다. 방을 나오며 아멜리아 님의 말을 곱씹었다.

―세상에는 모르는 게 나은 일도 많다.

세레나 님과의 만남을 계기로 상기된 어린 시절의 사건이 내 머리에서 지워지지 않는다. 당시에는 아멜리아 님도 어렸을 테니, 그 자리에 있지 않았던 이상 상세한 내막은 모르겠지.

일이 끝난 뒤 집에 돌아온 나는 오랜만에 형의 방을 찾았다. 분명집에 돌아온 것 같은데, 형이 내 방으로 오지 않은 것이 이상했다.

"형, 있어?"

왈츠를 껴안은 채 노크를 하며 말을 걸었다.

"어, 무슨 일이야?"

그러자 바로 방 안에서 목소리가 들렸다. 내가 방문을 열고 들어가니, 형은 마술서를 보던 참이었다.

"뭘 읽고 있어?"

"스노우 드롭의 역사."

"그 친화수 결국 찾아냈어?"

"아니. 아멜리아 님이 잡혀 있던, 네가 찾은 그 장소 말이야. 그 뒤에 기사단이 지하실에 쳐들어갔지만 친화수의 흔적은 없었다고 들었어."

"계약자가 없는데 친화수만 존재할 수도 있을까."

"그것도 지금 조사하고 있어."

"형이?"

"나도 그렇고 다른 궁정 마술사 녀석들도 그렇고, 조사하는 사람은 많아."

자료에서 고개를 들지 않은 채 형이 말했다. 정말이지 형은 친화수에 관련된 일에는 늘 이상할 정도로 열심이다. 포말하우트가의 특기 분야라서 그런지, 그 사건이 계기가 된 탓인지는 나도 잘 모르겠다.

"그런데 오늘 다과회에서는 깜짝 놀랐어. 갑자기 형이랑 잭 씨가 찾아와서."

"나도 놀랐어. 설마 세레나 님이 있을 줄이야."

그제야 형이 고개를 들고 나를 봤다.

"세레나 님은 다과회에 자주 오시나?"

"아니. 오늘이 처음이야."

"그랬구나. 갑자기 불러서 무슨 일인가 했네."

"제3왕자 전하는 그렇다 치고, 그곳에 리리스 님이 계셨다면 마치 옛날로 돌아간 듯했을 텐데."

나는 별생각 없이 그렇게 중얼거리고는 이내 후회했다. 눈앞에 보이는 형의 얼굴이 딱딱한 무표정으로 바뀌었기 때문이다. 이럴 때의 형의 눈빛은 아버지, 어머니와 무척 닮았다.

"미안."

"왜 사과해?"

"아직 그때 일을 마음에 두고 있는 거 아닌가 해서."

"마음에 두지 않는 건 아니야. 다만 너한테 사과 받을 일은 아니지.

229

어디까지나 내 문제야."

형은 그렇게 말하며 내게 미소를 지어 보였다. 내가 보기에는 억지로 웃는 것만 같았다. 그 모습이 괴로워서 나는 고개를 돌렸다.

"너는 신경 안 써도 괜찮아."

형은 살짝 쓴웃음을 지으며 자리에서 일어나 나를 똑바로 바라보았다.

"다만…… 그렇지, 고마워."

"형……."

"나는 괜찮다니까."

형은 그렇게 말하고 내 머리를 두 번 토닥거렸다. 사실은 괜찮을 리가 없는데. 하지만 나는 아무 말도 하지 못한 채, 그대로 형의 방을 나와서 내 방으로 돌아갔다.

"와이스, 듣고 있는 게냐?"

방에 돌아와 멍하니 있던 나는 어깨에 뛰어오른 왈츠 때문에 제정신을 차렸다.

"미안. 안 듣고 있었어요."

"한심하기는. 그러니까 친화수 말이다."

"친화수가 어쨌는데요?"

"주인이 없는 친화수는 이 세계에 현현할 수 없다고 말하지 않았느냐. 요컨대 친화수가 혼자라는 것은 어떤 이유로 소유자와 헤어지게 됐다는 뜻이다. 네놈들 얘기대로라면 스노우 드롭은 지금 홀로 떨어진 친화수로서 존재한다는 말이겠지. 어딘가에 진짜 주인이 있을 게야."

그 뒤 나는 왈츠의 강의를 들었다. 그렇게 우리 집의 밤은 깊어가고 있었다.

평소처럼 왕녀 전하들을 배웅한 뒤 나와 아즈는 기사단의 수련장을 방문했다. 최근에는 연속으로 사건이 터져서 우리도 수련이 더 필요했다. 나는 새삼 기합을 단단히 넣었다.

열심히 견학해야지. 그런 생각을 하던 그때 머리 위에서 뭔가 무거운 것을 감지했다. 알고 보니 바로 뒤에서 형이 내 머리에 자신의 턱을 얹고 있었다.

"뭐 해, 형."

"네 수련을 거들어주려고."

"나는 견학만 할 거니까 괜찮아."

"그것만으로는 부족하다고 생각하니까 내가 여기 온 거야."

그 말에 나는 숨을 삼켰다. 분명 앞으로도 적들이 아멜리아 님을 노릴 가능성은 있다. 아니, 높을 것이다. 필경 지금의 나로서는 대처할수 없는 일도 잔뜩 생길 것이다.

"친화수로 모의전을 벌이게?"

"아니, 마술로 하자."

우리는 결계가 쳐진 투기장 인으로 어찌어찌 발을 들였다. 나도 조금 훈련에 힘을 쓰기로 했다. 이 주변에는 마술 방어벽이 있어 어설픈 마술로는 관객에게 피해를 입히지 않는다. 그러니 전심전력을 다해 싸우라는 잭 씨의 응원을 받았다.

"염제(불꽃황제)."

그러자 형이 시작과 동시에 생체 마술을 펼쳤다.

"월 더 스틸."

내가 황급히 방어하자 형이 숨을 들이마셨다.

"너 언제 그렇게, 단주문(短呪文)이 아닌 장문의 생체 마술을 쓸 수 있게 된 거야?"

"얘기하자면 긴데."

"그럼 됐어. 나중에 듣지. 버닝(벼락기둥)."

"스위트(수룡의 사변)."

나와 형의 마술이 번갈아 작렬했다. 투기장에는 흙먼지가 날렸다. 형은 여유로웠고 나는 필사적이었다. 그 뒤 결국 승부가 나지 않은 채 시간이 흘러가는 바람에 수련은 종료됐다.

〔나 원. 이 정도로 숨이 차다니, 이런 한심한 놈을 봤나.〕

동시에 왈츠의 말이 직접 뇌리에 울렸다.

"좋은 시합이었지?"

형은 그렇게 말하며 나에게 음료를 건넸다. 맛있었다. 그것을 마시고 있는데 형이 왈츠를 물끄러미 쳐다봤다.

"그런데 이 개, 뭔가 특이한걸. 보고 있으면 빨려 들어갈 것 같은 눈동자를 갖고 있어."

아무래도 아버지뿐 아니라, 형 또한 왈츠의 불가사의함을 눈치 챈 듯하다. 나야 되도록 눈치채기를 바랐다. 상담이 절실했으므로. 그 뒤 나와 형은 함께 관객석에 앉아 뒤이어 시작된 잭 씨와 아즈의 수련 모습을 지켜봤다.

"정말로 춤추는 듯 보이네, 저 둘."

"나는 예전에는 검사 따위 촌스럽다고 생각했는데, 잭을 보고 인상이 달라졌어."

"알 만해."

"그러니 분명 누군가가 친화수의 강인함……, 따스함을 가르치면 세레나 님의 생각도 바뀌리라고 봐."

"역시 세레나 님은 아직 그 사건을 떨치지 못한 걸까……."

나는 무심코 중얼거렸다. 그러자 형은 벌린 다리 사이로 손을 맞잡으며 탄식했다.

"모르겠어. 다만 눈에 보이는 형태로 친화수에 대한 신뢰를 되찾으면 되지 않을까 생각 중이야."

역시 형은 세레나 님을 소중히 여기고 있다. 그 마음이 전해져 왔다. 그래서 나는 고개를 끄덕였다. 나는 형이 못하는 일을 거의 알지 못한다.

"분명 형이라면 할 수 있을 거야. 나도 도울 테니까, 힘내자."

"그런데 그런 긍정적인 말을 들을 줄은 몰랐네."

내 말에 형이 어깨를 들썩이며 웃었다.

"그래, 같이 힘내자."

그때 마침 잭 씨와 아즈의 싸움에 결판이 났다. 마술사끼리의 수련과는 달리 검사끼리의 수련은 성과가 확실하게 눈으로 보인다. 잭 씨가 아즈의 검을 날려버리고 어느새 목에 칼끝을 들이대고 있다.

"항복."

아즈가 그렇게 말하자, 잭 씨는 검을 한 번 휘두른 뒤 칼집에 집어넣었다.

"동생에게 져서야 내 체면이 말이 아니지."

그렇게 말하고 쿡쿡 웃은 뒤 잭 씨가 돌아왔다. 잭 씨의 뒤를 따라 아즈도 흙먼지를 털어낸 뒤 관중석으로 돌아왔다.

"몇 년 차이쯤은 금세 따라잡힐 테니 너무 우쭐대지 마."

형이 웃으며 잭 씨를 놀리더니 마실 것을 건넸다. 나도 형이 가지고 온 아이스박스에서 시원한 차를 골라 아즈에게 건넸다.

"고마워, 와이스."

아즈가 내 손에서 받아든 차를 꿀꺽꿀꺽 단숨에 마신다. 그 모습을 바라보며 나는 형을 조용히 살폈다. ―과연 내가 형과의 몇 년 차이를 따라잡을 날이 올까?

❖ ❖ ❖

"나는 절대 용서 못 해. 와이스 폰 포말하우트를."

크롬이 그렇게 목소리를 높이자 퇴창에 앉아 있던 소녀가 미소를 지었다.

"그럼 어쩔 건데? 해치울 거야?"

그녀 또한 '아뉴레어'에 이름을 올리고 있다. 크롬은 혼자 달아났으나, '대 아르카나' 계급이었던 그는 '창시자'에게 귀환을 허락받았다. 그는 '마술사'다. 옆에 앉아 있는 소녀 또한 대 아르카나의 칭호를 가지고 있다.

"일이 그리 쉽게 풀릴 리가 없지."

"별일이네. '마술사'가 그런 약한 소리를 하고."

"늘 팔자 좋은 너와는 다를 뿐이야."

"딱히 좋지도 않은데."

받아들이지 못하겠다는 투로 반론한 소녀는 긴 머리끝을 손가락으로 말아 올리고 있다.

"과연 포말하우트의 인간이더군. 이름뿐이라며 무시할 순 없어. 이 몸이 직접 암살해주지."

"어떻게? 그 사람은 독초도 안 듣잖아?"

"지금 생각 중이야. 입 좀 다물어주시지."

＊ ＊ ＊

유괴 사건으로부터 며칠이 지났다. 요즘 나는 평화로운 일상을 되찾는 중이다. 마부는 새로운 인물로 바뀌었다. 인상이 날카로운 그는 기사단 사람인 모양이었다. 눈에 보이는 변화라고 한다면 그 정도였다.

"다녀오십시오, 아멜리아 님."

나는 교문 앞에서 무릎을 꿇고 그렇게 말했다. 옆에서 아즈도 유페 님에게 똑같이 행동했기 때문에 늘 그렇듯이 교문에서 꺄아, 하는 비명이 울려 퍼진다. 그대로 우리 둘은 왕녀 전하를 배웅했다. 그리고 다시 마차에 올라탔다. 이것도 평소와 마찬가지다.

그 뒤 달리기 시작한 마차 안에서 아즈가 머리 뒤로 깍지를 끼며 한숨을 쉬었다.

"요즘 이런저런 일이 많아서 현기증이 날 것 같아."

"바빠서 밥을 못 먹었다는 뜻이야? 빈혈인가?"

"그게 아니라……."

내 질문은 아무래도 잘못된 모양이다. 맥이 풀린 듯 아즈가 의자에 등을 깊숙이 파묻었다.

"비밀결사니 왕녀 전하 유괴 소동이니, 사건이 너무 많았잖아?"

그건 그렇다고 생각하며 나는 고개를 끄덕였다.

"이러면 누가 적이고 누가 아군인지 알 수가 없지. 난 너는 신뢰하고 있어, 와이스."

"나도 아즈, 너는 믿어."

"그 말을 들으니 안심이 된다."

아즈는 그렇게 대답하고 창밖을 바라본다. 나도 따라 창밖을 봤다.

"올해는 봄이 돼도 추우니 흉작일지도 모르겠네."

"봄은 이제 막 시작됐으니 아직 모르는 일이야."

"왠지 그런 예감이 들어."

"그만해. 그렇게 되면 세금이 또 오르잖아."

"나라가 작으니 어쩔 수 없는 일이지."

"그런 식으로 달관한 듯 말하면 난 대답할 말이 없네."

"미안. 딱히 그럴 생각은 아니었어."

"아즈, 넌 정치에 흥미가 있어?"

"응. 사실은 문관 지망이었어, 나."

"그럼 왜 근위기사가 된 거야?"

내가 묻자 뭔가 떠올린 듯 아즈가 빙그레 웃었다.

"문관 최종시험 때 거의 밤샘을 해서… 늦잠 잘 뻔했거든. 서둘러 왕궁 회랑을 달리다가 유페 님과 부딪혔어."

"뭐? 그런 일이 있었어?"

"응. 사실 그녀를 일으켜 세웠을 때는 왕녀 전하라는 걸 몰랐지. 그래서 아무튼 나는 서둘러 떠났고 용케 시험 시간에 늦지는 않았는데…… 다 끝난 순간 그 방에 유페 님이 들어온 거야."

"그래서?"

"성큼성큼 내 쪽으로 걸어오더니 딱 한 마디 하더라. '이름은?'. 그래서 '아즈라이트 크로포드입니다', 하고 대답했지. 그랬더니 그 자리에서 갑자기 '낭신을 근위기사로 임명합니다'라고 말하는 거야. 나는 놀라서 심장이 입 밖으로 튀어나오는 줄 알았어. 그제야 그분이 유페리아 왕녀 전하라는 걸 깨달았지."

그런 경위로 아즈는 유페 님의 근위기사가 됐구나. 나는 처음 듣는 이야기였다.

-이런 대화를 나누고 있을 때 나는 아직 자신이 누군가의 원망을 사고 있다는 사실은 생각지도 못했다.

"와이스는 어떻게 아멜리아 님의 근위기사가 된 거야?"

"그게 나……, 무지……, 어, 음. 자격시험이 끝난 지 얼마 안 돼서 마침 일을 찾고 있던 참이었거든."

나는 애써 이야기를 꾸며냈다. 거짓말은 아니다. 절대 거짓말은 아니다. 다만 몇 개의 정보, 즉 니트였다거나 무직이었다는 말을 숨기고 얘기했을 뿐이다.

"유페 님은 우리가 학생회에서 같이 일했다는 사실을 몰랐을 텐데, 뭔가 운명적이네."

나는 필사적으로 고개를 끄덕이며 성에 도착할 때까지 얼버무린 채로 이야기를 이어갔다.

✤ ✤ ✤

-이 퇴색되고 고립된 세계에서 나는 줄곧 탈출하고 싶다는 꿈을

꾸며 살아왔다.

세레나는 그날 스스로 휠체어를 움직여 탑의 창가까지 다가갔다. 그녀의 눈에 비치는 세계는 어둡다. 아름다운 물빛 드레스 아래에서 속바지가 하얗게 흔들리고 있었다.

"뭘 하고 계시나요?"

시녀가 그렇게 묻자 세레나가 온화하게 미소 짓는다.

"딱히 아무것도. 폭풍이 올 것 같아서 하늘을 바라보고 있을 뿐이야."

"폭풍이요? 제가 보기엔 쾌청한데요."

"그렇네. 아무 일도 일어나지 않도록 기도하자."

느닷없는 폭풍이 왕국을 덮친 것은 다음 날의 일이었다.

❖ ❖ ❖

"으아아악, 못 해먹겠네!"

형이 소리를 지르며 방으로 들어온 탓에 놀란 나는 고개를 들었다.

"들어봐, 와이스! 어머니가 맞선 사진을 30권이나 들고 왔어."

"그것 참 큰일이네."

"왠지 네가 그런 소리를 하니까 아무래도 상관없다는 말처럼 들리는데."

나는 나름대로 진지하게 대꾸했는데 유감이다.

"형도 이리저리 방황하지 말고 슬슬 짝을 정하는 게 낫지 않아?"

제일 위에 놓인 서류는 에투아르의 신상명세서였다. 그걸 손으로 집으며 나는 중얼거렸다. 그녀라면 성격도 용모도 괜찮으니 형과 잘 어울리겠지. 나는 에투아르의 소소한 배려심이 좋았다. 예전에 학원에서 잠 깨는 사탕을 받았던 일을 왠지 모르게 떠올린다.

"나는 한 여자에게만 속박되는 게 싫어."

"속박된 적 있어?"

"아니, 없는데."

형의 대답에 나는 깊이 탄식했다. 이리저리 방황하는 것처럼 보여도 결국 형의 여자관계는 협소하다. 사교적이기는 하지만 깊은 관계를 맺는 일에는 서툴지도 모른다고, 보다 보면 가끔 그런 생각이 든다. 물론 사교적인 것만으로도 나보다는 훨씬 대단하다.

막상 이렇게 생각하고 보니, 애초에 포말하우트가 사람들은 다들 남과 사귀는 게 서툴다는 느낌이 들기 시작했다.

"그럼 형. 새삼스럽지만 좋아하는 사람은 있어?"

"나는 여자가 정말 좋아!"

"아니, 구체적으로 누구."

"다들 너무 사랑스러워서 한 사람만 고를 수가 없군."

말은 그렇게 했지만, 나는 세레나 님을 떠올렸다. 형을 변하게 한 사람은 분명 세레나 님이다.

"그러고 보니 형이랑 세레나 님은."

"뭐야 너. 아멜리아 님 좋아하냐? 역시? 우와, 감동이네!"

내 말을 가로막으며 형이 그런 말을 꺼냈다.

"지금은 내가 아니라 형 얘기를……."

"부정은 안 하는구나."

"그러니까 나는 지금……."

"걱정해주는 건 고마운데 나는 괜찮아. 그러니까 와이스, 자신의 감정에 솔직해져."

"나는 항상 솔직하거든."

"그래서 아멜리아 님이랑은 어떤 분위기야?"

"당연히 평범하지."

"평범한 게 뭔데?"

"평범이 평범이지 뭐야. 형이 기대할 만한 일은 딱히 없어."

그런 대화를 하는 동안 밤은 깊어만 갔다.

오늘은 왕도에 태풍이 덮쳤다. 방어 결계를 친 마차에서 아버지의 맞은편이자 형의 옆자리에 앉아 함께 왕궁으로 향하고 있었다. 기상 악화 탓에 오늘 학원은 쉬었지만 궁정의 일은 쉬지 않는다. 왕궁 중심부로 향하는 두 사람을 배웅하며 나는 도중에 정원에서 내렸다.

손을 흔들며 배웅한 뒤 발길을 돌렸다. 그때 시야 가장자리에 궁정 마술사 차림을 한 청년의 모습이 들어왔다.

"기다리고 있었습니다, 와이스 경."

나는 무심코 눈썹을 찡그렸다. 들어본 적 있는 목소리다.

"니는 질내 패배를 인정할 수 없소."

내 앞에서 로브의 후드를 뒤집어쓰고 사라진 크롬 씨였다.

"대체 어떻게 이곳에?"

"당신에게 알려줄 까닭은 없지. 빌 더 리자드."

"체셔캣."

크롬 씨의 주문과 거의 동시에 나는 체셔 고양이를 소환했다.

"죽어줘야겠습니다."

"당신이야말로 잡혀줘야겠어."

"모든 것은 바스커빌 왕가를 위하여."

"말도 안 되는 착각은 적당히 하는 게 좋을 거야."

나는 크롬 씨를 똑똑히 응시했다. 그렇게 나는 그와 대치하게 됐다.

"체셔캣. 모든 것을 나에게 맡겨."

나는 체셔 고양이와 동화한 뒤 지팡이를 꽉 쥐었다.

"박제연무(우박황제의 연무)."

그때 내 목소리에 호응하듯 자줏빛 하늘에서 우박이 떨어졌다.

"비테스(가속의 마원). 빌 더 리자드……. 크롬의 명 아래 그 심미안을 발휘하라. 옳은 것은 누구인가? 그것은 언제나 나다."

고대 마술을 구사하여 속도를 높인 크롬 씨는 나보다 한 발짝 늦긴 했지만 주문을 외우기에는 충분한 속도를 유지했다. 빠른 속도가 체셔 고양이의 으뜸가는 장기인데 크롬 씨는 거기에 뒤지지 않았다.

나 또한 재습격에 대비해 '도마뱀 빌'에 대해서 역사서를 읽으며 조사했다. 입에서 산성 액체를 내뿜는 것은 그저 부차적인 효과인 듯했고, 진짜 효과는 상대를 마법진으로 끌어들여 '저지먼트(절대재판)'를 가하고 강제로 질식사시키는 것이라 들었다.

빌은 중거리형 섬멸 특화 친화수다. 중거리형은 흔하지 않다. 아즈와 내가 원거리를 커버하는 광범위형과 근거리형의 특성이 뚜렷한 친화수를 가지고 있다는 것도 애초에 크롬 씨가 밀명을 받게 된 이유 중 하나였다. 중간을 지키기 위해서는 가장 적합했기 때문이다.

하지만 궁정 마술사에서 제명되고 지명수배 중인 지금 이렇게 당당하게 왕궁 부지 내에 나타난 그에 대해서, 솔직히 말하면 나는 잘 모른다. 내용은 아버지와 형에게 대충 들었지만 그뿐이다.

그 사람, 하트니스 크롬은 궁정 내에서도 마부 노릇을 할 때처럼 조용하고 정중했다고 한다. 결코 과묵한 사람은 아니었다지만 나보다 훨씬 성실한 사람이었다.

하지만 그가 여기에 나타났다는 건 왕궁의 부지 내에 아뉴레어가 아는 비밀통로나 전이 마법진이 있다는 얘기다. 생체 전이 마술로는 분명 들어오지 못했을 것이다. 성에서 봉쇄하지 않은 이상, 우리로서는 감지하지 못하는 것일지도 모른다.

역사가 깊은 왕궁에는 다양한 길이 있다. 다만 왕궁에서는 공간이동을 할 수 없도록 광역 마술이 걸려 있다. 그러니 전이 마술은 아닐 것이다. 그렇다면 내부에 앞잡이 노릇을 한 누군가가…… 배신자가 아직 왕궁에 있을 가능성도 있다.

"여유롭군요, 와이스 경."

그런 생각을 하는 동안 이마가 찢어질 뻔했다. 살짝 잘린 앞머리가 흩날리며 땅으로 떨어졌다. 깊이 생각할 때가 아니었다. 간신히 정신을 차리고 황급히 체셔의 힘으로 후퇴했다.

"체셔캣. 나에게 힘을 빌려줘. 모든 힘을 나에게."

"빌 더 리자드. 크롬의 이름 아래 그 심미안을 발휘하라."

크롬 씨의 주문이 반복될 때마다 내가 있는 정원에는 수많은 마법진이 그려졌다. 지면에 낡은 마법진이 펼쳐져 있다. 이대로는 내가 도망칠 틈이 사라질 것 같았다.

뭔가 타개책을 생각해야 한다. 자꾸 초조해지는 자신을 필사적으로 억눌렀다. 생각하자, 마법진을 만드는 건 무엇인가. 무엇이 이 자리에 마법진을……. 그러다가 나는 깨달았다.

"땅이구나. 에아데(흙의 황제)!"

내가 그렇게 외친 순간, 흙벽이 도처에 솟아올라 마법진을 소멸시켰다.

"이런."

"체셔, 가자!"

나 자신에게도 타이르듯 그렇게 말하고 그대로 크롬 씨의 목을 손날로 치려고 했다. 하지만 그 직전에 지팡이로 저지당했다. 나는 발에 힘을 주어 버티며 크롬 씨의 목을 지팡이째 쇠발톱으로 때렸다.

"나는 패배 따위 인정하지 않아……."

크롬 씨는 그렇게 중얼거린 직후, 고대 마법의 힘이 다했는지 의식을 잃은 듯 쓰러졌다. 황급히 크롬 씨의 몸을 떠받치며 나는 체셔 고양이와의 동화를 해제했다.

이겼다는 생각에 안도했다. 어깨에서 힘이 빠져나가는 것 같다.

"그렇게 말을 하는데도 무방비하군요, 와이스 경."

"응?"

어느새 크롬 씨가 손에 쥔 단검을 내 목에 들이대고 있었다.

무슨 말을 할 틈도 없었다. 누르듯이 목이 잘릴 뻔한 순간, 나의 피부와 크롬 씨가 든 단검 사이로 분리했던 체셔 고양이의 발톱이 나타났다.

"와이스를 괴롭히지 마."

늘 소환할 때와 같은 미니멈 맥스의 모습과는 달리, 그곳에는 나보다도 거대하고 어마어마한 크기의 로브를 걸친 풀 맥스 사이즈의 체셔 고양이가 있었다. 내 고동에 호응하듯 그 모습은 점점 더 커졌다.

"운이 좋군."

하지만 체셔의 모습을 보고서 더욱 여유로워진 표정으로 크롬 씨가 입술을 추어올렸다.

"빌 더 리자드……. 크롬의 이름 아래 그 심미안을 발휘하라. 옳은 것은 누구인가? 그것은 언제나 나다. '저지먼트'!"

나와 체셔 고양이가 서 있는 지면, 그 솟아오른 땅 위에서 일그러진 마법진이 하늘을 향해 희미한 보라색과 흰색의 빛을 발하기 시작했다.

"이제 놓치지 않겠다."

크롬 씨의 선언을 들으며 나의 시야가 어둠 속으로 빨려 들어가는 것을 느꼈다.

—여기는 어디지?

정신을 차리고 보니 나는 법정 같은 곳에 있었다. 재판관 빌이 눈앞에서 나무망치를 쳐서 소리를 울렸다.

"심판."

"판결을 선고한다."

"사형."

"사형."

"사형이다."

"목을 베어라."

"목을 졸라라."

"죽어라."

"죽어."

머릿속에서 온갖 목소리가 들렸다. 나에게 황천길을 가리키는 말이다. 그것이 종횡무진, 다양한 방식으로 내 시야를 뭉개고 있다. 현실과 환각과 활자로 된 환청이 불러일으키는 모래폭풍에 나는 눈을 도려내고 싶은 심정이었다.

　―내가 뭘 보고 있지?

　―내게 뭘 보여주고 있지?

　―더 이상 아무것도 보고 싶지 않다.

　그런 감각에 빠진 순간이었다.

　"와이스, 정신 똑바로 차리거라! 이 바보 녀석."

　손등에 통증이 스쳐갔다. 정신을 차려보니 왈츠가 오른손을 물고 있었다.

　"'저지먼트'에서 빠져나오는 건 간단하다. 네게 빠져나올 의지만 있으면 돼. 네가 너의 결백을 주장하면 되는 게야. 오직 그것뿐이다. 너는 그저 왕녀 전하를 지키고 싶었을 뿐이니까."

　"그래, 나는 무죄야."

　왈츠의 말에 따라 내가 그렇게 말하자, 이질적인 모래폭풍은 금세 사라졌다.

　"과연 와이스 경이군요. '저지먼트'에서 빠져나오실 줄은."

　"큭, 체셔캣!"

　나는 다시 체셔 고양이와 동화했다.

　"진정해, 체셔. 나는 괜찮으니까, 모든 것을 나에게 맡겨."

　체셔 고양이가 평소보다 흥분한 것 같아 나는 최대한 부드럽게 말했다.

　―몸이 너무 뜨거워.

직후에 나는 주변의 모든 존재가 정지한 듯한 감각에 빠졌다. 이미 무아지경이었다.

"절대로, 용서하지 않겠다. 나는 상관없어. 다만 바스커빌 왕가의 이름을 이용하지 마라."

어느새 나는 그렇게 중얼거리며 쇠발톱이 달린 양손으로 크롬 씨의 옷깃 언저리를 들어 올리고 있었다.

"와이스, 괜찮아?"

그로부터 시간이 얼마나 지났는지는 알 수 없다. 형의 목소리에 나는 제정신을 차렸다. 눈앞에는 내 손 안에서 실신한 듯한 크롬 씨가 보였다. 나는 어느새 도착한 기사단과 궁정 마술사 사람들에게 크롬 씨를 넘기며 고개를 흔들었다. 아직 현실 감각이 돌아오지 않는다. 알 수 없는 무언가가 의식을 붙들고 있는 감각이 끊이지 않았다.

"잘 싸웠어."

형이 그렇게 말하며 내 어깨를 두드렸다. 그 감촉에 비로소 나는 긴장이 풀렸다.

지금 떠올려도 간담이 서늘하다. 나는 그런 생각을 하며 의무실에 있었다. 의관인 트리니 씨가 내 오른손에 붕대를 감고 있다.

"가벼운 상처에 그쳐서 다행이구나."

감사 인사를 하며 나는 고개를 끄덕였다. 아직도 심장 소리가 요란스럽다. 오히려 진정됐기 때문에 그런지도 모르겠다.

"상태는 어떠냐?"

그때 아버지가 나타났다. 평소와 다르지 않은 목소리였지만 기분 탓인지 나를 보고 안심한 표정을 지은 것 같았다.

"괜찮다네. 포말하우트의 애송이."

아버지가 애송이면 나 따위는 어린애겠군. 그런 생각을 하며 아버지를 봤다.

"안 괜찮아요. 무지 아프다고."

"왈츠가 그 상처를 내지 않았다면 어찌 됐을지를 생각해봐라."

"멍."

내 바로 옆의 바닥에 앉아 있던 조상님이 자랑스러운 듯 짖었다.

"고마워, 왈츠."

그렇게 말하며 쓰다듬자, 왈츠가 기분 좋은 표정을 지었다. 그 뒤 나는 아버지와 함께 의무실을 나왔다. 그때 갑자기 어깨에 손이 올라왔다.

"애썼다."

"어, 고, 고마워요."

아버지가 갑자기 그렇게 말해서 놀랐다. 스스럼없는 칭찬을 받으니 부끄럽다.

"지금은 한창 침입 경로를 찾는 중이야. 그러니까 앞으로도 설령 궁정이라 해도 긴장을 늦추면 안 된다. 아멜리아 님뿐 아니라 바스커빌 왕국을 네기 짊어져야 한다. 사랑스럽게 생각하거라."

"아니, 뭘 그리 거창하게."

"거창한 게 아니야. 이번 사건으로 놈들이 너도 노린다는 사실이 확실해졌다. 아멜리아 님 곁에 있으니 네가 위험한 것인지, 아니면 그 반대인지는 아직 몰라. 하지만 너도 표적임은 분명해."

"나…… 남에게 원한 살 일이 생길 만큼 사교적이지 않은데."

"원한이야 어디에서 생길지 모르는 경우가 셀 수 없이 많지. 적어도 나한테는."

아버지의 말투가 집에서의 그것으로 돌아왔다.

뭔가 근심에 잠긴 듯한 아버지를 보며 나는 팔짱을 꼈다.

"나도 어디서 원한을 산 걸까요?"

"알 수 없지."

"왜 크롬 씨는 내 앞에 다시 나타났을까요?"

"지금 취조 중이다. 잘 들어라, 와이스. 살아 있는 이상, 아무에게도 원한을 사지 않는 삶 따윈 없어."

"나는……."

……그렇게 생각지는 않았다. 튀어나오지 않은 못을 박을 리는 없지 않은가.

"부모가 아닌 인생의 선배로서 얘기하마. 원래 그런 게야. 그러니 원한을 사든 미움을 받든 비관하지 마라. 바스커빌 왕가를 위해서 받아들여."

나로서는 그런 살벌한 세계를 상상하기가 쉽지 않았기에 어정쩡하게 고개를 끄덕일 수밖에 없었다. 그러자 아버지가 쿡쿡 웃었다.

"너도 언젠가 알게 될 날이 올 게다."

그런 날이 왔으면 좋겠다는 생각과 오지 말았으면 좋겠다는 생각이 동시에 들어 복잡한 기분이었다. 오른손에 감은 붕대 아래의 상처가 쑤셨다.

다만 안아 올린 왈츠의 체온이 포근해서 나는 평온한 기분을 맛보았다. 아픔을 잊어버릴 수 있을 것 같았다. 체셔 고양이와 동화했을 때에 느꼈던 열기와는 근본적으로 다른 온도이다.

"고마워요, 아버지."

"감사 인사는 네가 안고 있는 개한테 하는 게 좋을 거다."

"왈츠한테는 감사하고 있어. 정말로 고마워."

분명 조상님이 없었다면 위험한 상황이었다. 끌어안은 팔에 힘을 실어 나는 왈츠의 머리에 내 볼을 갖다 댔다. 따스하다.

이런 따스한 온기 하나로 단숨에 어깨의 긴장이 풀린다는 것이 신기했다.

"괜찮아? 와이스!"

그때 형이 달려왔다.

"복도에서 뛰지 마라."

아버지가 그렇게 말하자 형이 지팡이로 어깨를 두드리며 멈춰 섰다.

"긴급사태에는 뛰어도 괜찮잖아?"

"이미 위기는 끝났다. 상황을 분간해라, 크로이스."

"분간을 하더라도 진정이 안 된다고. 그래서, 와이스. 괜찮은 거냐?"

형의 말에 나는 쓴웃음을 지었다.

"그냥 개한테 물렸을 뿐이야."

그러자 뭔가 아직 할 말이 남은 것처럼 형이 왈츠의 머리를 쓰다듬었다.

"개라고 해야 하나, 이건……."

"말하지 말거라, 크로이스."

아버지가 형을 제지한 뒤 왈츠를 바라봤다.

"모자란 자식 놈을 도와주셔서 정말로 감사합니다. 시조, 포말하우트 후작."

"시, 시조?"

아무리 그래도 거기까지는 예상하지 못했는지, 형이 눈을 크게 떴다.

"괘념치 말거라, 나의 자손들이여."

아버지의 말에 호응이라도 하듯이 바닥으로 뛰어내린 왈츠가 꼬리를 흔들었다.

"언젠가 이 몸은 이런 약속을 한 적이 있다. 자자손손 왕가를 섬기겠노라고. 하여 다들 훌륭하게 자란 모습을 보니 감동적이로구나."

"황송한 말씀입니다."

아버지가 무표정으로 그렇게 말했다.

"왜 조상님이 개가 되신 거죠?"

형이 왈츠를 빤히 들여다보며 묻는다.

"그것을 설명하려면 시간이 너무 많이 걸리느니. 이야기하자면 길구나."

조상님의 말에 나는 그럴 리가 없다고 생각했다. 마술서를 열었더니 조상님이 나왔다. 이야기는 그걸로 끝이다.

"아직 역사의 그림자에서 암약하고 있더군. 아뉴레어는."

"그런 모양입니다. 어떻게 할까요?"

아버지의 목소리가 날카롭게 바뀌었다.

"제거해야지."

왈츠의 말에 아버지가 고개를 끄덕였다. 그 모습을 지켜보던 형이 머리 뒤로 깍지를 꼈다.

"하지만 왕궁 안까지 들어와 버린 걸 어떻게 저지하죠."

"그것을 어떻게든 해결하는 것이 이 몸이 아는 포말하우트다."

"무리라니까요."

"건방지구나. 나의 자손이여."

"그야 느닷없이 개가 조상님이라고 해봤자 어쩌겠어요. 바스커빌가의 개라서 진짜 개인가요?"

"닥치거라. 내가 좋아서 개로 변한 줄 아느냐. 이건 와이스의 상상의 산물이야."

"웅? 내 탓으로 돌리는 분위기?"

나는 그렇게 말하며, 가슴에 박힌 아버지의 말을 반추해봤다.

—지금까지 누군가에게 강렬한 원망을 산 적은 없다고 생각한다. 하지만 지금의 나는 원망을 사고 있는 모양이다. 그 사실은 손을 물려서 생긴 상처보다 훨씬 더 내 마음을 괴롭혔다.

"그런 소릴 하는 게 아니다. 다만 나 또한 옛날에는 인간이었느니."

조상님의 목소리에 제정신을 차린 나는 고개를 들었다.

"이 모습은 아무래도 불편하구나."

왈츠는 그렇게 말하면서도 형이 머리를 쓰다듬으면 기분 좋은 표정을 지었다. 나는 아물지 않은 마음의 상처를 어떻게 치료해야 좋을지 혼자 깊은 생각에 빠져 그 모습을 지켜보았다.

"크, 큰일을 당하셨다고 들었어요. 와이스 님."

근위기사의 업무로 돌아가자마자, 아멜리아 님의 방으로 불려갔다.

"괜찮으신가요?"

사실 전혀 괜찮지 않지만, 나는 애써 태연한 척하며 고개를 끄덕였다.

"사건 얘기를 들었을 때는 심장이 멈추는 줄 알았어요."

아멜리아 님이 빨개진 얼굴로 고개를 숙이며 그렇게 말했다. 긴 눈썹 사이로 눈물이 어른거린다.

내 모습이 그렇게 무서운 걸까. 그런 생각이 드는 반면, 혹시 걱정해주시나 하는 느낌도 든다. 만약 그렇다면 너무 황송한 일이다.

"그래서 그게, 와이스 님의 건강한 모습을 볼 수 있어서, 저, 저 정말 기뻐서."

"황송하옵니다."

문답집의 「걱정해주셨을 때 4」를 머릿속에서 펼친 나는, 걱정해주셨다는 것이 내 착각이라 해도 문제가 없게끔 대답했다.

"정말, 정말로 걱정했어요."

역시 나를 걱정해주고 있었구나.

"걱정을 끼쳐드리고 말았군요. 앞으로는 신경 쓰실 일이 없도록 성심성의껏 임무를 다하겠습니다."

미리 머릿속에서 문답집을 펼쳐본 덕분에 나는 막힘없이 얘기할 수 있었다. 이젠 내 특기라고 할 수 있으리라. 요즘 나는 응답이 빨라진 것 같다.

"저, 저 말고……, 그, 저, 와이스 님이요."

하지만 아멜리아 님이 문답집에 실린 것과는 다른 말씀을 하시기에 나도 모르게 고개를 들었다.

"와이스 님. 그러니까 아멜리아 님 말씀은 아멜리아 님이 걱정하시니 위험한 일을 하지 말라는 게 아니라 좀 더 자신을 소중히 대하시라는 얘기예요."

시노 씨는 내 앞에 홍차를 내려놓으며 아멜리아 님의 말을 통역해주었다.

나는 누구보다 스스로에게 관내할 사신이 있는데 겉으로는 그렇게 보이지 않는 걸까. 물론 그렇게 보이면 곤란하지만, 걱정을 끼칠 정도로 무리할 생각은 없었다.

"와이스 님……, 제, 제가 주제넘은 말을 하고 말았나요."

아멜리아 님이 생각에 잠겨 있던 나를 불안한 듯 올려다봤다.

"아닙니다. 송구합니다. 아멜리아 님이 걱정을 해주시다니, 저는 행복한 놈입니다."

큰일이다. '제게 있어서는 생각지도 못한 행복입니다'라고 해야 하는데 평소 말투로 말해버렸다. 어느새 나는 동요하고 있었다. 황급히 다음 대사를 찾았다.

"아멜리아 님께서 주신 귀한 말씀을 일기에 남겨 가보로 삼고 싶사옵니다."

나는 일기 따위를 쓰지 않지만 문답집에 나온 대로 그렇게 말했다. 그러자 미나 씨가 눈동자를 반짝였다.

"와이스 님도 일기를 쓰고 계시나요?"

나는 황급히 고개를 끄덕이며 적당히 얼버무렸다. 미나 씨는 그런 나를 보며 몇 번이나 고개를 끄덕였다.

"저랑 같네요. 일기 참 좋죠."

"그, 그렇죠."

고개를 돌리고 창밖을 바라보면서 나는 모호하게 대답했다. 사실을 말하자면 난 일기는커녕 스케줄을 적는 수첩조차 갖고 있지 않았다.

무엇보다 지금까지 아무것도 쓰지 않는 나날을 보내왔다.

아침에 일어나 아침 식사를 하고 낮잠을 잔 뒤 간식을 먹고 목욕을 하고 저녁 식사를 한 뒤 취침하는 생활을 보내고 있는 나에게는 일기에 적을 일 따위는 하나도 없었다.

하지만 요즘 이런저런 일이 계속 일어나니까, 나도 슬슬 일기를 쓰거나 사회인답게 수첩을 가지고 다녀볼까 하는 생각이 들기 시작한다. 대충 흘려듣고 있지만, 미나 씨는 현재 그런 생각이 들게 할 정도로 일기에 대해서 열변을 토하고 있다. 짧은 머리칼이 흔들린다.

"네, 네. 알겠습니다."

땋은 머리를 매만지며 시노 씨가 탄식한다. 이야기를 나누다 보면 시노 씨는 태도가 침착해 어른스럽고, 미나 씨는 아이 같다. 겉모습은 반대지만.

"저, 저도 일기 써보고 싶어요."

아멜리아 님이 그렇게 말하자 미나 씨가 손뼉을 쳤다.

"좋아요, 그럼 사러 가요."

정신을 차리고 보니 오후의 일정이 정해져 있었다.

사건이 일어난 곳이긴 하지만 왕실 어용상인의 문구점 파폴에덴은 여전히 영업 중이었다. 우리는 이번에도 그곳에 가기로 했다. 여기에서 적과 만난 뒤, 꽤 오랜 시간이 흐른 것만 같다. 그만큼 하루하루가 순식간에 지나가고 있다는 뜻이겠지. 왈츠가 내 옆을 걷고 있다는 것만

빼면 저번 사건 때와 상황이 똑같았다.

"오, 아멜리아 님."

가게에 들어서자마자 주인이 다가왔다.

"아멜리아 님 덕분에 영업정지를 면했습니다. 그때는 정말 감사했습니다."

무슨 소리일까. 옆에서 듣고 있자니, 아멜리아 님의 주선으로 이 가게는 지난 사건 이후 기사단이 철수하자마자 바로 영업을 재개할 수 있었다는 내용이었다.

"이번에는 무슨 물건을 찾으십니까?"

콧수염을 기른 점주가 상냥하게 미소 지었다.

"저기, 저, 일기를 쓰고 싶어서……. 일기장을 찾고 있어요."

"그거 멋진 일이군요."

점주는 후후후 웃으며 안으로 들어가 모습을 감추었다. 그리고 돌아와서 커다란 은색 손수레에 스무 권 정도의 일기장을 나란히 올려놓고 보여줬다.

"지금 학원생들에게 가장 인기 있는 건 이쪽입니다."

그곳에는 왕자 전하들을 캐릭터로 만든 일러스트가 그려진 일기장이 있었다.

"아무튼 다들 왕자 전하에게 연심을 품고 있는 모양이라서요."

그렇구나, 하고 생각하며 아멜리아 님을 보았다.

"다음으로 인기 있는 것은 왕녀 전하를 모티브로 한 일기장입니다.

이 나라에서는……."

점주는 방금 했던 대사를 반복했다. 그곳에 그려진 공주님은 확실히 귀여웠다. 하지만 내가 구입하기에는 여러 의미에서 허들이 너무 높은 상품이라는 생각이 들었다.

"실무에서 인기 있는 상품은 이쪽입니다."

내가 일기장을 지그시 바라보고 있다는 걸 알아챘는지, 점주는 가죽으로 된 검은 수첩을 보여줬다.

"수첩과 일기장 겸용이지요."

편리하겠다고 생각하면서도 내가 돈을 얼마나 갖고 있는지 기억을 못 한다는 사실을 깨달았다.

월급날은 중순인 내일이다. 이 나라는 한 달이 28일에서 31일 정도로 이루어져 있다. 그중에서 내 월급날은 15일로 정해졌다. 나는 지난달 16일부터 근무했으니, 이른바 첫 월급을 내일 비로소 받는다. 그렇게 생각하자 왠지 감동적이었다.

대체 뭐에 써야 할까. 나는 기념일 따위는 별로 신경 쓰지 않는 성격이지만, 얼마 전에는 어머니의 날이라는 행사가 있었다. 그 정도는 알고 있다. 가끔은 어머니에게 뭔가 선물해 볼까. 내가 그런 생각을 하고 있을 때, 아멜리아 님이 일기장 한 권을 손에 들었다.

"이걸로 할게요."

그녀가 손에 든 것은 도베르만 같은 개의 일러스트를 수놓은 천으로 표지를 싼 일기장이었다.

"정말 이길로 괜찮으십니까? 이쪽은 남자에게 인기가 있습지요. 근위기사를 꿈꾸는 남자들에게."

왜 근위기사를 꿈꾸는데 도베르만일까? 나는 알 수 없었다. 그건 그렇고 나와 같은 직업을 꿈꾸는 사람이 있다니 왠지 의욕이 솟는다.

"괜찮아요, 이게 좋아요."

아멜리아 님의 말에 점주가 만족한 듯이 미소를 지었다.

"포말하우트 님이 부럽군요. 지금의 포말하우트 부인께서도 예전에 같은 일기장을 구입하신 적이 있습니다."

"네? 어머니가요?"

"이 일기장 표지의 개가 당시의 재상 각하와 무척 닮았기 때문이지요. 지금은 당신을 쏙 빼닮았습니다만. 아니, 그보다 더 도베르만다워지셨던가요. 아차, 실례되는 소리를 하고 말았군요. 노인의 잠꼬대라고 생각해주십시오."

뭐가 뭔지 알 수 없어서 나는 적당히 고개를 끄덕였다. 그러고 나는 스케줄 수첩 겸용 일기장을 사기로 했다. 어머니에게 드릴 선물은…… 뭐, 다음 기회에 골라도 되겠지.

"크로이스, 맞선 날짜가 정해졌다."

평소처럼 늦은 저녁 식사를 하는데 어머니가 그렇게 말했다.

"뭐? 맞선 같은 거 안 본다고 했잖아요."

"정해진 건 정해진 거야."

"멋대로 정하지 마요."

"본인 스스로 정하지 못하는 이상, 부모인 나에게는 날짜를 정할 의무가 있단다."

"부탁한 적 없다고요."

"그럼, 누구 좋은 사람이 있는 거니?"

"그건, 그, 그러니까……."

"없지? 원 애도."

어머니는 기가 찬 듯이 한숨을 쉬고 아버지를 바라봤다.

"당신도 뭐라고 한마디 해주세요."

"음, 이것도 좋은 경험이다, 크로이스."

아버지가 차를 마시며 고개를 끄덕였다. 흥미가 없는 듯했다.

"멋대로 이야기를 키우지 말라고 어머니도 늘 말했으면서. 아버지도 뭐라고 좀 해봐요."

"맞선은 그렇게 나쁜 일이 아니야."

"맞아요. 인맥이나 만든다 생각하고 나가보렴."

"맞선으로 결혼한 두 사람이 그런 소리 해봤자 전혀 설득력이 없거든. 그렇지? 와이스."

갑자기 화살이 나한테 돌아와서 난감했다.

"어쨌든 행복한 가정을 만들 수 있을 거 같으면 만나봐."

"저기, 너 속으로는 아무래도 상관없다고 생각했지?"

왜 내 속내를 들킨 걸까.

"상대는 누구예요?"

내가 애써 대화에 끼어들었는데, 어머니가 그 말에 부채를 접었다.

"당일까지 비밀이다."

"당일이라니 언젠데?"

형이 눈을 가늘게 뜨자 어머니가 빙그레 웃었다.

"다음 주 토요일."

"토요일은 일이 있어서……."

"메리벨이 미리 얘기해서 일은 비워됐다."

"……왜 그렇게 일사천리로 처리한 거죠, 아버지."

"메리벨은 한번 정하면 물러나지 않으니까."

"당신도 가끔은 좋은 일을 하시네요."

"가끔은 왜 붙이나."

나는 부모님과 형이 이야기를 나누는 모습을 지켜보았다. 아직 결혼 같은 건 생각한 적이 없기 때문에 솔직히 대단하다고 느꼈다. 나도 언젠가 누군가와 결혼하게 되는 걸까. 상상이 되지 않는다.

우리 부모님은 서로 살벌하다고나 할까, 비교적 거리를 둔다고 생각했다. 하지만 지금처럼 얘기를 나누고 있는 모습을 보면 호흡이 딱 맞는다. 사실은 사이가 좋을지도 모른다.

가면 부부인지 아닌지, 나는 아직도 알 수가 없다. 참고로 나는 줄곧 가면 부부라고 생각했지만 최근에 들었던 파폴에덴 점주의 이야기나, 예전에 들었던 집사 로의 옛날이야기를 떠올리면 꼭 그렇지만도 않을 것 같았다. 실제로는 어떨지 생각하는 사이에 그날의 저녁 식사 시간이 지나갔다.

—그리고 토요일이 찾아왔다.

"와이스, 와이스! 일어나렴."

어머니가 내 이불을 억지로 걷어버렸다.

"뭐예요? 오늘은 쉬는 날인데."

"그게 아니야. 지금 크로이스를 찾는 중이다. 어디에 있는지 아니?"

"몰라. 적어도 내 이불 속에는 없어요. 빨리 이불 돌려줘요. 아직 더 자야 해."

"무슨 소리니. 벌써 오전 5시야."

"충분히 이른 시간입니다. 어머니."

"오늘은 중요한 맞선 날인데, 정말이지 크로이스 애는."

험악한 표정을 짓고 있는 어머니 앞에서 나는 반쯤 잠에 취한 채 몸을 일으켰다.

"저녁 시간 때는 못 봤는데, 어제 오긴 왔어요?"

"그래. 두 시간 전에 돌아왔는데…… 그 이후로 안 보이는구나."

"어쨌든 이 방에는 없어요. 이제 좀 쉬게……."

"크로이스가 없으면 어쩔 수 없다. 네가 가렴. 포말하우트가의 사람 이 망신을 안겨서는 안 되는 법이니."

이리하여 나는 갑작스레 맞선을 보러 가게 됐다. 나는 형이 입을 만 한 옷을 억지로 입고 어머니와 함께 왕도의 교외에 있는 요정, 브로시에 온 것이다.

"오오, 잘 오셨습니다. 포말하우트 부인 그리고, 응?"

그곳에 있던 사람은 바로 필랑트 후작이었다.

"어라? 크로이스가 아니라 와이스였나? 으응?"

나는 약간 몸 둘 바를 몰라 고개를 숙였다.

"와, 와, 와이스 님."

그런데 그때 누군가 말을 걸어서 고개를 들자, 그곳에는 얼굴이 새빨개진 에투아르가 있었다.

─그러고 보니 맞선 사진 중 제일 위에 있던 사람도 에투아르였지. 그 사실을 떠올린 나는 왠지 마음이 놓였다. 에투아르와 나는 어울리지 않는다.

어머니가 전에 말했던 대로, 인맥이나 만든다 생각하자. 나는 미리 어머니에게 『맞선을 위한 문답집 Ver. 1』을 건네받아 통째로 외웠기 때문에 다음 말을 바로 찾을 수 있었다.

"처음 뵙겠습니다. 에투아르 양."

어라, 뭐지? 실수한 것 같다. 하긴 예전에는 매일 얼굴을 맞대고 지낸 사이인데 이제 와서 '처음 뵙겠습니다'라니.

"실례했습니다. 오랜만에 뵙겠습니다. 에투아르 양."

나는 머릿속에서 문답집에 나온 대사를 빨간 펜으로 수정하며 그렇게 고쳐 말했다.

"오랜만이네요, 와이스 님."

"와이스라고 불러주십시오."

"그럴 수는 없어요."

"취미는 어떻게 되십니까?"

내가 이어서 묻자 에투아르의 얼굴이 더욱 빨개졌다. 이거 체온계가 필요하겠는걸.

"위치크래프트(마녀술)예요."

"그것 참 멋진 취미군요."

"자, 이제 젊은 사람 둘이 얘기하도록 두죠."

뭐가 뭔지 알 수 없는 상황에서 어머니가 그런 말을 꺼냈다. 필랑트 후작이 고개를 끄덕이는 모습을 보고 어머니가 일어섰다. 필랑트 후작도 자리에서 일어났다. 결과적으로 나는 에투아르와 단둘이 그 자리에 남게 되었다.

"맞선 같은 거 절대 안 본다고 했는데, 아버지가 억지로 자리를 만들었어요."

두 사람을 배웅한 뒤, 그녀가 그렇게 말했다.

"우리 형도 같은 말을 했어."

"처음 맞선 상대는 크로이스 님이었죠? 게다가 와이스 님이라면……."

"나라면?"

"아무것도 아니에요."

"그럼 다음 질문을 해도 괜찮을까? 아이는 몇 명이나 갖고 싶으신

지?"

내 말에 에투아르는 얼굴이 더욱 빨개져서 아무 말도 하지 않았다. 나는 그녀의 그런 모습에 익숙했기 때문에 무릎 위 냅킨에 숨긴 문답집을 책상 위에 펼쳤다. 암기는 했지만 들고 오기도 했던 것이다.

"이게 원본인데, 아마 내가 말하는 것보다 읽는 게 빠를 거야."

"원본? 그래서 평소랑 분위기가 달랐던 거군요!"

"그렇게 달랐어?"

"완전히 달랐어요. 와이스 님에게 달콤한 말을 듣는 날이 올 줄이야. 생각도 못했어요."

"그런 것치고는 취미가 위치크래프트라고 솔직하게 대답하던데."

위치크래프트란 일반 마술과는 달리, 체계화되지 않은 민간전승으로 분류되는 비술이다. 위치크래프트에 대한 나의 인상은 큰 가마솥에 도마뱀을 끓이는 이미지다. 에투아르는 예전부터 위치크래프트의 체계화를 목표로 밤낮없이 공부하고 있는 모양이었다. 하지만 평소에는 낙오한 마술사가 적당히 둘러대는 마술의 찌꺼기 같은 의미가 강하기 때문에 위치크래프트가 취미라고 말하면 대개 분위기가 묘해진다.

"아, 아쉽네요. 와이스 님과 보는 맞선이라면 아버지에게 미리 거절한다고 하지 않았을 텐데."

"사교적인 자리에 참석한 걸로 치고, 이쪽도 거절할 생각이었으니 결과적으로는 잘된 거 아니야?"

"와이스 님이 그렇게 말씀하시니 왠지 서글픈데요."

성가시다는 생각이 들었다. 어째서 귀족으로 태어났다는 이유만으로 이런 맞선을 봐야 하는 걸까. 그 뒤 나는 에투아르와 잠시 옛날이야기를 나눴다.

다음 날이 되어도 형은 돌아오지 않았다.

"대체 뭘 하고 있는 거지, 얘는."

어머니는 뭔가 깊은 생각에 잠긴 얼굴로 부채를 부치고 있었다.

"와이스, 찾아보고 오렴."

모처럼의 휴일인데 정말 귀찮군……. 하지만 확실히 형이 걱정되긴 했다. 그렇게 맞선이 싫었던 걸까? 그런 생각도 했으나, 그 일은 이미 오래전에 정리됐다. 에투아르와 인맥을 재구축하고 무사히 마무리했으니.

"얼른 다녀와."

"아, 알았어요."

그렇게 대답한 나는 형을 찾으러 갔다. 하지만 아무런 실마리도 없다. 있다면 딱 하나, 크로포드 남작가뿐이다. 어쩔 수 없이 나는 그리로 향했다.

"어라, 너도 왔구나?"

내가 초인종을 누르자, 밖으로 나온 잭 씨가 그렇게 말했다. '너도'라는 말은…….

역시 여기에 왔구나. 그런 생각을 하며 나는 집으로 들어갔다.

"아, 와이스 님. 안녕하세요."

그때 이즈가 나왔다. 평소 입는 학원 복장과 달리 오늘은 차분한 색의 스커트 차림이다. 하얀 블라우스의 가슴께에 초콜릿 색 리본이 달려 있었다.

"바로 차를 내올게요."

그녀는 그렇게 말하고 방금 나온 부엌으로 돌아갔고, 나는 안쪽의 응접실로 안내받았다. 그곳에는…… 술병이 널려 있었는데 솔직히 말해 지저분했다. 그 가운데 있는 형은 책상에 엎드려 초췌한 모습이었고, 아직 대낮인데 맥주를 마시고 있었다.

형으로서는 매우 드문 일이었으니, 그 초췌한 모습에 나는 무슨 말을 해야 할지 망설였다.

"뭐야, 와이스. 어머니가 시켜서 왔나?"

"……그렇게 말하면 그런데. 대체 무슨 일이야?"

이 방과 형의 지독한 참상에 나는 자연히 팔짱을 꼈다.

"맞선 얘기가 나왔지?"

그러자 방으로 들어온 아즈가 뒤에서 내 어깨를 토닥였다.

"아, 응. 하지만 그건 이미 끝났어."

"끝났다니, 결국 어떻게 됐어?"

잭 씨의 물음에 나는 한숨을 쉬었다.

"제가 대신 가서 거절했습니다."

한숨 정도는 쉬어도 괜찮겠지. 하지만…… 맞선 얘기가 이 정도로 형을 피폐하게 만들 줄은 생각도 못 했기에, 나는 고개를 갸웃거릴 수밖에 없었다.

"그러니까 괜찮아, 형. 집으로 돌아가자. 다들 걱정하고 있어."

"나 때문에 고생했네."

"그런 건…… 좀 있었지만, 괜찮다니까."

내가 솔직하게 말했을 때, 형이 고개를 가로저었다.

"나는 틀려먹었어."

아무래도 술이 아직 덜 깬 듯한(지금도 마시고 있다) 형이 그렇게 말하더니 소리를 내며 맥주잔을 탁자 위에 놓았다.

"뭐가 틀렸다는 거야?"

"나도 어제부터 계속 물었는데 틀렸다는 말만 하고 있어."

잭 씨가 한탄했다. 걱정스러운 표정이다. 그러자 생각에 잠긴 듯 아즈가 턱에 손을 가져다 댔다.

"자세한 건 듣지 못했지만, 혹시 세레나 님 때문인가요?"

"닥쳐."

아즈의 말에 형은 다시 맥주잔을 들었다.

"반응을 보니 정답이군."

잭 씨가 어이없다는 듯이 중얼거렸다. 자연스레 내 미간에 주름이 잡혔다.

"전에는 괜찮다고 했잖아."

"나도 괜찮다고 생각했어. 그런데 눈앞에 결혼이라는 말을 들이대니까 안 되겠더라고. 애써 생각하지 않으려고 했던 '시간'이 머리에서 떠나질 않아."

"시간?"

"내가 결혼해야 한다는 건, 그 녀석도 그런 시기라는 뜻이잖아."

"역시 세레나 님을 좋아하는 거야?"

"시끄러워."

형이 다시 소리를 내며 맥주잔을 내려놓았다. 마시고 내려놓기를 반복하고 있다.

"세레나 님이라면 제1왕녀 전하 아니신가. 대체 무슨 일이 있었던 거지?"

그러자 잭 씨가 나를 보며 물었다. 몸을 돌린 그의 옆에 서서 아즈도 반쯤 흥미를 보이며 내게 시선을 옮겼다.

"유페 님에게 물어봐. 어쩌면 어렸을 때 일이라 잊었는지도 모르지만."

그렇게 대답한 나는— 역시 그건 좀 곤란하다는 생각에 황급히 고개를 저었다.

"미안, 지금 건 없던 일로 해줘. 잊어주십시오. 유페 님에게 물어보는 건 안 돼."

"혹시 '저주받은 공주님'에 관한 이야기인가요?"

그때 차를 가지고 들어온 이즈가 말했다. 오늘 그녀는 머리를 하나로 묶고 있다.

세 사람 앞에 각각 잔을 하나씩 놓으며 이즈가 말을 이었다.

"전에 유페 님께 들은 적이 있어요. 친화수가 폭주했던 사건 이후로 세레나 제1왕녀 전하는 다리가 불편해졌다고."

"술 마셔, 술. 차 따위는 치우고 너희도 술이나 마시라고."

형이 대화 주제를 바꾸려는 듯, 거칠게 말했다. 손가락으로 책상을 탁탁 치고 있다.

"다리는 이미 옛날에 나았어. 춤을 출 수 있을 만큼은. 겉보기엔 상처가 심각해 보였지만 애초에 세레나의 상처는 그렇게 깊지 않았어."

그래도 휠체어를 놓지 못하는 세레나 님에 대해 나는 생각했다.

"낫지 않는 상처도 있으니까."

나도 바로 얼마 전에 몸소 깨달은 사실이다. 그러니 자연스레 그런 말이 입에서 흘러나왔다.

"나도 상처받았거든?"

형이 중얼거리듯 말했다. 그게 무슨 말인지 아주 잘 알고 있다. 아마도 형에게 남은 상처는 내가 상상했던 것보다 훨씬 더 지독하리라. 지금의 아멜리아 님이나 이즈 정도밖에 안 되는 나이에 형은 치유될 수 없는 마음의 상처를 입었겠지.

"아무것도 할 수 없었던 나 자신에게 너무 화가 나. 그 사실을 견딜 수가 없어."

"그렇지 않아, 형은······."

"그게 맞아. 나는 일격에 마치헤어를······."

273

형은 그렇게 말하더니 책상에 엎드렸다. 나는 할 말을 찾았다.

그때 잭 씨가 내 어깨를 슬쩍 어루만졌다.

"무슨 얘기인지는 모르겠지만 어쨌든 이번 맞선 얘기가 크로이스의 과거 중 어딘가를 건드린 거구나."

나는 돌아보며 작게 고개를 끄덕였다.

"아마 그런 것 같습니다."

"여기에 온 건 가족에게 이런 모습을 보여주고 싶지 않아서가 아닐까? 조금만 더 쉬게 한 뒤에 꼭 집으로 돌려보내마. 그러니까 지금은 와이스 너 먼저 집으로 돌아가서 크로이스의 안부만 전해다오."

설득력 있는 잭 씨의 말에 나는 잠시 생각했다. 그리고 형을 부탁하기로 했다.

"알겠습니다. 형을 잘 부탁드립니다."

잭 씨는 나를 보며 고개를 크게 끄덕였다.

……여기까지가 크로포드가에서 있었던 일이다.

"……그래서 그냥 돌아왔어요."

나는 어머니에게 그렇게 설명했다.

"어쨌든 형은 무사했고요."

마지막에 그렇게 덧붙이자 어머니는 뭔가 생각에 잠긴 눈으로 부채를 부쳤다.

"사정은 잘 알았다. 나는 그저 '찾으러 가라'고 했을 뿐이니 네가 형의 소재를 찾아낸 건 높이 평가하마. 그런데 거기서 크로포드 남작가의 힘을 빌리지 않고 네 스스로 형을 데리고 돌아오는 건, 내가 말하지 않아도 해야 할 일이란다. 원래대로라면."

"죄송해요……."

"그건 그렇고, 제1왕녀 전하와 크로이스라니……. 순애보네."

나는 무심코 내 귀를 의심했다. 하지만 어머니가 바로 다른 방으로 떠났기 때문에 그 말을 잊기로 했다.

마차 안에서 우리 네 사람은 흔들리고 있었다. 오늘은 딱히 대화도 나누지 않고, 왠지 어색했다.

다만 긍정적으로 보자면, 대화가 없다는 데에 어색함을 느낄 정도로 나의 사교성이 높아졌다는 것이다. 예전에는 말이 없어도 괜찮았는데…… 그런 생각을 하니 조금 기분이 나아졌다.

전에는 무음의 공간이 오히려 대화가 필요 없어 마음이 편했다. 다만 옆에 앉아 있는 아멜리아 님의 얼굴도 오늘은 어딘가 긴장된 듯 보인다. 신경 쓰이지 않을 수가 없다. 혹시 아직도 내 무서운 얼굴에 익숙해지지 않은 걸까.

이제는 슬슬 익숙해지기를 기원하며 나는 깍지 낀 손가락을 무릎 위에 올려놓았다. 그때 유페 님이 말을 걸었다.

"와이스. 당신이 학생회장과 맞선을 봤다는 게 사실인가요?"

갑작스러운 질문에 나는 고개를 들었다.

"아, 네. 사정이 있어서."

"그, 그, 그래서, 저, 저기, 어, 어떻게 됐나요?"

그러자 아멜리아 님이 내 어깨를 살짝 붙잡았다. 어딘가 필사적으로 보이는 그녀의 눈빛에 나는 고개를 갸웃거렸다.

"별일 없이 무사히 끝났습니다만."

"그럼 결혼하겠다는 말인가요?"

유페 님이 강한 어조로 말해서 나는 황급히 고개를 저었다.

"아니요. 거절했습니다. 아니 그보다 애초에 인맥을 만들기 위해 나갔던 자리라서."

"다행이다……."

옆에서 아멜리아 님이 중얼거렸다. 뭐가 다행인지 잘 모르겠지만, 나도 형이 결혼을 면한 건 분명 다행이라고 생각한다. 형을 생각하면.

"와이스가 결혼하면 어떡하나 엄청 걱정했잖아."

아즈가 그렇게 말해서 나는 고개를 갸웃거렸다.

"내가 아니야. 누구라고는 말 못 하지만."

"아, 아즈 님!"

아멜리아 님이 새빨개진 얼굴로 목소리를 높였다. 역시 체온계는 상비해둬야겠다고 생각하며 나는 문답집 「걱정해주셨을 때 4」에 나온 대사를 이용하기로 했다. 뭘 걱정하시는지 모를 때를 위한 문답이다.

"아멜리아 님께서 걱정해주시다니 생각지도 못한 행복입니다. 아멜리아 님께서 주신 말씀을 일기에 남겨 가보로 삼고 싶사옵니다."

그랬더니 아멜리아 님뿐만 아니라 유페 님까지 얼굴이 빨개지고 말왔다. 아즈도 웃음을 참고 있는 것인지 새빨개졌다. 이런 대화를 나누는 동안 우리는 학원에 도착했다. 다시 돌아가는 길에 내 맞은편에서 아즈가 쿡쿡 웃었다.

"잘도 그렇게 근사한 대사를 치는구나."

문답집 덕분이라는 말은 차마 못 하고, 나는 창밖을 보았다. 새까만 까마귀가 날고 있다.

"처음에는 학원에서의 인상과 너무 달라서 놀랐는데 점점 익숙해지고 있어."

"아즈, 너야말로 대화하는 법을 잘 알잖아."

"나야 분명 달변이라는 말을 듣긴 하지만."

"충분해."

진심으로 부럽다고 생각한다. 나도 언젠가 문답집 없이 능수능란하게 대화를 나눠보고 싶다.

"그러고 보니 크롬 얘기 들었어? 지금 제5기사단이 조사 중인데 아 뉴레어에 대해서 조금씩 알아가고 있는 모양이야."

"뭐 좀 알아냈어?"

"아무래도 그 조직은 대 아르카나와 소 아르카나로 구성되어 있다나 봐."

"타로카드 같군."

"응. 그리고 하트니스 크롬은 대 아르카나의 '마술사'라나."

타로카드란 옛날부터 존재했던 점술용 그림카드다. 원래는 스포르차 백작가의 어용 화가가 항간에서 유행하는 카드의 그림을 다시 그려 체계화한 것이 그 시초라고 한다.

그것을 보급한 사람은 궁정 마술사로서 이름난 레비 자작가가 고용한 점성술사였다.

"카드의 역할을 계급명에 적용했다는 뜻인가? 그렇다면 대 아르카나만 해도 22명이나 된다는 말이잖아."

"그러니까 긴장을 늦출 수 없다는 거야. 최악의 경우 왕궁 내에도 잠입해 있을지 모르니."

나는 골치 아프다고 생각했다. 만약 타로의 숫자만큼 '적'이 있다면 꽤 성가신 일이다.

소 아르카나까지 포함하면 전부 합해 78명의 적이 있다는 얘기가 된다. 물론 카드의 숫자만큼 있다고 단정 지을 순 없다. 그보다 더 많은 사람이 가입했을 가능성도 있겠지만.

"침입 경로는 알아냈어?"

"아직 모르는 모양이야. 그걸 들은 게 마지막이야."

"잭 씨한테 들었어?"

"응. 너도 크로이스 님이나 아버님께 뭔가 들으면 가르쳐줘."

나는 고개를 끄덕이며 창밖을 봤다. 오늘은 비가 조금씩 내리고 있다. 봄이 깊어가는데 다시 추위가 돌아올 듯한 기분이다.

"그건 그렇고 나 아직 제대로 못 들었는데. 와이스 너 큰일이 있었다며?"

"응?"

"하트니스 크롬에게 습격당했지?"

"아, 응."

"그렇게 태연하게 얘기하면 김이 새잖아."

"태연한가? 사실 그때는 심장이 멈추는 줄 알았어."

"지금도 네가 무사히 살아 있어서 정말로 다행이야."

그 말에 내가 감사 인사를 하자 아즈가 약간 뺨을 붉히며 고개를 돌렸다.

"넌 이상한 데서 솔직하단 말이지."

나 자신은 원래 이상한 구석 따위가 없다. 그러나 아주 평범……하지도 않은 방구석 폐인이었다는 자부심이 있었기 때문에 뭐라고 답해야 할지 막막했다.

"와이스, 저기……, 나도 네 적일지도 모르니까 조심할 부분은 조심하기다?"

"아즈는 그럴 리가 없어."

"정말이지 사람만 좋아서는."

"요즘 나도 이래저래 생각하는데, 누군가를 의심하며 살아가는 건 무척 피곤한 것 같아. 그러니까 나는 믿고 싶어."

"나야 와이스의 그런 면이 좋지만. 고치는 게 나을지도 몰라. 누가 적인지 모르는 이상 의심하는 편이 차라리 나으니까. 네 신변의 안전을 위해서도."

아즈는 굳은 표정과 진지한 눈빛으로 나를 보고 있다.

"나는 괜찮다니까."

그렇게 말하며 힘차게 고개를 끄덕여 보였다. 그러자 아즈가 쓴웃음을 짓는다. 이렇게 그날의 배웅은 끝이 났다.

오늘은 기사단의 수련 견학은 관두고, 나는 왈츠와 함께 왕궁 정원을 걷고 있었다. 이 성의 어딘가에 아뉴레어와 관련된 자들이 이동하기 위한 모종의 장치가 있을 것이다.

그것을 찾을 계획이었다. 사실은 내가 아니라 아마도 기사단이 해야 할 일이겠지. 하지만 왠지 신경 쓰여서 직접 찾아보기로 했다. 내 인생을 돌이켜보면 대부분 '왠지'로 구성된 기분이 들지만, 뭐 그건 그냥 기분 탓이라고 생각하자.

"한데 정말 어떻게 들어온 걸까?"

내가 혼자서 중얼거리자 조상님이 짖었다.

"위치 면에서 볼 때 전이 마법진일 가능성은 낮을 테지. 아마 비밀 통로일 게다."

확실히 전이 마법진을 사용하면 아버지가 바로 눈치챌 것만 같다.

어쨌든 같은 부지 안이다. 내가 이해하고 고개를 끄덕이자 왈츠의 걸음이 빨라졌다.

"따라오너라. 이 몸이 아는 비밀통로를 가르쳐주마."

그대로 나는 왈츠를 따라가기로 했다. 왈츠를 따라간 곳은 내가 크롬 씨와 대치했던 정원 바로 옆이었다. 그곳에는 장식물 하나가 오도

카니 서 있었다.

"이런 곳에 비밀통로가 있어요?"

"옛날에는 여기에 우물이 있었지."

그 말에 장식물 안을 들여다본다. 지팡이로 바닥을 두드리니 확실히 밑에 동굴 같은 낌새가 있었다.

"아, 문이 있다."

나는 왼쪽 깊숙한 곳의 한 귀퉁이에 네모난 문이 붙어 있는 걸 발견했다. 그걸 열자 나무가 삐그덕거리는 소리가 울렸다. 그곳에는 밑으로 이어진 사다리가 있었다. 문을 열어둔 채 나는 밑으로 내려가보기로 했다.

제일 밑바닥까지 내려가니 엉거주춤한 자세로 들어갈 수 있을 정도의 지하실이 있었고, 그 중앙에 왈츠가 말한 대로 우물이 있었다. 하지만 우물은 돌 뚜껑으로 단단히 닫혀 있다.

"우물이란 게 이거죠?"

"틀림없다. 옛날에 본 그대로구나."

"전혀 숨기지 않았는데."

"뚜껑은 닫혀 있지만 '왕가의 주문'으로 길은 손쉽게 열리지."

"왕가의 주문?"

"원래는 긴급 상황에 피난하기 위해 만들어진 길이니까."

"왜 그걸 아뉴레어가 알고 있죠?"

"그 비밀결사의 인간이 궁정의 깊은 곳까지 침입했던 역사도 있어.

알고 있어도 이상할 건 없다."

그렇구나. 나는 아직 모르는 것 천지다.

"그래서 주문이란?"

"에테르넬(영원)'이다."

왈츠가 그렇게 말한 순간, 돌 뚜껑이 희미한 녹색으로 빛나기 시작했다. 주위에서 바람이 불어 내 머리칼을 흩트린다. 너무 눈이 부셔서 나는 팔로 눈을 감쌌다.

"열렸구나."

그 목소리에 나는 두 눈을 천천히 떴다. 그러자 우물 뚜껑이 사라져 있었다. 성에 이런 장치가 있을 줄은 생각지도 못했기에 반쯤 감탄하며 우물을 들여다봤다.

그리고…… 가득 들어찬 물을 보며 무심코 생각에 잠겼다.

"이래서는 우물을 통과하다 빠져 죽겠는걸."

"그건 내가 걸어놓은 환혹 마술이야."

그 말에 나는 손을 집어넣어봤다. 하지만 분명히 물의 감촉이 느껴진다. 차갑고 기분 좋은 느낌이다.

"이게 마술이라고요? 도저히 마술 같지 않은데."

"바로 그거다. 고대 마술이거든."

"그럼 들어가도 안 죽는다는 거죠?"

"호흡도 가능하고 물 때문에 옷이 젖지도 않아. 실제로 물은 존재하지 않거든. 시험해보거라."

그 말에 잠시 주저한 다음 나는 지팡이를 등에 동여맸다. 그러고 수면 아래로 보이는 사다리에 손을 뻗었다. 왈츠가 말한 대로 숨이 차지도 않았고 물도 없었다. 그대로 지하까지 내려갔다. 하수도 근처로 내려왔는지 주변에서 곰팡내가 진동했다.

"이 통로는 왕도 바깥까지 이어져 있다."

"그렇구나. 그럼 여기로 크롬 씨가 침입한 건가요?"

"그럴 가능성이 매우 높다고 할 수 있지."

"아버지한테 알려줘야겠다."

"그건 아직 일러. 확실히 경로를 확인하고 나서 말해야지."

왈츠의 말도 일리가 있다. 나는 자그마한 도베르만을 안아 올려 어두운 길을 천천히 걸었다.

"어두컴컴하고 축축해서 뭔가 무서운데, 이 길."

"약해빠진 놈."

"왈츠는 안 무서워요?"

"이 몸이 무서워하는 건 두 가지밖에 없느니."

"뭐가 무서운데요?"

"메리웨더가 무서웠지만, 이 위기는 사라졌다."

"메리웨더라면 분명 왈츠의 부인이죠?"

"그렇지."

"나머지 하나는?"

"고독이다. 잊히는 것이 죽도록 무서웠지. 하지만 지금에 와서는 이미 그 공포가 희미해지고 있구나."

"잊히는 게 무서웠어요?"

"그렇다. 그러니까 난 사념체로 부활할 수 있도록, 자신의 일부를 봉인한 게야."

그런 대화를 나누는 사이 우리는 통로를 벗어났다.

그곳에는 지상으로 뻗은 사다리가 있었다. 나는 그걸 타고 올라가며 왈츠에게 말했다.

"나는 왈츠를 죽을 때까지 잊지 않을게요."

그러자 쓴웃음라도 짓듯 왈츠가 짧게 짖었다. 그리고 우리는 계속 나아가서 지상으로 나왔다. 건물 밖을 상상하고 있던 나는 도착한 곳이 실내라서 고개를 갸웃거렸다.

"이상하군. 여기는 예전에 삼나무 하나가 서 있던 우물이었을 텐데……."

바닥으로 내려온 조상님까지 곤혹스러워했다.

"어라, 오빠 누구야? 거기서 뭐 해?"

그때 갑자기 목소리가 들렸다. 당황한 내가 고개를 들자 한 소녀가 이쪽을 보고 있다. 등허리까지 머리를 늘어뜨린 소녀는 퇴창에 앉아 미소를 짓고 있었다.

"혹시 불법 침입자야?"

"미안, 나는 그……."

"아, 알았다. 전부 말하지는 마, 와이스 경. '마술사'를 쓰러트렸으니까 '아뉴레어'에 대해 조사하러 온 거지? 분명히 그럴 거야, 맞지?"

소녀는 내가 끼어들 틈을 주지 않고 속사포처럼 말을 쏟아냈다. 열다섯 살 정도 됐으려나?

하지만 나나 내 목적에 대해서 정확하게 꿰뚫고 심지어 그걸 재잘거리며 말하는 그녀에게, 나는 공포를 느꼈다. 적어도 평범한 소녀는 아니다.

"나는 '힘'이야. 다른 사람들은 날 '시라'라고 불러. 잘 부탁해, 와이스 경."

그녀는 그렇게 말하더니 한쪽 손을 내밀었다. 나는 왠지 기묘하게 느끼며 악수를 했다. 자극하고 싶지 않다는 생각보다는, 나도 모르게 반사적으로 손을 맞잡았던 것이다.

"얘기는 들었지만 와이스 경은 정말로 개를 닮았네. 과연 바스커빌 가의 개야."

이렇게 스스럼없이 말을 거는 경우가 거의 없는 나는 여전히 당황한 채 조용히 서 있었다.

"아, 앉아, 앉아. 지금 차랑 과자를 준비할 테니까."

시라가 권하는 대로 조심스레 의자에 앉았다. 그런데 나 이래도 괜찮은 걸까. 여기는 적, 아뉴레어의 본거지일 가능성이 높은데.

"홍차 스콘이랑 아몬드 쿠키 중에 뭐가 좋아?"

"……뭐든."

"그럼 스콘으로 할게. 자, 들어. 클로티드 크림은 저기에 있으니까."

나는 눈앞에서 착착 진행되고 있는 다과회 준비에 사고가 정지할 것 같았다. 다음에 적과 만난다면 크롬 씨 사건 때와 같이 친화수를 이용한 싸움을 벌이게 될 것이라고, 머릿속 어딘가에서 막연히 생각하고 있었다. 이곳에 있는 상대도 적일 것이다.

하지만 현재 상황은 내가 상상했던 것과 전혀 다르다. 나는 건네받은 스콘을 한 손으로 들고 먹었다. 달고, 조금 쓰지만 무척 맛있었다. 홍차 맛도 좋았다.

"아, 정말로 독이 안 통하는구나. 와이스 경은."

뒤이은 시라의 그 말에 빵이 목에 걸렸다.

"나는 적이 내온 음식은 물론이요, 아군이 내온 음식도 쉽게 받아먹으면 안 된다고 배웠는데 말이지…… '황제'에게."

"멍."

그 말에 동의한다는 듯이 왈츠가 짖었다. 나는 이 기묘한 공간이 무척 이질적으로 느껴졌다. 등줄기에 소름이 돋았다. 웃으며 독극물을 내온 소녀는 역시 '적'이다.

"무슨 목적으로 아멜리아 님을 노리는 거야?"

딱히 대답을 기대하지는 않았지만, 나는 솔직하게 물었다. 그러자 소녀가 깔깔 웃었다.

"노리지 않았어. 그건 착각이라니까. 자의식 과잉 아니야?"

"그럼 뭘 노리는 거지?"

"아무것도 노리지 않아. 굳이 말하자면, 인기랄까?"

"말이 안 통하네."

"그건 당신이 들을 생각이 없으니까 그렇지."

"돌아갈래."

"어머머, 무사히 돌아갈 수 있다고 생각하는 거야?"

"뭐?"

"농담이야, 농담. 가려면 빨리 가는 게 좋을 거야. 좀 있으면 '황제' 가 돌아오니까."

그 대화를 마지막으로 나는 저택을 빠져나왔다. 잰걸음으로 걸으며 옆에 있는 왈츠를 봤다.

"참으로 기괴한 집단이군, 여전히."

"음? 옛날부터 저런 느낌이었어요?"

"각자 다른 목적을 가진 것처럼 보이지만, 집단으로서는 하나의 의 지를 가지고 있는 정체 모를 조직이지."

"그럼 크롬 씨와 방금 만난 시라의 목적이 다를 가능성이 있 다……. 하지만 전체적인 뜻은 같다는 말인가요?"

"그렇게 생각해도 상관없겠지."

"전체의 뜻을 알아내지 못하면 손 쓸 방법이 없을 것 같은데요."

"걱정 말거라, 그건 예나 지금이나 그대로일 테니. '바스커빌가를 위해' '친화수를 위해.' 이게 놈들의 헛소리다. 늘 그랬듯이."

"그렇다면 포말하우트가의 가훈이랑 다를 바가 없잖아요?"

"이 천치 같은 녀석. 입으로는 그럴듯한 말을 하면서 그와 반대되는 짓을 벌이는 게 아뉴레어야. 성심성의껏 노력하고 있는 우리와는 본질이 다른 존재다."

왈츠와 그런 이야기를 나누며, 나는 왕궁으로 돌아왔다. 그리고 곧장 아버지의 집무실로 향했다.

"어쩐 일이냐, 와이스. 별일이로구나."

서류 작업을 하던 아버지가 깃털 펜을 움직이며 그렇게 말했다.

"실은⋯⋯."

나는 방금 있었던 일을 순서대로 아버지에게 얘기했다.

"우선 말해두겠다만, 다음부터 그런 위험한 일을 할 때는 혼자 가지 마라."

"내가 가라고 했네."

왈츠는 응접용 소파에 뛰어올라 꼬리를 흔들었다.

"모자란 자식 놈에게 위험한 일을 권하지 마십시오."

"그런 유약한 생각으로 재상 일을 할 수 있겠는가?"

"당신과는 상관없습니다. 그래서?"

아버지가 다음 말을 재촉했다.

"'힘'이라고 불리는 여자아이가 자기를 시라라고 했어."

"그리고 '황제'가 있다고 말했지? 수많은 적을 상대하려니 등골이 빠질 것 같군. 각개 격파할 수 있으면 좋을 텐데."

"아뉴레어는 옛날부터 그리 단결력이 좋지는 않았으니 괜찮아."

"옛날에는 무슨 일이 있었는지 모르겠지만, 지금도 그렇다고 단정할 수는 없지요."

"음, 자네 말에도 일리가 있군."

"와이스, 네 생각은 어떠냐?"

"무사히 돌아와서 다행이죠."

"그런 감상을 묻는 게 아니고."

아버지가 한숨을 쉬며 깃털 펜을 내려놓았다. 그리고 자리에서 일어나더니 내 맞은편에 섰다.

"기사단에는 내가 연락해놓으마. 어쨌든 무사해서 다행이다. 그런데 슬슬 아멜리아 님을 마중 나갈 시간이 아니냐?"

"아, 맞다."

그 사실을 떠올린 나는 서둘러 재상 집무실을 나섰다.

"……그렇다면 적의 아지트를 발견한 거야?"

나는 학원으로 향하는 마차 안에서 아즈에게 오늘 일어난 일을 얘기했다.

"그렇게 되나?"

"역시 대단한데, 와이스."

"고마워. 아즈한테 그런 말 들으니 기분 좋은걸."

"멍."

"왈츠도 고마워."

내가 그렇게 말하며 쓰나듭자 소상님이 기분 좋은 표정을 짓는다.

"하지만 네 얘기만 갖고는 결국 목적이 뭔지 잘 모르겠어. 바스커빌 왕가를 위해서라고는 하지만 전혀 위하지 않는 조직이잖아. 시라라고 했던가? 얘기만 들으면 그 아이는 '힘'이라는 대 아르카나의 이름을 받았음에도 쾌락 범죄자처럼 행동하는걸."

"갑자기 마주쳤을 때는 놀라서 굳어버렸어."

"그야 나 같아도 놀라지."

그런 이야기를 하며 우리는 학원에 도착했다.

집으로 돌아온 나는 왠지 피곤하다고 생각하며 목욕을 마쳤다. 라벤더향이 나는 비누 냄새에 그제야 온몸의 긴장이 풀리는 것 같았다.

이 비누는 어머니가 좋아해서 갖춘 물건이다. 나는 감귤계 향을 더 좋아하지만 원래 있던 물건을 사용하는 데에 거부감은 없었다. 머리를 말리고 방으로 돌아가, 수건을 목에 두르고 거울 앞에 앉았다. 그러고 머리를 빗고 있으려니 왈츠가 짖었다.

"이 냄새……. 메리웨더가 즐겨 사용하던 물건인데."

"그래요?"

"그래서 이 몸은 라벤더를 정말 싫어한다."

"왜요?"

"이런저런 일들을 떠올리게 되니까."

"하기야 냄새랄까, 분위기나 비슷한 낌새가 느껴질 때 이런저런 일들이 뇌리에 스치긴 하죠."

그런 이야기를 나누다가, 문득 비닐에 넣은 채로 둔 일기장 겸 수첩의 존재가 떠올랐다. 수건과 빗을 책상에 올려두고, 나는 가죽으로 된 수첩을 꺼냈다.

"그런 기억을 눈으로 보고 떠올릴 수 있도록 오늘부터 나도 성실하게 일기를 써볼까."

"일기? 그런 것을 쓸 여유가 있으면 마술서를 집필하는 편이 더 의미가 있지."

"나는 그런 지식이 없어요."

"체셔 고양이의 생태 연구는 내가 알던 당시보다 진척이 됐느냐?"

"체셔는 내게 연구 대상이 아닌데요."

"그럼 무엇이냐?"

"친구 같은 존재랄까."

내 입에서 자연스럽게 그런 말이 흘러나왔다. 그리고 문득 자각했다.

ー나도 친구가 있었구나. 스스로 놀라면서도 왠지 기뻤다.

"와이스, 불렀어?"

그러자 책상 앞에 앉아 있던 내 무릎 위에 체셔 고양이가 나타났다.

"부르지는 않았지만 보고 싶었어."

"나도야."

미니멈 맥스 형태로 나타난 체셔는 바닥으로 뛰어내렸다.

291

"개다, 개가 있어, 와이스."

"왈츠야, 체셔."

"이건 정말 놀랍구면."

체셔의 발치로 다가가면서 조상님이 말했다.

"왈츠, 왈츠 알아. 메리웨더랑 결혼한 사람이야."

"응? 체셔, 알고 있었어?"

놀란 내가 돌아보자 왈츠도 몇 번 고개를 끄덕이듯 턱을 흔들었다.

"체셔는 여전하군. 예전에는 내 반려자의 친화수였지."

"그랬어요?"

"응. 와이스 이전의 이전의 이전쯤, 나는 메리웨더와 함께였어."

왠지 나만의 친구를 빼앗긴 듯한 기분이 들어서 조금 쓸쓸해졌다.

"그래도 지금은 와이스랑 함께 있어."

"당시에는 다른 친화수, 험프티 덤프티도 함께였다."

"메리웨더 씨도 친화수를 복수 제어할 줄 알았어요?"

"예전에는 그리 어려운 일도 아니었지."

역사서에도 나오지 않는 수많은 일을 알고 있는 왈츠. 조상님과 대화를 나누고 있으면 놀라운 일투성이다.

동시에 아무리 유아 형태라지만 체셔 고양이도 역시 친화수, 불사의 존재라는 사실을 깨닫게 된다. 한정된 시간을 살아가는 내가 체셔를 친구라고 생각하는 건 역시 우스운 일일지도 모르겠다.

"그렇지 않아, 와이스. 나도 와이스를 친구라고 생각해."

그러자 내 마음을 읽었는지 체셔가 다가왔다. 나는 체셔의 몸을 안아 올리며 무심코 미소를 지었다.

"고마워, 체셔."

"*아니야, 와이스는 지금 뭘 하고 있었어?*"

"아, 일기를 좀 써볼까 생각하고 있었어."

"*일기? 일기라니 재미있네. 나에 대해서도 써줄 거야?*"

고개를 끄덕이고 난 뒤, 나는 일기를 쓰려고 했던 사실을 새삼 떠올렸다. 방금 전의 일을 잊을 정도라면 역시 쓰는 게 좋겠지. 으음. 오늘은 이런저런 일이 있었다. 비밀통로를 발견하고 '힘'과 조우했다. 체셔 고양이는 친구고⋯⋯.

⋯⋯이런 식으로 많은 생각을 했지만, 어떻게 표현해야 할지 잘 모르겠다. 그래서 나는 간결하게 일기를 쓰기로 했다.

'오늘 하루도 힘들었다.'

끝! ⋯⋯이래도 괜찮은 걸까, 나는. 내가 생각에 잠겨 있자 체셔 고양이와 왈츠가 내 일기를 들여다봤다.

"*내 이름은 안 나오는 거야?*"

"너무 짧은 것 아니냐, 자손이여."

양쪽에서 그렇게 말하는 바람에 나는 난처해졌다.

"그렇지만 갑자기 일기를 쓰라니, 나한테는 허들이 너무 높아."

"하다못해 일어난 일을 항목으로 정리해서 차례대로 나열해보는 것은 어떠냐."

내가 고개를 끄덕이고 깃딜 펜을 손에 쥐자 체셔가 서랍 안에 있던 색연필을 꺼냈다.

"좀 더 컬러풀하게 그림을 그리면 화려해질 거야."

체셔 고양이는 그렇게 말하더니 그림을 그리기 시작했다. ……이 나이에 그림일기를 쓰는 건 좀 아니다 싶으면서도 나는 체셔를 그냥 지켜봤다.

"진짜 잘 그리잖아?"

그 결과, 체셔는 일기장에 사진 같은 그림을 그려냈다. 내 눈은 휘둥그레졌다.

"내 특기가 그림 그리기야."

"아니, 이건 그냥 그림이 아니야. 차원이 다른데? 화가로 활동해도 되겠어."

"옛날에는 메리웨더의 초상화를 자주 그리곤 했지."

"맞아, 나 그림에는 자신이 있어."

체셔 고양이의 그런 특기를 전혀 몰랐던 나는 무심코 박수를 쳤다. 그때 누가 내 방문을 두드렸다. 내가 대답하기도 전에 문이 열린다. 들어온 사람은 형이었다.

"뭐야, 무슨 일 있어?"

"무슨 일이냐니. 오늘 아뉴레어의 아지트를 찾았다며. 자세하게 얘기해봐."

침대에 앉은 형의 말에 나는 고개를 끄덕인 뒤 일기장을 덮고 이야기를 시작했다. 옆에서는 왈츠와 체셔 고양이가 털실 뭉치를 가지고 놀고 있었다.

"……그렇게 비밀통로를 빠져나온 다음 거기서 '힘'을 만났어."

"스노우 드롭은 거기 있었어?"

"모르겠어. 못 봤어."

"독을 먹었는데 용케 무사히 돌아왔네."

"나도 내 체질에 감사하고 있어. 전혀 눈치 못 챘다니까. 도리어 생각해보니 독이 들어 있다는 말도 거짓이 아니었나 싶어."

"아무리 그래도 그건 아니겠지. 널 노리고 있는데."

"정말로 그럴까? 그렇다면 '힘'은 왜 나를 순순히 돌려보낸 거지?"

"'힘'의 목적은 그게 아니었다는 뜻 아닐까?"

형은 내가 고개를 끄덕이는 모습을 보고, 생각에 잠긴 눈동자로 심란한 표정을 지었다.

"……다른 얘기지만 저번에는 미안했어. 내가 못 볼 꼴을 보였다. 실컷 비웃어줘."

"비웃다니, 천만의 말씀을."

"오히려 비웃어주는 게 마음이 편해. 나는 내가 창피하다."

"창피할 거 없어. 누구든 자포자기하는 순간이 있을 거야. 분명."

나는 필사적으로 말했다. 아마도 형은 일전에 크로포드가에서 있었던 일을 말하는 것이리라. 세레나 님과의 관계나 맞선 이야기를.

"그런가? 너한테 그런 말을 들으니 마음이 가벼워지네."

크로이스는 쑥스러운 듯 그렇게 말하더니 침대에서 일어났다.

"너도 무슨 일 있으면 나한테 말해. 형으로서 들어줄 테니까."

미소를 짓는 형을 보며 고개를 끄덕였다. 그날 밤은 피곤했기 때문에 평소보다 푹 잘 수 있었다.

다음 날. 배웅을 마친 나는 그 자리에 멈춰 섰다.

"오늘도 견학은 쉬는 거야?"

그때 아즈가 그렇게 묻기에 고개를 끄덕였다. 이번에 일어난 일련의 소동으로 나는 한 가지 알게 된 사실이 있다. 나의 지식이 압도적으로 부족하다는 점이다. 그러니 도서관이라도 가봐야겠다고 다짐했다.

"좀 조사해볼 게 있어서 도서관에 가려고."

"조사?"

"딱히 명확한 건 아니지만, 뭔가 알 수 있을지도 몰라서."

"나도 같이 가도 돼?"

나는 고개를 끄덕인 뒤 아즈와 함께 회랑을 걸었다. 스쳐지나가는 봄바람이 상쾌하다.

"그런데 와이스는 도서관을 좋아하지? 학생 때도 틈만 나면 도서관에 틀어박혀 있었던 것 같은데."

그러고 보니 그런 시절도 있었다는 것을 떠올렸다.

소심한 나는 강의 중에 질문을 받았을 때 대답하지 못하면 너무 부끄러워서 참을 수가 없었다. 그래서 예습이나 복습을 하지 않고는 못

배겼다. 그 밖에도 지각하면 교실에 들어갈 용기가 없다는 걸 알았기 때문에 학원 시절에는 지각이나 결석 한 번 하지 않았다. 옛날부터 나는 그렇게 소심했다.

"내가 참고서를 빌리러 가면 도서관 카드에 대체로 네 이름이 제일 위에 있기도 했고."

"어? 그랬어?"

"에투아르 양도 같은 얘기를 했었지."

그런 이야기를 나누는 동안 우리는 도서관에 도착했다. 낡고 질이 좋은 종이 냄새가 바깥까지 풍기는 듯했다. 반려동물은 출입금지였기 때문에, 왈츠는 입구에서 기다리기로 했다.

왈츠의 머리를 살며시 쓰다듬고 나서 나와 아즈는 도서관 안으로 발을 들였다.

"이렇게 둘러만 봐도 장서 수가 엄청난데."

아즈의 말에 나는 조용히 고개를 끄덕였다.

"그러니까 혼자서 찾으려면 고생이야."

"사서가 있는 거 아니야?"

"그건 그런데 왠지 나는 직접 고르는 게 좋아서."

내가 그렇게 대답하자, 아즈가 미소를 지었다.

그 뒤 우리는 각자 도서관을 돌아다니기 시작했다. 나는 평소라면 망설임 없이 마술서 책장 쪽으로 향하지만, 오늘은 그 앞을 지나쳐서 역사서 쪽으로 다가갔다. 역사서가 반드시 진실을 말한다고 생각하지는 않지만, 뭔가 참고가 되는 내용이 있을지도 모른다. 그렇게 생각하며 책 한 권을 꺼냈다.

『바스커빌 왕가와 마술』 왈츠 폰 포말하우트 저.

대충 골랐는데 느닷없이 조상님의 책이 걸렸다. 왠지 놀라웠다. 이런 우연이 있구나. 그런 생각을 하며 빈자리를 찾았다. 어쩌면 익숙한 이름이라서 무의식적으로 눈에 들어왔는지도 모른다. 그 잿빛 책에는 은색 실로 제목이 수놓여 있었다.

'신비야말로 정신의 심연이다. 그것이 마술의 초석.'

이런 문장으로 시작하는 책이었다. 예전에 집에서 이런 책을 읽었던 기억이 있다. 하지만 글자 하나, 구절 하나를 모두 기억하는 건 아니었기 때문에 좀 더 페이지를 넘겨봤다.

고(故) 메리웨더 바스커빌 포말하우트에게 바친다.

그런 문장이 눈에 들어와서 왠지 슬퍼졌다. 조상님은 자신의 아내를 무척 사랑했던 모양이다. 그런 생각을 하며 나는 계속해서 페이지를 넘겼다.

그러자 그곳에는 타로카드의 도판이 실려 있었다. 무심코 손이 멈췄다. 이 책이 집필된 시대에는 아직 계통화가 이루어지지 않았을 텐데. 지금의 카드와는 8과 11의 순서가 다르고 그림도 약간 다르지만, 틀림없이 그곳에는 대 아르카나가 기재되어 있었다.

"뭘 읽고 있어?"

"아, 아니 왈츠의 책을 좀."

"왈츠라면 그 개……, 아니지 네 조상님?"

아즈는 내가 읽고 있던 책을 들여다보더니 보란 듯이 눈썹을 찡그렸다.

"이때부터 항간에서는 카드가 유행했던 건가? 하지만 그런 여유가 있었을 거라고는 도저히 생각하기 힘든데. 무엇보다 마족과 전쟁을 벌이던 시대잖아? 지금에 와서는 신화 취급을 받지만. 실제로 너도 전에 마족과 마주친 적이 있고."

"하지만 이 책에 실려 있다는 건 적어도 그때부터 양식은 존재했다는 뜻 아닐까."

"혹은 네 조상님이 대 아르카나를 만들었거나. 아니면 그야말로 고대 마술이 주류로 불리던 시대부터 이 카드가 존재했거나."

"왈츠가 만들었다고? 그렇지는 않을 것 같은데……. 고대 마술의 시대부터 존재했다는 건 가능성이 있네."

자세한 건 지금 개가 된 조상님에게 물어보자. 나는 혼자 속으로 그렇게 결심했다.

그 뒤 나와 아즈는 도서관을 나왔다. 왕립도서관은 기본적으로 서적을 대여할 수 없기 때문에 나는 집으로 돌아가서 다시 읽어보기로 했다. 분명 집에 그 책이 있을 것이다.

그러고 나서 아즈와 함께 왕립학원으로 마중을 나갔다. 마차가 달리기 시작하자, 아멜리아 님이 깊은 한숨을 쉬었다. 무슨 일이지? 내가 쳐다보자 그녀는 빨개진 얼굴로 울상을 지으며 내 어깨를 잡았다.

"와이스 님, 저, 저······. 아까 수업 중에 소식을 들었는데 옆 나라 왕자님이랑 맞선을 보게 됐다고······."

"세레나 언니도 아직 약혼조차 하지 않았는데, 일방적으로 이러는 건 좀 너무하다고 생각하지 않으세요?"

분개한 유페 님이 부루퉁해졌다. 지난번 파폴에덴의 점주는 누구나 왕자님과의 연애를 꿈꾼다고 했다. 그렇다면 축하할 일 아닌가······?

하지만 아멜리아 님은 울음을 터뜨릴 것 같았다. 나는 무슨 말을 해야 좋을지 알 수 없었다. 맞선 상대를 생각하면 역시 축복해야 할 일이겠지만, 아멜리아 님과 유페 님을 보면 몹시 싫어하는 눈치다.

뭐······ 그야 그럴지도 모르지. 나라도 이 나이에 갑자기 결혼하라고 하면 난처할 것이다. 정말로 난처하다. 아멜리아 님도 싫다기보다는 난처한 것일지도 모른다.

"결혼이란 서로 동의해야 하는 거라고, 나는 생각해요."

유페 님이 그렇게 말하며 아즈의 팔에 손을 감았다.

"아즈도 그렇게 생각하죠?"

"그야 이상적으로는 그렇지만, 저 같은 남작가의 차남이어서야."

두 사람이 대화를 나누는 모습을 바라보며 나는 팔짱을 꼈다.

"와이스 님······."

눈물이 터질 듯한 얼굴로 아멜리아 님이 나를 올려다본다. 어떡하지? 뭐라고 말한담. 나는 머릿속을 풀가동 해봤지만 문답집에는 대답이 실려 있지 않았다.

그래서 최근 며칠 동안 우리 집에서 나눈 대화를 애써 떠올렸다.

"아멜리아 님, 맞선을 본다고 해서 꼭 결혼해야 하는 건 아닙니다. 이번에는 인맥을 넓히는 사교의 장이라고 생각하고 한번 만나보시는 게 어떨까요? 무엇이든 다 경험이 되는 법입니다."

좋아, 분명 모범답안일 것이다. 양친의 말을 두 가지 모두 덧붙였으니. 그런 생각을 하자, 홀로 잘 해냈다는 만족감에 젖어 얼굴에 미소가 번졌다.

"와이스, 생각보다 냉정하네. 네 입에서 그런 대답이 나올 줄은 생각도 못 했어."

그러자 아즈가 약간 뺨을 붉히며 그렇게 말했다. 이건 웃음을 참는 듯한 얼굴이다.

"그만큼 여유가 있다는 뜻이야?"

나는 늘 여유가 없다. 하지만 지금은 왠지 혼자서 만족하고 있다.

"와이스는 그래도 괜찮나요? 언니가 결혼해버릴지도 모르는데?"

하지만 내 대답은 어딘가 잘못된 모양이었다. 유페 님이 새빨개진 얼굴로 나를 노려봤다. 분명 아멜리아 님이 결혼해버리면 나는 무직으로 돌아가긴 하는데…… 그건 그것대로 명예 무직이 되니 상관없을 것이다.

"잠깐만, 유페……. 와이스 님의 말이 맞다고 생각해요……."

하지만 다시 울음을 터뜨릴 것 같은 아멜리아 님의 모습에 마음이 몹시 아팠다. 내가 뭘 잘못한 걸까. 잘 모르겠지만, 몹쓸 소리를 했는지도 모른다.

"아멜리아 님. 이 보잘 것 없는 근위기사가 늘 곁을 지키고 있겠나이다."

그래서 최대한 머리를 쥐어짜 이렇게 말해봤다. 내가 곁에 있으니 괜찮다고. 그렇다는 근거는 어디에도 없었지만, 그냥 왠지 곁에 있어주고 싶다는 생각이 들었다.

"고, 고마워요."

내 말에 아멜리아 님이 마음을 다잡은 듯이 미소 지었다. 허망한 눈빛이었다. 그 모습이 어딘가 애처롭게 느껴졌지만, 나는 저도 모르게 고개를 돌렸다.

이 대륙에는 47개국이 있다. 그중에서 바스커빌 왕국은 국토가 작고, 주위는 마족이 산다는 산으로 대부분 둘러싸여 있다. 그럼에도 강국이라 불린다. 그것은 바로 친화수를 가진 자가 많이 태어나기 때문이다.

대조적으로 버미사 왕국은 광대한 토지를 가진 대국이다. 그곳의 계곡은 명소이며 여행을 한다면 다들 한 번쯤은 방문하고 싶어 하는 곳이다. 아멜리아 님의 맞선 상대인 왕자님은 이번에 그 나라에서 내방했다.

"와, 와이스 님⋯⋯."

긴장한 듯이 아멜리아 님이 내 손에 자신의 손바닥을 포갰다. 나는

그 손을 마주 쥐었다. 차가워진 그녀의 손을 데울 수 있도록 양손으로
감쌌다.

"괜찮습니다, 아멜리아 님."

"아, 네, 네. 와이스 님."

맞선은 궁정과 떨어진 곳에서 보기로 했다. 지금은 그곳까지 이동하
기 위해 마차 안에 있다.

"맞아요, 그렇게 긴장하지 않아도 괜찮아요!"

아멜리아 님의 들러리는 이즈였다. 아멜리아 님을 달래며 우리는 맞
선 장소로 이동했다. 그곳에 도착하니 과연 왕가의 맞선 자리답게 크
로이스의 맞선 자리보다 훨씬 호화로웠다.

"흠, 네가 내 맞선 상대인가?"

방에 들어가자마자 안에 있던 소년이 그렇게 말했다. 천사 같은 금
빛 곱슬머리를 가진 소년이었다.

"얼마나 예쁜 공주가 오려나 기대하고 있었는데, 실망이군."

소년. 버미사 왕국의 제2왕자 전하는 이즈를 똑바로 바라보며 그렇
게 말했다.

"아니, 저기, 제가 아니라……."

"응?"

이즈 옆에 빨개진 아멜리아 님이 고개를 숙이고 있다. 치맛자락을
꼭 쥔 모습에 나도 모르게 머리를 쓰다듬고 말았다.

"시, 실례했군."

"정말이지. 저와 아멜리아 님을 착각하시다니, 너무나 민망하군요."

"말조심하라. 나는 버미사 왕국의 제2왕자 미루아르다."

기선 제압을 당했다고 생각했는지 당황한 모습의 미루아르 전하를, 나는 바라보았다.

인형처럼 단정한 이목구비에 붉은 눈동자가 시선을 끄는 왕자님이었다. 나이는 아멜리아 님이나 이즈 정도이며 키도 두 사람과 비슷했다. 그 뒤 아멜리아 님이 미루아르 전하의 맞은편에 앉았다.

아멜리아 님 옆에는 이즈가 앉아 있다. 나는 두 사람 뒤에 지팡이를 들고 서 있었다. 미루아르 전하의 양옆으로는 버미사 왕국의 중진으로 보이는 장년의 남성 둘이 앉았다.

"그럼 시작할까요."

중매인은 버미사 왕국에서 시집 온 필랑트 후작 부인과, 그 오빠라는 버미사 왕국 재상 브루이야르 각하였다.

"취, 취미는?"

잠시의 침묵을 깨고 미루아르 전하가 조심스레 말을 걸었다.

역시 이건 나라를 불문하고 맞선의 정석 같은 질문이구나. 대륙은 언어가 통일돼 있어 의사소통에는 문제가 없지만, 분위기를 파악하는 건 어느 나라에서든 큰 명제인 듯하다.

"자, 자수예요."

"그것 참 멋진 취미로군……. 그리고 넌?"

미루아르 전하는 할 말을 떠올리다가 이즈에게 그렇게 물었다. 이즈가 고개를 갸웃거렸다.

"너 말이야, 너."

뒤이은 전하의 말에 이즈가 자신을 손가락으로 가리켰다.

"저요?"

"그래 나는 들러리에게도 말을 거는 스스럼없는 성격이거든."

"네에. 저는 이즐트 크로포드라고 합니다. 취미는 굳이 말하자면, 가드닝이지요."

"뭘 키우고 있지?"

"지금은 민트를 키우고 있습니다."

"이 나라의 기후는 온난한가?"

"사계절이라 계절마다 다르답니다. 그렇죠? 아멜리아 님."

이즈가 그렇게 묻자, 아멜리아 님이 필사적으로 고개를 끄덕였다.

"부럽군. 우리나라는 광대한 토지를 가지고 있지만 겨울이 길어서 비할 바가 못 돼."

"겨, 겨울 풍경도 멋지다고 생각해요."

아멜리아 님이 애써 말을 받았다. 속으로 응원하면서 나는 그 모습을 지켜보고 있었다. 다만 이 상황에서 이즈가 없었다면 꽤 버거웠으리라는 생각이 들었다.

최악의 경우 국가 간의 대립을 낳았을지도 모른다. 그렇게 느낄 정도로 아멜리아 님과 미루아르 전하의 대화는 지지부진했다. 원래 방구석 폐인이었던 내가 이런 말을 하는 게 우습지만.

"그런 말이 기분 나쁘지는 않군."

"다, 다행이에요."

가슴을 쓸어내리며 아멜리아 님이 미소 지었다.

"하지만 1년 중 절반을 만년설 안에서 지내는 건 예삿일이 아니야."

"저는 추위에 강하고, 아멜리아 님도 이겨내실 수 있어요."

이즈의 말에 아로나 고원에서 있었던 일이 떠올랐다. 분명 이즈라면 가능할 것 같다.

"추위에 강하다고? 이 온난한 기후에서 자란 너희가?"

"아멜리아 님은 그렇다 치더라도, 저는 서민보다 조금 나은 정도의 남작가 출신이에요."

"마음에 들었다."

"다행이네요, 아멜리아 님."

"아니. 네가 마음에 든다는 말이다. 들러리."

"네? 제게는 이즐트라는 어엿한 이름이 있습니다. 게다가 무슨 말씀인지 모르겠군요."

"나는 서민이 건강한 나라는 좋은 나라라고 생각한다. 내 말 알겠나, 재상."

미루아르 전하는 그렇게 말하더니 브루이야르 각하 쪽으로 시선을 돌렸다.

"알겠습니다."

나의 아버지와 달리 꽤 태도가 온화한 재상 각하다.

"이걸로 맞선은 끝났군요. 나머지는 젊은 두 분끼리."

필랑트 후작 부인이 손뼉을 쳤다.

"가자, 이즐트."

"응? 어디로 가시나요? 저는 아멜리아 님의 들러리라서 아무데도 갈 수 없어요."

지켜보던 나는 무슨 일이 일어나고 있는지 알 수가 없었다. 이즈 쪽으로 다가간 미루아르 전하는 그녀를 억지로 일으켜 세웠다.

"사계절이 뚜렷한 덕분에 바스커빌 왕가의 정원은 꽤 볼 만하다는 이야기를 들었거든. 안내하거라."

"네? 왜 제가? 그건 아멜리아 님이……."

"아멜리아 왕녀. 즐거운 시간이었소. 들러리를 잠시 빌려도 될는지? 국책에 대한 이야기를 나눌 겸 당신을 다시 만나러 올 거요. 이즐트는 내가 데려가지."

"자, 잠깐만 기다려주세요. 멋대로 정하지 마시지요."

"잠깐 정도는 시간을 내주어도 괜찮겠지? 들러리."

"그러니까 제 이름은 이즐트라고……."

"이즈. 그렇게 불러도 상관없나?"

곤혹스러워하는 이즈의 손을 잡고 미루아르 전하는 그대로 밖으로 나갔다. 남겨진 나는 어찌해야 좋을지 몰라 시선이 흔들렸다.

"미루아르 전하의 변덕은 어제오늘 일이 아니니 너무 낙담하지 마십시오."

"미루아르 선하는 처음부터 결혼할 생각 따윈 없었군요."

그때 필랑트 후작 부인과 브루이야르 각하가 아멜리아 님 곁으로 다가와 말을 걸었다.

"다행이에요. 무사히 끝나서."

그러자 아멜리아 님이 만면에 미소를 지었다. 이리하여 아멜리아 님의 맞선은 무사히(?) 끝났던 것이다.

미루아르 전하를 국경까지 배웅하기 위해 나는 마차에 올라탔다. 아멜리아 님과 이즈는 왕궁에서 쉬고 있다. 나는 자연스레 호위를 부탁받았다.

"이 나라는 풍요롭군."

마차에 타고 얼마 후, 왕자 전하가 창밖을 보며 그렇게 말했다.

"거리에는 가게들이 늘어서 있고, 지나다니는 사람들도 행복한 얼굴을 하고 있어."

나는 이 나라밖에 알지 못해서 어떻게 대답해야 좋을지 고민했다.

"무엇보다 이즈가 활기차서 재미있었지."

"이즈가 들으면 황송하다고 했을 겁니다."

"글쎄. 그 철벽같은 억지웃음을 언젠가 무너뜨려보고 싶군."

역시 전하에게도 그렇게 보였구나. 그런 생각을 하며 나는 팔짱을 꼈다.

"대조적으로 아멜리아 왕녀는 무척 다소곳했지."

"이즈도 활기찬 척했지만 평소에는 좀 더 차분합니다."

"너는 평소의 두 사람을 알고 있나?"

"근위기사라서 나름대로는요."

내가 필사적으로 말을 고르며 대답하자 미루아르 전하는 팔짱을 꼈다.

"이름이 뭔가?"

"소개가 늦었습니다. 저는 와이스 폰 포말하우트라고 합니다."

"와이스 폰 포말하우트라? 그럼 네가 바스커빌가의 개인가? 바스커빌 왕국의 포말하우트 후작가는 이름난 집안이잖나."

창밖을 바라보던 전하와 유리창 저편에서 시선이 마주쳤다. 그의 희귀한 붉은 눈동자를 보며 나는 무심결에 눈을 깜빡였다. 보고 있으면 빨려 들어갈 것 같은 색채다.

"'탑'에도 몇몇 마술사가 이름을 올리고 있다고 들었는데."

분명 우리 집안에서 '탑'이라 불리는 천공의 성으로 몇몇 조상님이 공부를 하러 갔다는 건 사실인 듯했다. 하지만 나로서는 전혀 실감이 나지 않아 어색하게 웃을 수밖에 없었다.

"그저 역사가 길 따름입니다."

"역사만으로 친화수를 제어할 수는 없지. 안 그런가?"

"과찬의 말씀이십니다."

"겸손할 것 없어. 나는 겸손한 인간이 싫다."

겸손이고 뭐고…… 정말로 황송해서 뭐라고 대답해야 할지 알 수 없었다.

"내 주변에는 알랑거리는 인간들이 많으니까."

그런 얘기였군. 나는 몇 번이나 고개를 끄덕였다. 그건 전하이기에 얻는 이득이라고 생각했다. 나처럼 사람들이 무서워하는 것보다는 훨씬 낫다고 느꼈기 때문이다.

"평소에는 너도 알랑거리고 있을 테지. 하! 분명 소중한 공주님에게 몹쓸 벌레가 붙을 것 같다는 생각에 속으로 부글부글 끓고 있겠군."

딱히 그런 생각은 한 적이 없어서 나는 고개를 갸웃거렸다. 비웃는 듯한 전하의 표정과 어딘가 긴장된 목소리. 그 두 가지가 서로 조화를 이루지 못하는 것 같다.

"아니면 서민 출신 공주에게는 딱 알맞은— 저주받은 왕자가 왔다고 생각하나?"

분명 서민 출신의 왕비는 흔하지 않아서 국왕 폐하와 왕비님이 결혼할 즈음에는 한바탕 말썽이 있었다는 얘기도 들었다. 하지만 아멜리아 님도 왕비님도 지금은 국민에게 큰 인기를 얻고 있다.

그것보다 나는 다른 한마디가 신경이 쓰였다.

"저주받은 왕자?"

"보통은 붉은 눈동자를 가지고 태어나지 않으니까. 너도 기분 나쁘다고 생각하고 있지?"

"그렇습니까?"

그 사실을 몰랐던 나는 왕자님의 얼굴을 물끄러미 쳐다봤다.

"보, 보지 마라! 불손한 놈 같으니!"

"아, 죄송합니다."

"……붉은색은 마족의 색이라 불리지. 이즐트에게도 공포감을 안겨줬을지도 모르겠군."

"괜찮으리라고 생각합니다."

"무슨 근거로 그런 말을?"

"미루아르 전하께서는 적어도 저보다 무섭지는 않다고 생각합니다. 무척 미남이시고요."

"뭐야 그건? 누굴 놀리는 건가? 거울을 보고 말해라. 실제로 아멜리아 왕녀 전하는 너만 쳐다보지 않았느냐?"

"그것은 제가 근위기사이기 때문입니다."

"그럼 무섭다는 것은 네 속내에 대한 이야기이고, 본인이 음험하다며 자기소개를 하는 중인가? 나는 아예 시커멓다!"

"실례이지만 전하께서는 음험하다기보다 화를 잘 내시는 것이 아닙니까?"

"정말로 무례한 놈이구나, 포말하우트. 이 무례를 절대 잊지 않을 것이다."

"저도 전하를 잊지 못할 것입니다. 언제든 이 바스커빌 왕국에 머물러주십시오."

"아니, 그런 뜻으로 말한 게 아니라……. 왠지 너와 이야기하고 있으면 정신이 없구나."

이래 봬도 ¹ 나는 국빈을 내섭하기 위해 최선을 다해 대화 중이다. 그래서 무척 유감이었다. 하지만 이 사람은…… 잊고 싶어도 잊지 못할 왕자님이다.

어쨌든 나는 미루아르 전하를 배웅한 뒤 왕궁으로 돌아왔다. 그때 아멜리아 님의 방으로 호출을 받았다.

"아까는 정말 너무했어요. 갑자기 그러다니."

안에서는 이즈가 쿠션을 안고서 토라져 있었다.

"미, 미안해요. 이즈……. 나, 너무 긴장해버려서."

이즈의 정면에는 면목이 없는 듯 아멜리아 님이 고개를 푹 숙이고 있다.

"자, 자. 와이스 님도 앉아요, 앉아."

시노 씨는 그렇게 말하며 의자를 빼주었다. 그래서 나도 다과회 자리에 참석하기로 했다.

"들러리는 맞선 보는 사람보다 눈에 띄면 안 된다고요! 오늘 일이 알려지면 저는 혼이 날 거예요. 와이스 님도 너무하세요. 도와주셨어도 되잖아요. 게다가 그 왕자님도 왕자님이에요! 뭐예요, 갑자기."

불만이 가라앉지 않는지 이즈가 중얼중얼 푸념을 늘어놓는다. 늘 밝았던 그녀로서는 흔치 않은 일이었다. 하지만 조금 전과 같은 일을 당하면 누구나 푸념 한두 마디 정도는 늘어놓고 싶을 테지.

"이즈를 무섭게 한 건 아닌지 전하가 걱정하시던데."

"어떤 의미에서는 무서웠죠."

내 말에 이즈가 고개를 깊이 끄덕였다.

평소보다 이른 시간에 집에 돌아온 나는 마저 읽으려던 조상님의 책을 펼쳤다. 『바스커빌 왕가와 마술』이라는 제목인데, 얼마 전 왕립 도서관에서 발견한 책이다.

의자에 깊숙이 몸을 기대고 서고에서 찾아온 낡은 책의 표지를 넘겼다. 살펴보려고 했던 항목을 발견해 그 장의 앞머리에 가름끈을 끼워 넣었다.

참고로 나는 장문을 읽고 있으면 마치 영상이 머릿속에서 재생되는 듯한 감각을 느끼기 때문에 문자를 읽고 있다는 느낌이 들지 않는다. 나의 아버지는 속독을 익힌 데다가, 양쪽 눈으로 다른 서류를 독해할 수 있는데 그것과는 조금 다르다. 정말로 영상처럼 머리에 떠올라서 정신을 차리고 보면 책이 끝나 있다. 형 말로는 양쪽 모두 속독이라고 하는데, 나로서는 그 차이를 잘 모르겠다.

이번에도 정신을 차리고 보니 읽으려 했던 부분을 다 읽은 상태였다. 이런 일이 자주 있어서, 읽기 시작한 부분에 끈을 끼워놓지 않으면 나중에 고생한다.

"이 몸의 저작을 읽고 있는 것이냐? 그건 그렇고 읽는 속도가 꽤 빠르구나."

침대 위에서 뒹굴며 왈츠가 말했다.

"음, 글쎄. 나는 빠른 건지 느린 건지 잘 모르겠어요."

"그래서 감상은?"

"감상이랄까, 질문이 있는데. 이때부터 타로카드가 있었나요?"

"타로카드는 '위대한 신비'로 가는 열쇠다."

"신비는 '정신의 심연이고 마술의 초석'이죠?"

"제대로 읽었구나."

"왜 타로카드가 신비로 가는 열쇠죠?"

"그건 미래를 예측하는 소도구 따위가 아니기 때문이다."

"하지만 지금도 궁정에서는 그런 명목으로 유행하고 있는데?"

"그렇지 않다. 점쟁이의 '패스워킹(작은 길)'을 돕는 고대의 뛰어난 지혜지."

"고대의 뛰어난 지혜라는 말은 고대 마술과 관련이 있다는 의미인가요?"

아즈의 말을 떠올리며 나는 계속해서 물었다. 그러자 왈츠가 크게 고개를 끄덕이듯 젖었다.

"그 책의 내용은 대강 기억하고 있느냐?"

"바스커빌 왕가가 고대 마술 중에서 '친화수'를 복구했다."

"옳지, 옳지. 그럼 그 친화수를 부리기 위해서는 뭐가 필요하다고 생각하느냐?"

"저, 정신력?"

"바로 그것이다. 따라서 정신력, 정신의 심연이야말로 신비이지."

"너무 추상적이라 뭐가 뭔지 모르겠네요."

나는 의자 등받이에 몸을 기대고 탄식했다. 왠지 무척 피곤해지고 말았다.

"와이스, 집에 왔어?"

그때 노크 소리가 들리고 바로 문이 열렸다. 방으로 들어온 형은 침대 위에 있는 왈츠에게 고개를 끄덕인 뒤 내 옆에 있는 의자를 끌어당겼다.

"그래서 어땠어?"

"음. 타로카드에 대해서 뭐가 뭔지 알 수가 없어졌어."

"타로카드? 무슨 소리야? 내가 궁금한 건 아멜리아 님의 맞선이 어떻게 되었는지야."

긴장이 단숨에 해소되자 나는 의자 위에서 맥이 풀렸다. 그런 나의 맞은편에서 형이 플레이버 티를 따른다.

오늘의 나는 애프리콧 티를 마시고 싶은 기분이었다. 형에게 요청하자 차를 내려주었다. 그걸 건네받은 다음 나는 자세를 고쳐 앉았다. 그리고 꿀을 넣으며 형을 봤다.

"별난 왕자님이었어."

"아, 저주받은 왕자 맞지?"

"형, 알고 있었어?"

"오히려 네가 모르는 게 놀랍다."

"유명해?"

"뭐. '붉은색'이 마족의 색이라는 전승을 가진 나라는 많으니까."

"잘생겼던데."

"너무 잘생겨서 오히려 인간이 아닌 듯 보이잖아. 너처럼."

"나? 어디가?"

"아, 됐어. 그래서? 혼약 얘기는 성사됐어?"

"안 된 것 같아."

"다행이네."

"다행인가. 나는 다시 무직으로 돌아가도 괜찮은데……."

형은 나의 대답을 듣고 깊이 한숨을 쉬었다. 그 의미를 알 수 없어서 나는 플레이버 티를 마시며 고개를 갸웃거렸다.

"도대체 너란 녀석은. 생각을 좀 해봐라. 종일 집에 있게 되니 심심할 거 아냐."

"아니거든. 매일 낮잠 자면서 지내고 싶어, 나는."

"어머니랑 단둘만 있을 텐데?"

"그건 분명 껄끄럽겠지만……. 명예기사가 되면 괜찮아."

"나는 싫어."

"그렇게 말하니 왠지……."

자격시험 시절에는 어머니와 단둘이 집에 있었는데 기묘한 껄끄러움이 분명 존재했다. 하지만 그건 아마 내가 니트였기 때문이다. 일자리가 정해지지 않았을 때의 긴장감은 장난이 아니었다. 사방팔방에서 중압감을 느꼈다. 안 좋은 기억을 떠올리고 말았군……. 머리를 흔들어 그것을 떨쳤다. 형이 머리 뒤로 팔을 감았다.

"그나저나 제1왕녀 전하를 제치고 제2왕녀 전하에게 혼담이라 니……."

"그러고 보니 형이야말로 세레나 님이랑 어떻게 된 거야?"

내 말에 형은 목이 멨는지 당황한 듯 다기를 내려놓더니 나를 노려 봤다.

"어떻게 안 됐어. 될 마음도 없고."

"그럼 왜 그렇게 동요한 거야?"

"동요 안 했거든. 게다가 딱히 안심한 것도 아니야. 오히려 걱정 같은 건 안 해."

"즉, 안심한 상태에서 걱정하고 있다는 뜻이야?"

"아니라고 했잖아."

"반응을 보니 정곡을 찔렀군."

잭 씨의 흉내를 내며 턱을 괴고 그렇게 말하자, 형의 얼굴이 새빨개 졌다.

"그러니까 그게 아니라고……."

형이 그렇게 말하고 있을 때, 내 방에 노크 소리가 메아리쳤다.

"들어간다, 와이스."

한 박자 쉬고 어머니가 방으로 들어왔다.

"크로이스, 찾았잖니."

"나를?"

"그래. 제2왕녀 전하에게 맞선 이야기가 나온 이상, 제1왕녀 전하에게 혼약자가 없다는 것은 도리가 아니다. 그래서 세레나 님의 혼인 이야기가 나오는 모양이더구나."

그 이야기를 듣고 형의 표정이 굳었다.

"상대는?"

형은 어머니에게 그렇게 물으며 입술을 깨물었다. 나는 안절부절못하며 그 모습을 지켜보는 수밖에 없었다.

"첫 번째 후보는 너야."

하지만 뒤이은 어머니의 말에 형의 눈이 휘둥그레졌다.

"포말하우트가로서는 거절해도 딱히 상관은 없다만."

"자, 자, 자, 잠깐만."

당황한 듯 자리에서 일어선 형이 황급히 손을 저었다.

"거절하다니, 말도 안 돼."

어머니는 부채로 얼굴을 가리고 형의 안절부절못하는 모습을 지켜보고 있었다.

"하지만 세레나 님의 마음이……."

"무슨 한심한 소리를. 네가 그러고도 포말하우트가의 장남이라고 할 수 있니. 좋아하는 여성 한 사람, 그러니까 한 사람, 한 사람 정도는 넘어오게 해야지. 맞선에 대한 자세한 내용은 다시 알려줄 테니, 이번에야말로 달아나면 가만두지 않을 게다."

내 방문이 탕, 하는 소리와 함께 닫혔다. 형이 망연자실한 듯 의자에 앉는다. 나는 그만 웃고 말았다.

"다행이네, 형."

"응? 뭐야? 왜? 꿈 아니지?"

형은 그렇게 말하며 내 뺨을 꼬집었다.

"그만해, 아파, 아파, 아프다니까. 꼬집으려면 형 볼이나 꼬집어."

그렇게 형의 다음 맞선 상대가 정해졌다.

오늘은 날씨가 쾌청하다. 상쾌한 기분으로 마차에 올라탔다. 기사단 사람이 문을 닫아줬다.

마차 안에는 아즈와 유페 님, 아멜리아 님이 보였다.

"그건 그렇고 다행이에요, 아멜리아 언니."

아멜리아 님의 손을 잡으며 유페 님이 미소 지었다. 혼담이 깨진 맞선 소동은 이 나라의 앞날을 생각하면 꼭 다행이라고 할 수는 없다. 무엇보다 상대는 강국이다.

하지만 두 사람이 안심한 모습이어서 나도 다행이라고 여기기로 했다.

"게다가 세레나 언니와 크로이스의 맞선도 정해진 것 같고."

유페 님은 그렇게 말하더니 나를 향해 한쪽 눈을 감아 보였다. 소위 윙크라는 것이다.

―똑똑.

처음에는 환청이라고 생각했다. 하지만 그 소리는 계속 들렸다. 누군가가 마차의 창문을 노크하고 있었다.

마차가 달리고 있었기 때문에 있을 수 없는 일이다. 반사적으로 나

는 시선을 돌렸다. 그러자 쨍그랑 하는 소리와 함께 유리가 산산조각
이 났다. 양팔로 얼굴을 감쌌더니 로브에 파편이 무수히 박혔다.

"안녕, 와이스 경. 그리고 왕녀 전하들, 크로포드 님."

나는 황급히 유리가 박힌 팔로 아멜리아 님과 다른 사람들을 감쌌
다. 눈앞에 나타난 사람은 일전에 자신을 '힘'이라고 소개했던 시라라
는 소녀였다.

"미안. 이번에는 '황제'의 명령이라서 전부 죽일게."

왈츠가 위협하듯 짖었다. 나는 그 모습을 슬쩍 쳐다본 뒤 오른쪽
손가락을 튕겼다.

"체셔캣."

내가 부르자 체셔 고양이가 나타났다. 마차의 깨진 창유리 앞에 서
있다.

"매드해터."

나와 거의 동시에 아즈가 그렇게 중얼거렸다. 그러자 마차 안에 아
즈와 쏙 빼닮은 청년이 한 명 나타났다.

"갑자기 불러내는군, 마스터."

"잡담은 됐어. 적에게 습격당했다."

매드해터. 모자장수는 주인의 모습을 본떠 나타나는 친화수다. 하
지만 초조한 표정의 아즈와는 달리 여유로운 표정으로 깍지를 끼고
있다.

친화수는 크게 동화형과 분리형으로 나뉜다. 완전 분리형은 대부

분 계약주와 같은 모습을 하고 있다.

"체셔가 있으니까 된 거 아닌가?"

모자장수의 그 말에 호응하듯 체셔가 '힘'에게 쇠발톱을 들이댔다.

"아하하, 그런 건 효과 없을걸."

하지만 시라는 조롱하듯 웃었다. 그 말대로 그녀는 체셔 고양이의 공격을 이리저리 피했다. 시라는 사자를 타고 있었지만, 그 움직임이 무질서해서 아무리 노려도 아슬아슬하게 달아났다.

"술래잡기를 보는 것 같네."

모자장수는 지팡이 손잡이를 턱에 대고 쿡쿡 웃었다. 그러고는 내 쪽을 돌아봤다.

"네가 체셔의 새로운 마스터? 잘 부탁해."

하얀 장갑을 벗은 모자장수가 나에게 악수를 청했다. 그럴 때가 아니라고 생각했지만 친화수란 원래 제멋대로인 생물이다……. 내가 그 손을 잡자 모자장수가 즐거운 듯이 웃었다.

"오랜만에 체셔랑 얘기하고 싶군. 도로 불러줘."

"그러면 마차가 위험에……."

내가 그렇게 중얼거리자 모자장수가 어깨를 으쓱했다.

"이 몸이 지켜줄게."

그 말에 나는 아즈를 봤다. 그러자 아즈는 고개를 숙이고 탄식했다.

"나한테는 너무 강한 친화수라서, 아직 제어가 잘 안 돼."

아즈의 말에 그와 판박이 같은 연미복 차림의 모자장수를 슬쩍 쳐다봤다.

"으응? 좀 믿어봐, 마스터. 나는 지킨다면 지킨다니까?"

"알았어, 매드해터."

아즈는 난감한 듯 어깨를 축 늘어뜨렸다. 그 모습을 보고 나는 체셔를 불러들일 결심을 했다.

"체셔, 돌아와."

내가 부르자 체셔는 미니멈 맥스 사이즈로 마차 안에 나타났다.

"아, 모자장수다!"

"오랜만이야, 체셔."

"나도 모자 쓰고 싶어."

"적을 쓰러트리고 나서."

약속대로 모자장수는 마차 밖을 확인했다. 광범위 섬멸형으로 분류되는 모자장수는 지팡이를 들더니 모자 챙을 붙잡고 실크해트를 다시 깊숙이 눌러 썼다.

"머리카락을 자르면 어떨까?"

모자장수가 그렇게 중얼거리자 마차 주위에 맹렬한 회오리가 발생했다.

"시간 군과 화해할 때까지 쓸데없는 것은 잘게 썰어버려야지."

모자장수가 그렇게 말하며 지팡이를 휘두르자, '힘'이 뒤로 물러서는 낌새가 보였다. 과연 광범위 섬멸형 친화수다. 모자장수가 일으킨 맹렬한 회오리는 주변의 모든 물건을 빨아들이고는 갈기갈기 찢어버렸다.

"대단해……."

내가 무심결에 중얼거리자, 모자장수가 미소 지었다.

"내가 대단하지 않은 때는 손에 꼽을 정도밖에 없어. 내 말이 맞지? 체셔."

"몰라."

체셔 고양이는 고개를 휙 돌리더니 내 무릎 위에 앉았다.

"와이스, 모자장수는 성격이 안 좋으니 조심해."

웬일로 체셔 고양이가 주의를 줘서 나는 눈을 동그랗게 떴다.

"섭섭하네, 난 이렇게나 상냥한데."

"나는 상냥한 모자장수랑 만난 적 없어."

체셔는 그렇게 말하더니 내 옷을 꽉 쥐었다.

"슬프군……. 내 상냥함은 '인간'에겐 전해지지 않는구나."

"난 인간이 아니야."

"인간의 '연약함'을 알고 있는 체셔는 예외지."

모자장수는 그렇게 말하더니 소리 죽여 웃었다. 쿡쿡.

─다행히 친화수들의 힘을 빌려 어찌어찌 시라를 퇴치할 수 있었던 우리는 그대로 왕립학원까지 직행하기로 했다. 이 나라에서는 왕궁 다음으로 왕립학원이 안전하다고 알려져 있다. 그만큼 친화수의 제어에 능한 교원이 많기 때문이다.

오랜만에 들어간 왕립학원의 건물 안에서, 나는 아멜리아 님과 유폐 님을 이끌고 왕년에 매일 지나쳤던 복도를 걸었다. 안내를 받은 곳은 긴급 시의 피난 장소가 있는 제3탑의 지하 1층이었다. 왕립학원은 본관을 중심으로 다섯 개의 탑에 둘러싸인 형태로 존재한다. 그 밖에 도서관과 체육관이 있다.

"그들은 어떤 자들인가요?"

문을 닫고 사태가 일단락됐을 때 유폐 님이 매서운 목소리로 물어 왔다.

"이야기는 나중에 하지요."

아즈가 그렇게 대답하자 그 옆에서 모자장수가 지팡이를 빙빙 돌렸다.

"아직 있었군, 바퀴벌레 같아."

소리 죽여 웃는 모자장수의 목소리를 들으며 나는 왼손 약지를 튕겼다.

"체셔."

"에에엥? 아직도 갈 생각이야? 열심이네."

모자장수의 말을 들으며 나는 체셔 고양이를 동화시켰다.

"나도 갈 거야."

아즈가 그렇게 말하자 귀찮다는 듯이 모자장수가 눈을 가늘게 떴다. 같은 얼굴인데 표정이 다른 것만으로도 완전 딴 사람처럼 느껴진다. 실제로 모자장수는 인간이 아니니 달라 보이는 게 당연한가? 왕녀 전하들을 선생님들에게 맡기고 나와 아즈는 학원을 나섰다.

그러자 밖에는 아직 모자장수가 만든 맹렬한 회오리가 남아있었다. 모자장수는 이러쿵저러쿵해도 할 일은 하는 모양이다. 나보다 훨씬 눈치가 빠르다.

맹렬한 회오리의 중심부에는 사자를 거느린 '힘', 시라가 움직임을 억제당해 꼼짝 못 하고 있었다. 그녀는 위기 상황임에도 처음 나타났을 때처럼 웃고 있었다. 이런 상황에서 어떻게 저런 자신 있는 표정을 지을 수 있을까. 나는 소름이 끼쳐 손에 땀이 났다.

"아이참, 곤란하네. 방심하다가 꼼짝 못 하게 됐잖아."

체서 고양이와 동화된 상태임에도 내게는 시라의 목소리가 평소와 같은 울림으로 들렸다.

모자장수는 물론 아즈의 움직임조차 느리게 보이는데 그녀의 모습은 확실하게 보였다. 시라의 뺨이 살짝 올라갔다. 하얀 이를 드러내 보이며 그녀는 씨익 웃었다.

"그런데 와이스 경."

손날 공격을 가할 기회를 엿보며 나는 다리에 힘을 주었다.

"좌절한 적이 없는 당신과 좌절밖에 경험하지 못한 나. 이미 승패는 결정됐어."

시라는 쿡쿡 웃었다.

"레오네(강직)."

순간 주위의 시간이 멈췄다.

그녀가 무슨 이야기를 하는지 모른 채 정신을 차리고 보니 나는……

……여기는 어디지?

"나와 만났던 걸 잊었구나."

정신을 차린 나는 별이 총총히 뜬 하늘에 떠 있었다. 공중을 떠돌아다니는 감각이었다. 손끝이 닿는 위치에 떠있는 지팡이의 감촉밖에 느껴지지 않았다. 체서도 없었다.

"비겁하네, 와이스 경."

몇 번 눈을 깜빡이자, 정면에서 떠돌고 있는 시라의 모습이 보였다. 그녀는 사자가 그려진 방패를 왼손에 들고 나를 바라보고 있었다. 그때 내 입에서 자연스레 목소리가 새어 나왔다.

"역시 나에게는 무리였어."

"체념과 좌절은 달라."

거침없이 귀에 꽂히는 시라의 목소리에 나는 뭔가 중요한 일이 떠오를 것 같은 기분을 느꼈다. 어디선가 웃는 소리가 들려온다. 어린 시절의 기억이 세피아빛으로 머릿속을 스쳐갔다.

"나는 그런 사람한테 지지 않아."

시라의 강인한 목소리에 의식이 빨려 들어간다. 그러나 강렬한 위화감이 나의 몸을 감쌌다.

─내가 좌절을 모른다고?

─누가 그런 소리를 하지?

─오히려 나는 좌절밖에 모르지 않았던가.

그렇게 생각한 순간, 손의 감각이 돌아왔다. 황급히 지팡이를 쥐고 몸을 일으켰다.

"나는 포기하고 싶지 않아. **더 이상.**"

내 입술이 저절로 움직였다. 그 순간 나의 두 눈은 현실 세계를 뚜렷하게 인식했다.

"와이스, 왜 그래?"

아즈가 무슨 일이 일어났는지 모르는 눈치로 내 어깨를 두드렸다. 정신을 차리고 보니 체셔와의 동화가 풀려 있었다. 무슨 일이 일어났는지 나도 알 수 없었다. 다만 의식 깊은 곳에서 나의 '뭔가'가 호소했다.

"나는, 포기하지 않아."

그대로 다시 체셔캣과 동화했다.

"으음, 용케 벗어났네."

그러자 공중에 그려진 마법진 위에서 시라가 나를 보았다. 눈이 마주쳤다.

"하지만 대책은 알아냈어. '아멜리아 님'으로 낚아서 고대 마술로 잡아 죽이면 되겠네."

"방금 그게 고대 마술이었단 말인가."

사태 파악에 힘쓰며 나는 숨을 내쉬었다. 뜨겁다. 안구 안쪽에서 열이 나는 듯했다. 뜨겁다. 뜨거운데 춥다. 온몸이 떨렸다. 아마도 그건 '분노'와 비슷한 이름을 가진 '뭔가'였다고 생각한다.

"체셔, 모든 것을 나에게 맡겨."

"레오네, 방어."

나와 시라는 다시 완만해진 세계 안에서 방패와 발톱을 겨루었다.

"두 번 다시 아멜리아 님의 이름을 입에 올리지 마."

내 입에서 멋대로 말이 흘러나왔다.

"아이고, 무서워라. 일단 물러날까, 그렇지? 레오네."

그렇게 말하더니, 시라의 모습이 마법진 안으로 사라졌다. 한동안 나는 그곳을 가만히 응시했다.

"끝난 모양이군."

망연자실한 나는 모자장수의 그 말에 제정신을 차렸다.

"괜찮아? 와이스?"

정신을 차리고 아즈에게 등을 기댔다. 숨이 가쁘다는 사실을 깨닫고 황급히 고개를 끄덕인다.

"뭐가 뭔지 모르겠지만 이상한 마술에 사로잡혔나봐."

"갑자기 체셔 고양이와 동화가 풀려서 무슨 일이 있나 했어."

아즈는 그렇게 말하더니 뒤쪽에 있는 학교 건물을 돌아봤다.

"돌아갈까? 유폐 님이 있는 곳으로."

"그래, 돌아가자. 아멜리아 님이 있는 곳으로."

그렇게 우리는 갑작스러운 습격을 겨우 무사히 넘겼다. 학원으로 돌아와 우리는 헤어졌다.

아멜리아 님과 유폐 님에게는 각각 피난용 특별실이 마련되어 있는 모양이었다. 나는 노크를 한 뒤 심호흡을 했다.

"실례합니다."

"와, 와……, 와, 와이스 님……!"

내가 들어가자 아멜리아 님이 의자에서 일어났다.

"와이스 님이 무사해서 다행이에요."

내 옆으로 달려온 아멜리아 님에게 손을 붙들렸다. 아멜리아 님이 그 작은 손가락으로 내 손을 꼭 쥔 순간, 나는 어느새 긴장이 풀려 있었다.

나보다 훨씬, 훨씬 작은 손인데, 게다가 떨고 있는데, 오히려 아멜리아 님이 나를 지켜주는 것처럼 느껴졌다. 곤혹스러운 듯 새빨개진 얼굴로 아멜리아 님은 불안하게 나를 보고 있다.

그녀를 불안하게 만든 건 분명 나다. 그런 생각이 들자 견디기가 힘들어져 무심코 다시 한 번 손을 꼭 쥐었다.

"아멜리아 님."

"호, 혹시 어디 부상이라도?"

그게 아니다. 그저, 끌어안으면 부서질 것만 같은 아멜리아 님을 온 힘을 다해 지키고 싶다는 생각으로 가득했다.

"나는, 아니 저는 괜찮습니다."

동시에 진심으로, 나는 이때 떠오른 생각을 그대로 말했다.

"아멜리아 님이 무사하셔서 다행입니다."

왜소한 내가 그녀를 위해 할 수 있는 일이 과연 얼마나 될지는 알 수 없다. 하지만 적어도 곁에 있는 것을 허락해준다면, 그 작은 손으로 나의 손을 잡아준 왕녀 전하를 최선을 다해 지키고 싶다. 어째서 이런 생각을 하는지 나 자신도 알 수 없었다.

하지만 아멜리아 님의 체온에 마음이 놓인 것은 사실이다.

"와, 와이스 님?"

"아, 죄송합니다."

정신을 차리자, 아멜리아 님의 손을 잡은 내 양손에 힘을 너무 줬다는 사실을 깨달았다.

"저는─ 저도 괜찮아요. 그야 와이스 님이 지켜주셨잖아요."

여전히 새빨간 얼굴로 뺨을 들어올리고, 아멜리아 님이 울상을 지으며 웃었다. 황급히 손을 떼고 고개를 돌렸다. 나는 창피한 듯, 쑥스러운 듯 이상한 감각에 휩싸였다. 볼이 뜨거워지는 것이 스스로도 느껴져 무심코 손을 세게 쥐었다.

"저기, 바쁘신 중에 실례 좀 할게요."

그때 바로 앞에 있던 에투아르의 목소리가 끼어들었다.

그녀는 방금까지 아멜리아 님이 앉아 있던 곳 바로 옆에 있었다. 머릿속이 아멜리아 님의 무사를 확인해야겠다는 생각으로 가득 차서 내 시야에는 에투아르가 전혀 보이지 않았다…….

"와이스 님, 무사하셔서 다행이에요."

"고마워, 에투아르."

"아멜리아 님, 이 학생회장에게 잠시 근위기사를 빌려주시겠습니까?"

당황한 모습으로 아멜리아 님이 고개를 끄덕인다. 나는 그대로 에투아르에게 이끌려 방을 나왔다.

"왜 그래? 에투아르. 애초에 왜 여기 있는 거야?"

"유폐 전하 곁에는 크로포드 남작가의 이즐트 씨가 있잖아요. 그래서 아멜리아 님 곁에는 제가 있어드렸어요. 그것보다 와이스 님, 묻고 싶은 게 있는데."

"뭔데?"

"당신은 무엇과 싸우고 있나요?"

단도직입적인 에투아르의 말에 나는 입술을 핥았다. 솔직하게 말해도 되는 걸까? 나는 갈등했다. 그렇게 되면 간접적이라고는 하지만, 에투아르를 끌어들이게 될지도 모른다.

"이야기하지 못할 만한 적이라고 생각해도 괜찮을까요?"

나는 그 말에 고개를 끄덕이지 않았다. 하지만 아마도 그녀는 말없는 긍정으로 받아들였으리라. 에투아르의 눈빛이 살짝 날카로워졌다.

"저는 와이스 님이 사라지는 게 싫어요. 그렇게까지 위험한 임무를 맡고 계신다면 그만두기를 권하겠어요."

"응? 어째서?"

"와이스 님이 다칠 필요는 어디에도 없잖아요?"

"하지만 나는 근위기사인데."

"그래서 뭐 어떻다는 거죠? 와이스 님이 사라져버리는 것보다 훨씬 나아요."

"나는 사라지지 않아."

"그리고 언제까지 근위기사를 계속하실 거예요?"

나를 진지하게 응시하는 에투아르의 눈동자를 보고 나는 팔짱을 꼈다. 무엇을 묻고 있는지 명확하게 이해할 수는 없었다.

"아멜리아 님이 원하시는 한."

"원하시면 뭐든지 하겠다는 건가요?"

"할 수만 있다면."

"와이스 님이 못하는 일은 거의 없잖아요?"

"그렇지 않아."

"아뇨, 없잖아요. 정말로 아멜리아 님을 지키겠다고 단단히 결심한 거군요?"

"내가 할 수 있는 만큼 하고 싶어."

"전 회장 입에서 그런 말이 나올 줄은 생각도 못 했네요."

그때 에투아르가 쓴웃음을 짓듯이 입꼬리를 올렸다.

"그렇다면 학원 내에서는 제가 목숨을 걸고 아멜리아 님을 지키겠어요."

"고마워, 에투아르."

"조금은 내조의 공이라고 생각해주시겠어요?"

내조의 공이란 아내의 역할을 말하는 것 아니었나. 그런 생각을 하면서도 나는 고개를 끄덕였다. 어떤 의미로는 학생회 등지에서 늘 파트너처럼 에투아르의 도움을 받았기 때문에 그다지 위화감도 없다.

"그건 그……. 아주 예전부터 생각했어. 학생 시절부터 에투아르는 나를 도와줬으니까."

"그럼 그에 상응하는 성의를 보여주셔야겠죠? 정말로 그렇게 생각하신다면."

"성의?"

"이마에 키스하신다면, 용서할게요."

"자신의 몸은 아끼는 게 좋아, 에투아르. 넌 인기도 많으니까."

"여전히 여심을 모르는 듯하니 안심이 되네요."

"여심은 가을 하늘 같다는 말이 있지."

"저는 지금 마음에 엄동설한이 와 있는 중이지만요."

나는 그녀의 말에 고개를 끄덕이며, 길었던 그날의 배웅이 겨우 마무리되었다는 사실에 안도했다.

"재난의 연속이었구나."

저녁 식사 자리에서 아버지가 말했다. 어머니는 부채를 부치며 나를 보고 있다. 형은 때마침 집사 로에게 맥주를 건네받고 있었다.

내 인생은 대체로 재난이었으므로, 형에게 무슨 일이 있었나 싶어 그쪽을 쳐다봤다.

"와이스, 고생 많았다지."

하지만 어머니의 그 말에, 내 이야기를 하고 있음을 깨달았다.

"가, 갑작스러워서 놀랐어요."

내가 그렇게 대답하자 형이 기세 좋게 맥주잔을 내려놓았다.

"오늘은 통학용 마차가 습격을 받았다지? 너 용케 살아 있구나."

"그건 아즈의 매드해터가 있어서─."

"네 체셔 고양이가 있었기 때문이지, 물론."

내 말을 부정하듯 어머니가 입을 열었다.

"어쨌든 왕녀 전하들께서 무사하셔서 다행이다."

아버지의 그 말에 어머니가 한숨을 쉬었다.

"와이스. 너는 왜 자신의 공적을 좀 더 자랑하지 않는 거니?"

"반면교사 같은 것 아닐까요?"

얇게 썬 앤초비를 얹은 바게트를 먹으며 형이 말했다.

"귀가 아프군."

아버지가 그렇게 말해서 나는 고개를 갸웃거렸다.

"중이염?"

"너 정말 바보냐?"

그러자 폭언이 돌아왔다. 그 말에 위축된 나는 조심스레 메인 요리
인 까르보나라 파스타를 포크로 돌돌 마는 작업으로 돌아갔다. 베이
컨과 검은 후추가 맛있었다.

"그건 그렇고 이번에는 '어쩌다 보니', '아슬아슬'하게 두 분을 지킨
거겠지?"

아버지는 위스키를 록으로 마시며 눈을 가늘게 떴다. 그리고 말을
이었다.

"이러면 기사단의 편성을 재검토할 필요가 있겠군."

근위기사도 일단 기사단에 소속되어 있다. 따라서 나도 기사다. 그러므로 적당히 고개를 끄덕였다.

"나는 다음 잔은 주브로브카(폴란드의 대중적인 보드카)로."

형이 그렇게 부탁했다.

그러자 로가 빈 맥주잔을 치우고 술병과 유리잔을 손에 들고 다가왔다.

"이제 슬슬 와이스도 집을 나갈 때가 됐네요."

그때 어머니가 그렇게 말했다. 기분 탓인지 슬퍼 보였다.

"응? 무슨 소리예요?"

뭐가 뭔지 알 수 없어서 나는 파스타를 먹으며 고개를 갸웃거렸다.

"더 가까이에서 왕족 분들을 지키기 위해 근위기사에게 각자 방을 마련해주기로 했다."

"그 말은……."

"염원하던 자취 생활이라는 뜻이잖아. 나도 혼자 살고 싶네."

"자, 잠깐만. 그렇게 갑자기."

부모님의 대응과 형의 말에 나는 허둥지둥 자리에서 일어났다.

"분명히 혼자 살고 싶지만, 나로서는 부담이……."

"쓸쓸해지겠지만 열심히 하렴, 와이스."

어머니는 그 말만 마치고 자신의 방으로 돌아갔다.

"뭐, 무슨 일이든 경험이 되는 법이니."

어머니가 사라지자마자 아버지는 바로 담배를 꺼내 들었다.

"피우지 마요, 냄새 배잖아."

"그럼 네 방에서 마시거라. 차남과의 마지막 밤이라 편안하게 얘기하고 싶으니."

"왜 편안함의 상징이 담배인 거죠?"

"네가 술을 마시는 것과 마찬가지다."

"뭐 상관이야 없지만. 탈취 마술도 있고— 로, 한 잔 더."

로가 조용히 병을 가지고 온다. 나는 그가 따르는 술을 바라보며 눈썹을 찡그렸다.

"저기, 나……, 여기서 이사 나가는 거야?"

"뭐야, 나가기 싫으냐?"

그렇게 말하며 아버지가 쿡쿡 웃는다. 딱히 그런 것은 아니다. 나도 자취에 대한 나름의 동경은 있다. 하지만 막상 자취를 하라고 일방적인 통보를 받으면…… 불안하기도 하다.

적어도 나는 불안했다. 가슴이 시끄럽게 쿵쾅거린다.

"모르겠어요."

내가 솔직하게 말하자, 아버지와 형이 서로 마주 봤다.

"부러울 따름인데."

"맞는 말이다, 크로이스. 기본적으로 후작가의 장남에게 자유란 없으니."

그런 걸까? 불안한 마음에 고개를 갸웃거리자, 로가 유리잔을 내려놓았다.

"와이스 님을 모시는 것도 이게 마지막일지 모르겠습니다. 부디 한 잔 드리도록 해주십시오."

로는 온화하게 웃으며 내 앞에서 셰이커를 들었다. 듣기 좋은 소리가 울렸다.

"스카이다이빙입니다. 늘 온후하신, 그리고 영특하신 와이스 님께 딱 맞는 칵테일이라고 생각합니다."

나는 모처럼 로가 만들어준 칵테일을 마시기로 했다.

"부럽네. 로가 직접 만들어주다니. 정말 드문 일이야."

형은 그렇게 말하더니 주브로브카를 들이켰다. 형이 마시는 주브로브카에서는 옆에 앉은 나까지 기분이 좋아지는 벚꽃떡의 잎을 닮은 향이 감돌았다.

"나도 맨해튼을 만들어주게."

"주인님. 저는 특별한 때가 아니면 셰이커를 들지 않는다는 걸 아시잖습니까."

"하긴. 메리벨과 약혼하던 날은 어지간히 마셔댔지."

"그러니 다음에는 꼭 크로이스 님의 결혼식에서."

"무, 무, 무슨 소리야. 맞선 날도 아직 멀었는데."

"진심으로 연애결혼을 원한다면 맞선 전에 쟁취하러 가야지. 나는 첫눈에 반해서 다른 놈을 제치고 맞선 얘기를 가로챘다."

아버지의 입에서 그런 말이 나올 줄은 상상도 못 했기 때문에 나는 눈이 휘둥그레졌다.

"맞선도 보기 전에 양쪽이 서로 좋아서 하는 결혼이라니, 참 부럽네요."

형이 분하다는 듯이 그렇게 말한다. 그러자 아버지가 후훗 하고 웃더니 손가락으로 코를 문질렀다.

"나는 갖고 싶은 건 전부 손에 넣으며 살았지."

"그 권력욕은 안타깝게도 나나 와이스, 둘 모두 물려받지 못한 모양이네요."

"권력? 그런 건 그저 자연스레 따라붙은 것이고, 내가 추구한 것은 오직 두 가지다."

아버지는 그렇게 말하며 잔을 기울였다.

"이 나라의 안정과 메리벨. 당시의 나에게는 그 두 가지만으로도 충분했지."

어머니의 이름이 나오자 나와 형은 서로 얼굴을 마주보았다. 내가 착각하고 있었을 뿐, 역시 우리 부모님은 가면 부부 따위가 아니었던 모양이다.

"그간의 안정이 무너져가고 있구나. 그러니 힘내다오, 와이스."

아버지는 그렇게 말하더니 술을 단숨에 들이켜고 자기 방으로 돌아갔다.

근위기사의 집은 각자가 모시는 왕족의 거처 근처에 마련됐다. 가장 가까운 곳에 있는 기사나 궁정 마술사용 기숙사 중에서 방 하나를 배정받았다. 방에 들어가서 우선 창문을 열어보았다. 기분 좋은 바람이 들어왔다. 돌담과 연못을 끼고, 바로 맞은편에 아멜리아 님의 방이 보였다.

"네가 크로이스의 동생인가?"

갑자기 뒤에서 목소리가 들려서 나는 황급히 고개를 돌렸다.

그러자 내 새로운 집의 문 앞에 한 청년이 서 있었다. 겉모습이 꽤 특이하다고 생각하며 나는 가족들이 작성해준 『기숙사에서 지내는 방법 1』이라는 문답집을 머릿속에서 펼쳤다.

"처음 뵙겠습니다. 와이스 폰 포말하우트라고 합니다. 앞으로도 잘 부탁드립니다."

"크로이스의 동생치고는 성실하구나."

나의 말에 그는 눈을 가늘게 뜨며 대답했다. 문답집에는 적혀 있지 않은 전개이다.

"얼굴도 안 닮았군."

"그런 말 자주 듣습니다."

이어진 말은 문답집에 있었기 때문에 나는 조용히 대답했다.

"왜 국어책을 읽듯이 말하지?"

그렇게 솔직하게 지적한 사람은 처음이라서 나는 무심코 목이 메었다.

"너, 천재지? 나처럼."

"아니, 그, 그럴 리가……."

"왜 근위기사 따위가 된 거야? 그만두지그래?"

"싫습니다."

전에는 늘 그만두고 싶다고 생각했는데, 나는 자연스레 그렇게 대답하고 있었다. 애초에 자취하겠다는 결심을 굳힌 것도 내 안에서는 정말 희한한 일 중 하나다. 왠지 아멜리아 님을 마냥 곁에서 지켜드리고 싶다는 생각이 들었던 것이다.

"나와 다르구나. 그만두고 싶은데 그만두지 못하게 한다니까, 이게. 내가 천재라서 말이야."

"저기, 궁정 마술사이시죠?"

나는 필사적으로 대화를 이어나가기 위해 애썼다.

"뭐야, 너. 나 모르냐? 별일이네. 나는 브라스에 드 슈비유. 천재 궁정 마술사. 잘 부탁……."

"누가 천재라고?"

"……해. 나 말이야 나."

방으로 들어온 형이 브라스에 씨의 머리를 가볍게 쳤다.

"그런 말은 한 번이라도 나한테 고대 마술로 이긴 다음 해. 딱한 놈이구먼."

형은 그렇게 말하더니 들고 온 상자를 바닥에 내려놓았다.

"나는 천재야. 그러니까 크로이스는 초천재라는 얘기지. 단지 그뿐이야."

"그럼 내 동생은 신이로군. 브라스에와는 사이좋게 지낼 필요 없어, 와이스."

"어, 으음. 둘이 아는 사이야?"

"궁정 마술사 동기. 그뿐이야."

"절친 브라스에라니까. 그 부분을 놓치면 곤란해."

"곤란한 건 안쓰러운 네 머리지."

형은 거침없이 말하더니 상자를 열어 방안에 소품들을 설치하기 시작했다. 나는 본가에서도 썰렁한 방에 살고 있었기 때문에 센스가 좋은 형에게 소품 선정을 부탁했다. 아니, 형이 강제로 부탁하게 만들었다.

"늘 그렇지만 너무하네, 크로이스. 아직 기숙사가 낯설 것 같아서 얼굴을 비치러 왔는데 이런 대접이라니."

"그럼 와이스한테 기숙사 안내라도 해주든가. 그 사이에 나는 이상적인 자취방을 빈틈없이 만들어낼 테니."

부산하게 움직이기 시작한 형을 바라보며 브라스에 씨가 한숨을 쉬었다.

"그럼 안내해줄게. 갈까? 와이스 군."

그리하여 나는 브라스에 씨의 기숙사 안내를 받게 됐다. 걷고 있자니 이곳저곳에서 시선이 날아왔다. 정말 브라스에 씨는 유명한 모양이었다.

"여기가 식당."

안내받은 방을 둘러보며 나는 고개를 끄덕였다.

"넓지?"

"그렇군요. 형 방이랑 비슷한 크기네요."

"뭐? 그 녀석 이렇게 넓은 방에서 산다고? 과연 후작가로군."

나는 잘 모르겠다. 브라스에 씨가 다시 걷기 시작했기에 나도 그 뒤를 따랐다.

조금 걷다가 그가 고개만 돌리며 말했다.

"그런데 크로이스는 나에 대해 뭐라고 했지?"

"들은 적이 없는데요."

"뭐야. 내 라이벌인 주제에. 나와 크로이스는 항상 궁정 마술사 넘버원 자리를 다투고 있는데."

그 후로는 형에 대한 이야기와 함께, 기숙사 안을 한 바퀴 돌며 안내를 받았다. 그리고 내 방으로 돌아와보니 정리가 끝나 있었다.

"어떠냐, 이거."

즐거워 보이는 형을 슬쩍 쳐다본 뒤, 나는 방안을 둘러봤다.

"고마워."

"너 말이야, 조금만 흥미를 가져봐라. 아예 관심이 없으면 어떡하냐."

"그야 나는 센스도 없고."

"센스가 없는 게 아니라, 의욕이 없겠지."

형이 한숨을 쉰다. 그 옆에서 브라스에 씨가 서랍장 위의 가족사진을 들여다봤다.

"이 사진을 보니까 너희가 형제라는 느낌이 드네."

"안내 고마워. 이제 돌아가도 돼."

형은 그렇게 말하고 브라이스 씨에게 손을 흔들었다. 그런 형을 불만스러운 표정으로 쳐다본 뒤, 브라스에 씨가 나를 봤다.

"뭐 곤란한 일이 있으면 말해. 멀리 있는 친척보다 가까이 있는 이웃이 낫다는 말도 있으니까."

내가 감사 인사를 하자, 브라스에 씨는 고개를 끄덕인 뒤 돌아갔다. 그리고 나는 다시 형을 쳐다봤다.

"별난 사람이네."

"별나긴 한데, 뭐…… 저 녀석이 천재인 건 사실이야. 마술 실력만은. 궁정 마술사 중에서 내 고대 마술을 따라올 수 있는 사람은 저 녀석이랑 크롬 정도였거든."

"형은 정말 대단하구나."

나의 말에 형이 쑥스러운 듯 고개를 돌렸다.

자취를 시작하고 첫 출근 날 아침, 나는 준비를 마치고 아멜리아 님의 방으로 향했다. 그때 마침 아멜리아 님이 밖으로 나왔다. 커다란 종이봉투를 안고 있었다.

"학원에서 쓰실 물건인가요? 제가 들겠습니다."

아멜리아 님은 황급히 손을 내민 나에게 종이봉투를 건네며 얼굴이 빨개졌다.

"저, 저, 저, 저기 이사하셨다는 말을 듣고…… 그, 그래서……, 외롭지 않으셨으면 해서요."

무슨 말인지 이해하지 못한 나는 보기보다 꽤 가벼운 종이봉투의 내용물이 무엇일까 생각했다.

"와이스 님에게 이사 축하 선물을 드리려고 사왔어요."

큰일이다. 기뻐서 얼굴이 빨개질 것 같다. 왜 이렇게까지 기쁜지 알 수 없었지만 마음이 따뜻해지는 것을 느꼈다.

"저, 저기, 열어봐도 되겠습니까?"

내가 묻자, 얼굴이 새빨개진 아멜리아 님이 살짝 고개를 끄덕였다.

종이봉투에서 나온 것은 거대한 테디 베어였다. 안는 베개 노릇을 할 수 있는 거대한 물건이다.

"죄송해요, 혼자는 외로울 것 같아서…… 제가 혼자 잠을 자게 된 이후 받은 선물 중에 제일 기뻤던 물건을 골랐어요."

"사과하지 않으셔도 됩니다. 정말, 가보로 삼을 테니까요."

형이 꾸며준 방의 분위기를 순식간에 파괴할 듯한 인형을 바라보며 나는 그렇게 말했다.

"기, 기쁘게 받아주시는 건가요?"

"물론입니다."

그리고 등교해야 할 시간이 다가왔기 때문에 나는 거대한 종이봉투를 꺼안은 채 아멜리아 님을 안내했다. 그렇게 내 자취 생활이 시작된 것이다.

번외편

와이스의
징크스

늦잠을 잤다. 꼭 맞는 왕립학원 교복으로 갈아입은 뒤 나는 아침 식사 자리로 향했다.

"와이스. 너는 어째서 식사 시간이 되기 전에 자발적으로 일어나서 얼굴을 내밀지 못하니? 한숨이 나오는구나……."

천천히 부채를 부치며 어머니가 나에게 잔소리를 하기 시작했다.

현재 시각은 5시. 우리 집에서 7시 반을 넘어 출발해도 왕립학원 등교 시간에는 늦지 않는다. 나는 식사 시간이 너무 빠르다고 확신하지만 그것을 어머니에게 호소할 용기는 지니지 못했다. 그 뒤 포말하우트 후작가의 마차를 타고 나는 왕립학원으로 향했다.

왕립학원은 바스커빌 왕국의 왕도에서도 유일하게 친화수 제어를 가르치는 학교다. 5년제로 13세부터 17세까지 재학하게 되어 있는데, 나도 처음에는 형과 함께 마차로 다녔다. 하지만 네 살 위인 형은 이미 졸업하고 말았다. 지금 나는 3학년이다.

그 사이 마차가 멈췄고 나는 침을 삼켰다. 여기서부터 매일 아침의 사투가 시작된다. 우선 교문을 향해 걸어가는 학생들이…… 포말하우트 후작가의 마차가 지나간 단계에서 이미 발걸음을 멈췄다. 그리고 내가 내리자 얼어붙는다. 거의 모두가 침묵했고 나에게는 시선이 꽂혔다. 완전히 외톨이다. 나는 인파를 헤치고 전속력으로 걸어서 교문을 통과했다.

거기서부터 현관까지 아무 생각 없이 오로지 잰걸음으로 이동한다. 그리고 신발장 문을 열었다.

그러자…… 수많은 편지가 와르르 쏟아졌다.

─분명히 불행의 편지다. 불행의 편지란 '당신은 이 편지를 O명에게 보내지 않으면 불행해집니다'라고 적힌 편지다.

입학식 다음 날, 이 편지 더미와 처음 조우했을 때 형에게 이것들은 불행의 편지라고 들었다. 나에게는 편지를 쓸 만한 친구가 없다. 만약 있다고 해도 친구가 나 때문에 불행해지는 것은 싫기 때문에 절대 열어보지 않기로 했다.

불행의 편지가 아닐 경우, '잘난 척하는 콧대를 꺾어주마. 오늘 학교 뒤로 나와라' 같은, 일종의 결투장일 때도 있다고 한다. 이건 나보다 한 학년 위인 웨일 전하에게 들었다. 아침부터 공포스럽다. 나는 편지를 마술로 처리하고 교실로 향했다.

내가 걸을 때마다 복도에 있던 학생들이 움직임을 멈추고 침묵하며 나를 지그시 바라봤다. 완전히 집단 괴롭힘이다. 눈물이 날 것 같았지만 아무 생각하지 않고 걸으면서 교실 문을 열었다. 그 결과 교실도 침묵했다. 자리에 앉아 책상에 가방을 올려놓고 한숨이 나오려는 것을 참았다. 나는 사람들에게 미움 받고 있다.

잠시 후 아침 학급활동이 시작됐다.

"……그럼 이제 곧 열리게 될 학생회 임원 선거 말입니다만."

담임인 페르니 선생님이 이야기를 시작했다. 그녀는 왕국사 선생님이다.

"회장은 와이스로 거의 정해졌으니 됐고, 다른 임원으로 입후보 하려면 서둘러주세요."

그 말에 내 양쪽 어깨에 무거운 돌이 쿵 내려앉는 기분이었다. 사실 나는 지금 부회장을 맡고 있다.

내가 부회장에 뽑힌 이유는 다른 게 아니다. 취직 후에는 왕족이나 귀족에게 투표했다는 실적이 중시되었기에 고위 귀족이나 왕족은 학생회장이나 임원이 되기 쉽다고 한다……. 형도 졸업할 때까지 학생회장이었다.

지금의 웨일 전하도 그런 것일까? 모르겠다. 웨일 전하는 모든 사람이 좋아하기 때문이다. 실력으로 뽑혔다는 생각이 든다.

나는 그 두 사람이 "이름만 올리라는 거야. 후보 수가 많아야 북적 북적해서 좋지"라고 하기에 부회장에 입후보했었다. 결과적으로 당선됐다. 내가 부회장이 된 건 작위 덕분이고 그 밖의 이유를 생각할 수 없었다. 다들 나를 싫어하니까. 게다가 하급생인데…… 이대로 내가…… 학생회장?

위장이 콕콕 찌르듯 아팠다. 형이나 웨일 전하를 보면 학생회장이란 생글생글 웃는 얼굴로 주변 사람들을 대하는 인기인이다. 적어도 불행의 편지가 매일 도착하는 일은 없겠지. 본래 학생회장이란 작위가 아니라, 말하자면 인기투표로 당선되는 것이다. 나도 하고 싶지 않고, 주위에서도 내가 하길 바라지 않으리라.

그날 나는 줄곧 우울한 기분으로 하루를 보낸 뒤 방과 후에 학생회실로 향했다. 그곳에 에투아르가 있었다. 그녀는 나보다 한 학년 아래로 현재 서기를 맡고 있다. 내가 보기에 그녀는 인기인의 표본이다.

"와이스 님, 들었어요. 학생회장 선거에 출마하신다고. 와이스 님이라면 당선이 확실해요."

"……어제 웨일 전하가 억지로 이름을 쓰게 했을 뿐이야……. 당선…… 될 수도 있겠지. 후작가니까."

"후작가? 무슨 관련이 있나요?"

"형도 아버지도 그 이유로 회장을 맡았다고 들었어."

"참, 그렇게 겸손하시다니. 그렇다면 제가 출마해도 회장이 될 수 있다는 건가요?"

에투아르는 필랑트 후작가의 영애다. 그리고 내 생각에 그녀가 출마한다면 압승할 것이다.

"될 거야. 회장 입후보자가 나밖에 없다고 들었으니, 어쩔 수 없이 되겠지."

"그럴 리 없어요. 와이스 님. 전교생이 와이스 님이 차기 학생회장을 맡길 바라고 있어요."

"에투아르. 너 말이지, 전부터 생각했지만 뭔가 수상한 약이라도 복용 중이야? 위치크래프트가 취미라질 않나."

"무슨 뜻인가요? 와이스 님만큼 종합 교과 학력이 뛰어나고 친화수제어에도 능하며 개별 학과 마술에도 능하고…… 그, 그, 그…… 용모도 뛰어나고 집안도 좋고, 다가가기 힘들 정도로 황송하고, 말 걸기도 어려울 정도로 훌륭한 왕립학원 학생은 한 명도 없어요. 그야말로 학생의 표본! 학생회장으로서의 자질이 누구보다도 뛰어나다고 저는 생각하는걸요. 크로이스 님이나 웨일 전하 이후로 이 전통 있는 왕립학원을 짊어지실 분은 와이스 님밖에 없어요."

나는 에투아르의 공치사를 들으며 소파에 놓인 쿠션을 쓸쓸히 끌어안았다.

"무엇보다 지나가는 사람 누구나가 멈춰 서서 탄식을 흘릴 정도의 미모……. 지금도 아침 인사조차 너무 송구스러워서 하지 못하는 사람들도 많아요. 와이스 님과 아침 인사를 나눌 수 있는 날은 하루 종일 운이 좋다는 소문도 있는걸요……!"

왠지 에투아르에게 이상한 스위치가 켜진 것 같아서 나는 흘려들었다. 그 와중에도 에투아르가 무슨 말을 하긴 했지만 나는 귀 기울여 듣지 않았다. 다만 그녀가 용기를 북돋아줬다는 것만은 알 수 있었다.

"아무튼 와이스 님이라면 괜찮아요."

그런 대화를 나누고 2주 뒤. 나는 웨일 전하의 지지 연설을 얻었으며 당일 개표 결과, 학생회장이 됐다.

솔직히 정말로 내가 그 책무를 감당할 수 있을지 자신이 없다. 하지만 나는 에투아르가 '크로이스와 웨일 전하 이후'라고 했던 말을 떠올렸다.

나는 두 사람이 각각 회장이 됐을 때, 학원 생활이 즐거웠다. 따라서 단 한 사람이라도 괜찮으니 누군가 그렇게 느꼈으면 좋겠다고 생각했다. 그러기 위해서 혹시 내가 할 수 있는 일이 있다면 열심히 노력해야겠다고 결심했던 것이다.

—아아. 정말로 그리운 기억이다. 나는 이사하기 전 내 방에 있던, 내가 회장이었을 때 학생회 멤버와 함께 찍은 사진을 슬쩍 가방 안에 담았다.

바스커빌가의 개 1

초판 1쇄 인쇄 2019년 4월 19일
초판 1쇄 발행 2019년 4월 26일

지은이 이토미야 무기
옮긴이 김미림
펴낸이 연준혁

출판 2본부 이사 이진영
뉴북 팀장 조한나
책임편집 김재은
디자인 조은덕

펴낸곳 (주)위즈덤하우스 미디어그룹 **출판등록** 2000년 5월 23일 제13-1071호
주소 경기도 고양시 일산동구 정발산로 43-20 센트럴프라자 6층
전화 031)936-4000 **팩스** 031)903-3893 **홈페이지** www.wisdomhouse.co.kr

값 12,000원

ISBN 979-11-89938-91-8 04830
     979-11-89938-90-1 (세트)

＊인쇄·제작 및 유통상의 파본 도서는 구입하신 서점에서 바꿔드립니다.
＊이 책의 전부 또는 일부 내용을 재사용하려면
  사전에 저작권자와 (주)위즈덤하우스 미디어그룹의 동의를 받아야 합니다.

이 도서의 국립중앙도서관 출판시도서목록(CIP)은 서지정보유통지원시스템 홈페이지
(http://seoji.nl.go.kr)와 국가자료공동목록시스템(http://www.nl.go.kr/kolisnet)에서 이용
하실 수 있습니다. (CIP 제어번호: CIP2019011508)